余波

[英] 瑞迪安·布鲁克 著
王晨颖 译

THE AFTERMATH

Rhidian Brook

北京联合出版公司
Beijing United Publishing Co.,Ltd.

雅众文化 出品

1946 年 9 月

第一章

"那野兽就在这里。我见过他。贝尔蒂见过他。迪特马尔见过他。他有一身黑色毛发,像是披着一件华丽的女式大衣。满口的牙齿就像钢琴键一样。我们要杀掉他。如果我们不去,谁会去呢?英国佬?美国佬?俄国佬?还是法国佬?他们谁都不会去的,因为他们在为别的事情忙得团团转。他们这也想要,那也想要,就像一群围着骨头打架的狗,可那块骨头上其实一点儿肉都没有。我们只能靠自己了。在那野兽对我们出手之前,先对他下手。然后一切就都会好起来的。"

男孩厄齐调整了一下自己的帽子,他正带领着其他人横穿这座被英国人炸成废墟的城市。他戴的那顶英式头盔是他从阿尔斯特湖附近的一辆卡车后面偷来的。虽然样式比不上他收集的美式头盔,甚至连俄式头盔也不如,但大小最适合他,而且戴上以后,他用英语骂起人来也更顺口,就像那位英军中士一样。他见过那人在汉堡的达姆门火车站冲着一群囚犯大吼大叫:"喂,把你们的手都给我举起来,都他妈的举起来啊,快点!举到我能看见的位置。该死的浑蛋蠢货德国佬。"这些人半天都没能举起双手;不是他们听不懂,而是因为他们没有吃的,身体太虚弱了。该死的——浑蛋——蠢货——德国佬!厄齐脖子以下的衣服都是临时拼凑起来的混搭，破布和好料乱成一团：一件纨绔子弟穿的睡袍，一件老姑娘穿的开襟毛衣，一件老爷爷穿的无领衬衫，一条纳粹突击队员穿的裤子，裤脚卷了起来，裤腰上系着一条办公室文员用的领带作腰带，还有一双露出脚指头的鞋子，来自某位早就不见踪影的火车站站长。

这群流浪儿跟着他们的队长翻过碎石堆——恐惧让他们瞪大了眼睛，眼白在脏兮兮的脸蛋上格外明显。他们在砖头和石块形成的冰碛堆中迂回穿行，来到了一片空地，教堂尖塔的锥形顶倒在一边。厄齐抬起一只手，示意其他人停下，又伸进睡袍里去取他的鲁格枪[1]。他嗅了嗅空气中的味道：

"他就在这里。我能闻到他。你们能闻到吗？"

孩子们像焦虑的兔子一样嗅来嗅去。厄齐紧贴着被拦腰截断的尖塔顶，朝它敞口的一端慢慢移动，枪被掏了出来，像一根探测杖，为他引路。他停下来，用枪敲了敲那圆锥体，表示那野兽很可能藏在里面。就在这时，一道黑光闪过，有什么东西从里面冲出来，跑向空地。孩子们缩成一团，但厄齐跨出一步，迈开腿站着，闭上一只眼睛，瞄准射击。

"去死吧，野兽！"

这一枪在低压潮湿的空气中发出了闷响，叮当一声金属的反弹传回了他没有击中目标的信息。

"你打中他了吗？"

厄齐放下枪，将它塞进自己的腰带里。

"改天我们再找他算账，"他说，"去找点吃的吧。"

---

1. 格鲁枪一般指鲁格P08手枪，是世界上第一把制式军用半自动手枪，二战时在德军中广泛使用。

"长官,我们为您找到了一所房子。"

威尔金斯上尉扔掉了烟头,在他书桌后面的墙上钉着一张汉堡的地图,他泛黄的手指按在图上。他在标记了临时指挥总部的大头针以西沿着一条线向前比画,避开了哈姆布鲁克和圣乔治遭到轰炸的地区,越过圣保利和阿尔托那,指向白沙屿古旧的近郊渔场,易北河在那里蜿蜒转向,汇入北海。这张地图是从战前一本德国导游手册上撕下来的,从上面看不出这些繁华都市如今成了满地灰烬、遍布废墟的空城。

"河边有一座相当体面的宅邸。在这里。"威尔金斯的手指在易北大道的尽头画了个圈,这条路正与那条大河平行。"我觉得它配得上您的品位,长官。"

"品位"这个词属于另一个世界:那里有着过剩的物资和普通人的安逸生活。在过去的几个月里,刘易斯的品位已经浓缩在了一张列着紧急用品和基本需求的清单上:每天2500卡路里的食物、烟草和保暖用品。"那座相当体面的河边豪宅"在他看来忽然就成了游手好闲的国王才有的奢望。

"长官?"

刘易斯又开始"神游"了。在他的头脑中有一个难以驾驭的议会,在那里他和同僚们的争论越来越频繁。

"那宅子里是不是已经有人住了?"

威尔金斯不知道该怎么回答。他的这位指挥官名声颇佳,战功赫赫,可是似乎有点怪癖,看事情视角独特。年轻的上尉将他在工作手册上读到的内容照搬了下来:"这些人没有道德标准,长官。他们对我们和对他们自己都一样危险。要让他们知道谁说了算。他们需要领导。手腕要有魄力又不失公平。"

刘易斯点点头,示意上尉继续介绍,别的不必多说。寒冷的天气和有限的热量教会刘易斯力气需要合理分配。

"这座房子属于鲁伯特一家。鲁——伯——特,'特'字重读。女主人在轰炸中丧生。她娘家曾经是食品业的巨头,与布洛姆-福斯公司[1]有着千丝万缕的联系。他们还拥有四座面粉厂。鲁伯特先生曾是一名建筑师。他的身份还没有查清,但我们认为他极可能是清白的,至少也能算是可以接受的灰色分子,与纳粹之间并无明显的直接来往。"

"面包。"

"什么,长官?"

刘易斯一整天都没吃东西了,大脑不假思索地从"面粉厂"跳跃到了面包;他在脑海中想象出的面包与站在桌子另一头地图前面的上尉相比,忽然变得更加鲜活,更加真实。

"继续——说说那家人。"刘易斯努力让自己做出在听的样子,点了点头,好奇地歪着下巴。

威尔金斯接着说道:"鲁伯特的妻子是1943年去世的。死于轰炸引起的那场大火。留下了一个孩子——一个女儿,名叫弗里达,十五岁。他们有一些用人——一名女仆、一名厨娘和一名园丁。那园丁的手艺是一流的——以前是纳粹国防军人。这家人有不少亲戚可以投靠。我们可以把这些用人安顿下来,或者您也可以雇他们干活。他们的背景都是清白的。"

盟军对德管制委员会[2]的情报机构派遣筛查员对人们的清白程度进行评估,其过程就是填表[3],也就是问卷调查:通过一百三十三个问题来确定德国公民与那个政权的合作程度。依据调查情况,

---

[1] 位于德国汉堡的著名造船厂,二战期间为德国海军建造战列舰、战列巡洋舰和大量潜艇。
[2] 盟军对德管制委员会在二战后对德国行使主权。
[3] 此处原文为德语。除特别注明外,下文中楷体均表示原文为德语。

他们以颜色为代码被分为三组——黑色、灰色和白色,颜色的渐变表示清白程度——并据此被派遣。

"他们对房子被征用已经有所准备。您看完房子就可以让他们离开。我觉得您不会失望的,长官。"

"你觉得他们会感到失望吗,上尉?"

"他们?"

"鲁伯特一家,在我赶他们走的时候。"

"他们没有资格感到失望,长官。他们是德国佬。"

"那是当然。我真是犯傻。"刘易斯结束了谈话。再要多问几个这样的问题,恐怕这位系着锃亮武装皮带、打着漂亮绑腿、办事很有效率的年轻军官就要把他上报给精神病科了。

他从暖和过头的英军分遣队总部里走出来,踏入9月下旬提前变冷的空气中。他呼了一口气,戴上了一副羔皮手套,这是美国装甲部队的军官麦克劳德上尉送给他的,那天他们在不来梅的市政厅,盟军宣布了对新德国的划分。"看样子你们做了桩亏本的买卖啊,"他一边读着下达的指令一边说,"法国人得到了酒,我们得到了美景,你们得到了一片废墟。"

刘易斯在这片废墟上住得久了,如今已经不在意这些了。在这个被分成四份的新德国当执政官,他的制服非常适合这样的身份——在战后的方向迷失和制度重建中,这身国际化的便装不会引起任何争议。

他很珍视这副美国手套,不过最令他满意的是一件俄式羊皮大衣。追溯起来,这件外套是经美国人之手从一个德国纳粹空军中尉那里所得,而这人又是从一个被俘的苏联红军上校那里拿来的。如果天气持续如此,他很快就能用上它了。

打发走威尔金斯是一种解脱。这位年轻军官是公务员新编部队中的一员，他们组成了德国管制委员会。在这支庞大臃肿的队伍里，人人拿着记事板，都把自己看作重建工作的设计师。这些人几乎都没上过战场——甚至连德国人也没见过——这让他们在发布决策或是把决定上升为理论的时候都显得很有信心。威尔金斯很快就能晋升为少校了。

刘易斯从大衣里掏出一个镀银烟盒，打开时阳光落在了它打磨光亮的表面上。他经常擦拭它。这烟盒是他唯一随身带着的珍贵物品。三年前，在阿默舍姆，在他住过的最后一处像样的宅邸大门前，蕾切尔送他这个作为临别礼物。她说"你抽烟的时候就要想起我"，三年来他一直在照做，每天都想五六十次，这个小仪式让爱的火焰燃烧不灭。他点燃一根烟，想着那团火焰。距离和时间很容易让它变得似乎比过去更加热烈。回忆中他们之间的欢爱缠绵，还有他妻子橄榄色的光滑皮肤和曲线优美的躯体，陪他熬过了这些寒冷而孤独的年月（随着战争的推进，她的身体似乎变得越来越光滑，线条也更加优美）。这个由自己想象出来的妻子形象令他无比舒服，一想到很快就能真正地抚摸她、闻她，他反而感到了不安。

一辆造型优雅的黑色梅赛德斯540K轿车开到了总部的台阶前，引擎盖上插着一面英国三角旗。后视镜上的英国国旗是唯一看上去格格不入的物品。除了它带来的某些联想之外，刘易斯是喜欢这辆车的，喜欢它的车身线条和发动机的温和声响。它就像一艘远洋客轮，他的司机施罗德先生开车风格极其谨慎，显得它更像是一艘船。不过，任何英国的标记都不能消除这辆车的德国风格。英国军人天生只能开笨拙臃肿的奥斯汀[1]16，驾驭不了这些

---

1. 英国汽车品牌。

美丽绝伦、征服世界的机器。

刘易斯走下台阶,微微朝司机行了个礼。

施罗德是一个高高瘦瘦、不修边幅的人,戴着一顶黑色的帽子,披着黑色斗篷。他从驾驶座上跳下来,飞快地走到后车门。他朝刘易斯过来的方向鞠了一躬,斗篷随之晃动了一下,然后打开了车门。

"我坐前面就行,施罗德先生。"

施罗德似乎对刘易斯自降身份感到不安:"不行,指挥官先生。"

"好吧,好极了。"刘易斯重复道。

"请吧,长官先生。"

施罗德哐当一声将后车门关上,抬起一只手,还是不想劳烦刘易斯动一根手指头。

刘易斯按规则让了步,不过德国人低眉顺眼的态度让他感到沮丧:这些都是一个落魄之人受了恩惠而不肯撒手才会有的姿态。在车里,刘易斯递给施罗德一小片纸,威尔金斯在上面潦草地写下了房子的地址,在可预见的未来里,这房子很有可能就会成为他的家。司机瞟了一眼,点头表示知道目的地。

施罗德不得不开着车在鹅卵石路上密布的炸弹坑和往来的人群之间穿梭。无处可去的人们茫然而疲倦地走着,背负着他们旧日生活所剩下的东西,将它们装在包裹里、麻袋里、板条箱里和纸板箱里,也装进了几乎能看得见、摸得着的重重心事里。他们整个民族仿佛被抛回了游牧采集者所生活的进化时代。

巨大的噪声如幽灵般笼罩着这片景象。某种不属于这个世界的力量抹掉了这个地方,留下了一个不可能完成的拼图游戏去重构旧日的画幅。拼图无法再次复原,旧风光一去不复返。这就是时钟归零[1]。零时。这些人从零开始，一无所有地艰难度日。两个女人正在一推一拉地挪动着她们之间那辆堆满了家具的马车，一个男人提着公文包从旁边走过，似乎在寻找他曾经工作过的办公室，他对周遭诡异的毁灭景象看都不看一眼，就好像末日般的残垣断壁都还是寻常的样子。

一座破败不堪的城市在目光所及之处延伸，在那些尚未倒塌的建筑脚下，碎石已经堆到了第一层楼那么高。很难相信，人们曾经在这里读着报纸，做着蛋糕，琢磨着前厅的墙上该挂什么样的画。一座仅剩正面前壁的教堂矗立在道路一边，彩色玻璃窗的后面只有一片天空，不见聚集的会众，唯有阵阵风声。在道路的另一边是公寓楼，临街的墙体全部被炸毁，其他部分却都是完好的，房间和里面的家具都在，立在那里就像巨型的玩具屋一样。其中一个房间里，有一个女人正在梳妆台前慈爱地为一个年轻女孩梳头，她不在意周围的环境，任凭大家的目光注视。

沿着这条路再往前，女人和孩子围着一堆堆碎石块，翻找能维持生计的物品，或期望还能保住他们过去生活的片纸只字。黑色十字架下躺着等待被埋葬的尸体。地下城的古怪烟囱管露出地面，随处可见，向着天空吐出滚滚黑烟。

"那是兔子吗？"刘易斯问道，他看见有东西从地上看不见的洞里冒出来。

"是破烂堆里的小孩！"施罗德回答道，忽然生气了起来。刘易斯看出这些快速移动的小家伙正是"碎石堆里的孩子"，他们被这辆车从洞穴里引了出来。

"一群害虫！"施罗德啐了一口，情绪激烈得过了头，这时其

---

1. 此处原文为德语，这个短语特指1945年5月8日的零点，标志着第二次世界大战欧洲战争的结束和一个全新德国的开始。

中的三个孩子——很难辨认他们是女孩还是男孩——径直跑到了车的前方。他朝他们按了一声喇叭以示警告,然而庞大的黑色梅赛德斯的逼近并没有吓退他们。他们站在原地,迫使汽车停了下来。

"走开!快点!"施罗德大叫道,脖子上的血管因为狂怒而跳动。他再次嘟嘟地按响了喇叭,其中一个孩子——一个穿着睡衣、戴着英国头盔的男孩——大胆地朝车上刘易斯所在的那边走过去,跳上脚踏板,开始敲打他的车窗。

"你有什么,英国佬?破三明治?还是巧克力?[1]"

"下去!快点!"施罗德侧身越过上校朝那孩子挥舞拳头,唾沫溅到了刘易斯脸上。与此同时,另外两名孩子已经爬上了汽车的发动机盖,正在试着把铬合金制的梅赛德斯三叉星标志的徽章拽下来。

施罗德转回身,跳下车,朝孩子们猛扑过去,他们慌忙跳过发动机盖,朝安全的地方跑过去,可他还是抓到了一件睡袍的衣摆。施罗德把这个小流浪儿拖向自己,一只手拎着他的脖子,另一只手揍了他几下。

"施罗德!"这是几个月来刘易斯第一次抬高声音说话,嗓音因为突然发声而变得有些嘶哑。

施罗德似乎没有听见,继续恶狠狠地拍打那孩子。

"住手!"刘易斯下了车去阻拦,其他的孩子害怕落得同样下场,纷纷后退。这次司机听见了,他停了手,脸上交织着羞愧和自以为是的古怪表情。他放开了那个孩子,回到了车里,一边小声咕哝,一边因为用了力气而喘着气。

---

1. 此处原文的部分词汇拼写并非标准英文,为德国小男孩的口音或口误。

刘易斯对孩子们喊道:"别走!"

年龄最大的那个男孩朝着车往回走,他的伙伴们试探地跟着他朝这位英国人走来。别处的流浪儿这会儿也聚了过来,想捡些残羹冷炙,这些孩子浑身上下都脏兮兮的。他们一靠近就散发出饥饿的人因浮肿而产生的臭味。所有人都乞求地伸出了手,伸向这位坐在黑色战车里路过的仁慈的英国天神。刘易斯从车里拿出了他的背包,里面有一条巧克力和一个橘子。他把巧克力给了那个年纪最大的男孩。

"分了吧!"他指示道。接着他把那个橘子给了个头最小的孩子,是一个大约五六岁的小姑娘——她自出生起就生活在战火中——他重复了那句让他们分享的命令。可是这个小姑娘一口就咬在了橘子上,仿佛咬的是苹果,然后就开始了嚼果肉、啃果皮、吐果核这一系列动作。刘易斯想教她这水果应该剥皮吃,但女孩护住了这份馈赠,生怕她一会儿还得把它还回去。

更多的孩子挤了过来,纷纷伸出了手,其中一个男孩只有一条腿,倚在一根高尔夫球杆上寻求支撑。

"巧克力,英国佬!巧克力,英国佬!"他们叫喊着。

刘易斯没有更多的食物来分发了,不过他有价值更高的东西。他拿出香烟盒,抽出十根普莱尔[1]香烟。他将香烟递给最年长的男孩,那孩子一看见就瞪大了原本就肿着的眼睛,仿佛他手中捧着的是金子。刘易斯知道他这么做是违反规定的——他不仅对德国人亲善友好,还对黑市交易放任纵容——不过他并不在意:这十根普莱尔香烟能从某个农夫手里换来食物。新秩序下执行的法律法规是被坐在办公桌后面的那些人怀着恐惧和报复的心情炮制出

---

1. Player's,全称 John Player & Sons,是一家著名的烟草制造公司,位于英国诺丁汉。

来的，而此时此刻——直到未来的某个不确定的时间里——他就是这一小片土地上法律的化身。

斯特凡·鲁伯特站在他仅剩的家仆们面前——瘸腿的园丁理查德、气喘吁吁的女仆海克和脾气执拗的厨娘格里塔，她为这个家已经做了三十年的饭了——他发出了最后的指令。海克已经哭了起来。

"态度要恭敬，像服侍我一样服侍他。怎么了，海克？——你们所有人——如果他给你们分派工作，尽管接受。我不会生气的。我很高兴你们能留在这里，照看这一切。"

他探过身去，将海克圆圆脸蛋上的一滴眼泪抹去。

"好啦。不要哭啦。谢天谢地我们没有被俄国人占领。英国人虽然没有教养，但他们不凶残。"

"您觉得我要请他用点心吗，鲁伯特先生？"海克努力开了口。

"当然。我们要做到礼貌得体。"

"我们没有饼干了，"格里塔指出，"只有蛋糕。"

"好的。泡茶吧，不喝咖啡。虽说我们没有咖啡。这样也好。请他在藏书室用餐。这里太亮堂了。"鲁伯特原本希望那位长官来的时候会遇上沉闷灰暗的天气，然而，初秋的太阳将它最明媚的阳光投射在了艺术装饰下的彩色玻璃上，那些玻璃装点了音乐廊厅对面的高大窗户，阳光也洒在了大厅的地板上，使整个房子看上去更加吸引人。"好了，弗里达去哪里了？"

"她在她自己的房间里，先生。"海克回答。

鲁伯特让自己狠下心来。战争已经结束一年多了，可他女儿依然没有放弃抵抗。他必须镇压下这个小小的起义。他疲倦地爬上楼梯。在弗里达的卧室门口，他敲了敲门，喊了她的名字。虽然知道不会有回音,他还是等了等才进屋。她躺在床上,双腿微微抬起,离床垫几英寸[1]远。一本书——托马斯·曼的签名版《魔山》,他妻子克劳迪娅送给他的三十岁生日礼物——稳稳地架在她的脚上。弗里达对于父亲的出现没有做出反应,继续专注地努力让负重的双腿保持在空中。它们在压力的作用下已经开始颤抖了。她维持这样的姿势有多长时间了——一分钟,两分钟,还是五分钟?她透过鼻子开始剧烈地呼吸,试图掩盖费力的样子,不想示弱。她的体力确实惊人,但是这么做却毫无乐趣可言,自从战争爆发以来,她就虔诚地保持着那些少女联盟[2]的健身习惯,这就是其中之一。

用尽全力,没有乐趣。

弗里达的脸变得通红,额头上布满了一层汗珠。她的双腿开始左右摇摆,她不想让它们落下,于是控制力度,主动将它们降低了一点儿。

"你应该试试那本莎士比亚——或者地图集,"鲁伯特说,"可以更好地测试你的力量。"虽然他的玩笑话一般都会以加倍的速度被反弹回来,但他依然愿意选择这种轻松的姿态作为武器,来对抗她愤怒的情绪和一本正经的样子。

"用什么样的书不重要。"她回答。

"英国军官就要来了。"

弗里达忽然坐起身,连双手都没有动用。她矫健地把双脚晃到地上,擦去发辫后面的汗水。最近几年来她常常摆出这副可怕而挑衅的神色,让他觉得心痛。她盯着她的父亲。

"我希望你能见见他。"他说。

---

1. 1 英寸等于 2.54 厘米。——编者注
2. 德国少女联盟是纳粹德国希特勒青年团的青年女性分支组织,组建于 1933 年。

"为什么?"

"因为——"

"因为你要将妈妈的房子拱手让出,连一下反抗都没有。"

"弗里迪[1],请不要这样说话。去吧。就算是为了妈妈。"

"她才不会搬走。她绝对不会允许这样做。"

"去吧。"

"不。自己去讨好吧。"

"我想让你现在就过来。"

"讨饭的!"

鲁伯特无法就这么盯着女儿不放,于是转身离开了,心里怦怦直跳。走到楼梯底下,他看了看镜子中的自己。他看上去身形憔悴、脸色蜡黄,鼻子的轮廓也消失了不少,不过他希望这副样子能起点作用。他已经穿上了最破旧的衣服。他知道自己将要放弃自己的家了——这是易北大道上最好的宅邸之一,任何向往奢华生活的英国中层军官都难以拒绝这样的住处——不过留下合适的印象非常重要。他听说过不少传闻,比如投降后盟军对各种珍宝的盗取,俗不可耐的英国帝国主义分子对民族文化的践踏——他尤其担心正房里费尔南·莱热[2]的油画和埃米尔·诺尔德[3]的木版画——但他觉得如果自己能够以恰当的方式让出房子,那个英国军官可能会对他产生好印象,也就不会那么粗暴地对待他的物品了。他拨了拨昨天晚上的炉火余烬,稍微调整了一下,做出它们是燃烧家具后剩下的样子。接着他脱掉外套,松开领带,摆出一

---

1. 弗里达的昵称。
2. 费尔南·莱热(Fernand Léger,1881—1955),法国画家和雕塑家,创立了个性化立体派风格。
3. 埃米尔·诺尔德(Emil Nolde,1867—1956),德国油画家和版画家,表现主义代表人物。

副既有尊严又不失恭敬的姿态：手放在身体两侧，一只腿微微倾斜。这副形象太过随意，太不正式，太过自信，太接近他真实的样子了。他重新穿上外套，系紧领带，抚平头发，身体站直了一点儿，双手扣在一起，谦卑地放在裤子前。这下好多了：这才是一个准备好无怨无悔地交出自己房子的人该有的样子。

刘易斯和施罗德在接下来的整个行程中都没有说话。刘易斯能看出，施罗德一想起与那帮流浪儿的相遇，就会动动嘴唇，默默无声地念叨几句表达一下厌恶和愤怒，不过他选择对这件事闭口不提。车很快就开到了城市的外围地区，这个边缘地带之外的所有区域都在三年前被英美军队炸了个底朝天。如今道路平坦，两旁种着悬铃木，房屋全都掩映在高大的树篱和大门之后。这就是易北大道，这些房子是银行家和商人的房产，他们为汉堡创造了财富，也导致这里的港口和作业区成为轰炸机指挥部的理想目标。与刘易斯在伦敦郊区看到的所有宅邸相比，与他预料中自己能住上的任何房子相比，这些房屋都有着更显赫、更现代、更令人难忘的外观。

鲁伯特别墅是路边最后一幢房子，大道从它这里开始就偏离了易北河的走向。第一眼看到这栋房子时，刘易斯心想威尔金斯上尉是不是弄错了。它坐落在两边栽着白杨树的长路尽头：这幢豪宅像是白色的婚礼蛋糕，风格华丽，有门廊和一个半圆形、带柱廊的大阳台。房子底层离地高出几英尺[1]，中间由一段壮观的石阶相连，拾级而上便是一个矮阳台。环绕着紫藤花的柱子支撑着一个高阳台，从那里望去，住在房子里的人可以看到大约百码[2]之

1.1 英尺约合 0.3 米。——编者注
2.1 码约合 0.9 米。——编者注

外的易北河。刘易斯对别墅明亮典雅的风格和房子的大小感到震撼。虽然算不上宫殿，但这宅邸更适合将军或者总理大臣一类的人，而不是他这种从底层步步晋升而来的上校，他自己连一所房子都还不曾拥有呢。

梅赛德斯汽车转弯进入圆形车道时，刘易斯看到了三个人——两女一男，他猜那男的可能是园丁——站成了列队欢迎的样子。另外还有一个人——穿着宽松西装的高个子绅士——从台阶上走下来，正要加入这行人。施罗德让车沿着车道缓缓转过，刚好停在欢迎队伍的前面。刘易斯没有等司机来开车门；他自己径直下了车，朝着那人走了过去，他推测这位便是鲁伯特了。刘易斯正要敬个军礼，但在最后一刻，他改为伸手与房子主人的手握在了一起。

"晚上好，"他说，"我是刘易斯·摩根上校。"

"欢迎，上校先生。请。我们可以说英语。"

鲁伯特友好地握着刘易斯的手。尽管隔着手套，刘易斯也能感觉到鲁伯特的手比自己的手更暖和。刘易斯朝女佣们和园丁点了点头。女佣们鞠了一躬，她们中午轻点儿的那位还好奇地瞧了瞧他，就好像他来自一个失落的部族。她似乎被他的样子逗乐了——他的口音，又或许是他古怪的制服——于是刘易斯朝她微笑了一下。

"这位是理查德。"

园丁咔嗒一声并拢了鞋后跟，伸出一只手臂。

刘易斯握住他那只露在外面、长满老茧的手，任凭那杠杆般的臂膀带动他的手如同活塞一样上下摆动。

"请——进来吧。"鲁伯特说。

施罗德被留在驾驶座上，他把腿架在梅赛德斯的踏脚板上，

17

还在为刚才的训斥生着闷气。刘易斯跟着鲁伯特走上台阶,进了屋。

房子的内部才是它真实的样子。刘易斯不太在意它的风格——棱角分明的家具有一种未来主义的气质,别扭的艺术品晦涩难懂,这些对于他的品位来说都过于现代和前卫了——但构造质量和设计技术都是一流的,比他在任何一所英国房子里见过的都要好,包括贝里斯-西里尔家。他们住的是阿默舍姆的庄园宅邸,蕾切尔对那里羡慕不已,认为它是全天下最好的房子。鲁伯特陪他在房子各处走了走,彬彬有礼地介绍着各个房间的作用以及这个地方的历史,刘易斯的脑海中提前浮现出蕾切尔第一次踏进房子的那一刻,他看见他的妻子欣赏着这些房间明朗干净的线条,她瞪大双眼看着这奢华大气的一切——大理石的窗前座位、三角钢琴、餐用升降机、女仆房间、藏书室、吸烟室、美术收藏品——他这样想象的时候,忽然有了一个从没想过的念头,他希望这座房子也许能从某种程度上弥补他们之间那些因战争而分开的艰难岁月。

"您有孩子吗?"他们上楼去卧室的时候,鲁伯特问道。

"有。有个儿子。名叫艾德蒙。"他说出这个名字时,仿佛提醒了自己一下。

"那么也许艾德蒙会喜欢这个房间?"

鲁伯特带刘易斯走进了一个堆满儿童玩具的房间——大部分是女孩子的玩具。一只摇摆木马立在房间的另一头,它有着圆鼓鼓的黑眼睛,一个瓷娃娃侧坐在它背上的马鞍上。四柱小床的脚下放着一座犬舍大小的玩具娃娃屋,是仿照乔治亚风格[1]的连栋别

1.1714 至 1830 年间在欧洲特别是英国流行的一种建筑风格。

墅而制作的。几个中号的娃娃坐在屋顶上,它们的腿垂挂着,越过小屋里卧室的顶部,像一排陶瓷巨人坐在别人家的屋顶上。

"您的儿子不介意女孩的玩具吧?"鲁伯特问道。

刘易斯无法确切地说出艾德蒙喜欢什么不喜欢什么——自从刘易斯最后一次见他以后,那时他的儿子已经十岁了——不过很少有孩子会拒绝这样的室内场地和玩具收藏。

"当然不会。"他回答。

每一间漂亮的房间都有一段私密的往事——"这里是我们观赏游船的地方""这里是我们打牌的地方"——刘易斯感到越来越不安,就好像鲁伯特往他脑袋上堆了一堆滚烫的煤。他宁愿遇到某种敌意,或者至少是一种脆弱而无声的抵抗——任何能让他硬起心肠的待遇都可以,这样事情也会容易多了——但这是一场有礼有节的参观,几乎是妙趣横生,这让整件事变得更糟了。当他们来到主卧的时候——这层楼的第八间卧室,有高而窄的法式箱型床,床头正上方挂着一幅油画,描绘了一座中世纪城市林立的绿色尖塔——他感到十分苦恼。

"我最喜欢的德国城市,"鲁伯特说,他看见刘易斯盯着画上的尖塔,努力想认出这是哪里,"吕贝克[1]。有空的话,您应该去那里看一看。"

刘易斯看了看,但没有逗留。他走向落地窗,朝外眺望花园和花园之外的易北河。

"克劳迪娅——我妻子——在夏天喜欢坐在这外面。"鲁伯特走到窗前,向着阳台方向推开窗。"这是易北河。"他说着,向外迈了一步,把手一挥,画出一道180度的弧线,把从这一头到那

---

1. 德国北部城市,那里绿色的教堂塔尖非常有名。

一头的风景全揽了进来。这是一条真正意义上的欧洲大河，比英国的任何一条河流更宽广，流速也更缓慢，这里的河道弯曲处是水面的最宽点——大约有半英里[1]宽。这条河和河上往来的货物为这座房子和北岸上大多数房子提供了生活保证。

"它流入我们北边的海[2]。你们叫北海？"鲁伯特问。

"最后都是同一片海。"刘易斯回答。

鲁伯特似乎喜欢这个说法，他重复了一遍这个词："同一片海。没错。"

别人可能会把鲁伯特的表现看成是故意让刘易斯心存内疚，或者会从他那副高尚正派的姿态里看到一个民族的傲慢与自大，他们曾经妄图毁灭世界，如今却要自食苦果，而刘易斯却不这么看。在鲁伯特身上，他看到了一个有教养、有地位的人卑微地守住最后一点儿斯文体面，只为让已经被毁掉的生活不再受到更多的破坏。刘易斯知道鲁伯特的全部所为都是为了将自己争取过去，从某种程度上减少损失，甚至可能是想说服自己改变主意，但他不愿为此责怪鲁伯特，也无法唤起虚伪的愤怒，去扮演一个冷漠果断、不择手段的人。

"您的房子很不错，鲁伯特先生。"他说。

鲁伯特鞠躬表示感谢。

"但它超出了我的需求——也超出了我家庭的需求，"刘易斯继续说，"而且……当然，也比我们习惯住的房子要好太多。"

鲁伯特在等刘易斯把话说完，他的眼睛亮了起来，他感觉到对方会做出令人惊讶的让步。

刘易斯的目光越过那条大河，河水奔流到他们"共同的大

---
1. 1英里约合1.61公里。——编者注
2. 原文为德语，是北海在德文中的称呼。

海"——海水正将他疏远已久的家人送回他身边。"我会建议另做安排的。"他说。

第二章

"'你将在陌生的敌对国遇到陌生的民族。务必远离德国人。不得与他们一起走路、握手或者登门拜访。不得与他们进行娱乐游戏,或者参与他们的社交活动。不要对他们和颜悦色——这会被看成是软弱的表现。让德国人安分守己。不要表露敌意:德国人反而会扬扬自得。自始至终保持冷漠恰当而不失尊严的态度,少打交道,保持距离。不得亲近……结交……'"

艾德蒙重复了一下这个词:"'亲近结交'?这是什么意思,妈妈?"

蕾切尔在听到那句"冷漠恰当而不失尊严"时就开始走神了,想象自己在陌生的德国人面前展现出这样的气质。艾德蒙正在读"赴德须知",每个即将前往德国的英国家庭都会得到这样一本官方信息宣传册,与大捆的糖果和杂志一起放入他们的行李中。让儿子大声朗读一直都是蕾切尔的策略,简单易行,可以鼓励他了解外面的世界,与此同时还能给她留出思考的空间。

"嗯?"

"这里说我们不要亲近结交德国人。这个词是什么意思?"

"意思是……态度友好。就是说我们不要与他们建立关系。"

艾德蒙想了想,说:"就算我们喜欢什么人,也不可以吗?"

"我们不会和他们有什么往来的,艾德[1]。你用不着和他们交朋友。"

可是艾德蒙的好奇心就像一条九头蛇[2],蕾切尔刚砍掉最后一个问题的脑袋,又有三个冒了出来取而代之。

"德国会变成一个新的殖民地吗?"

"差不多吧,是的。"

在过去三年中,她多么希望刘易斯能在场,击退这些没完没了的问题。艾德蒙思维敏捷,充满求知欲,需要回应和引导。刘易斯常年在外,以前她还总能认真听他说话,如今也常常心不在焉,对于艾德的大多数提问,她总是恍惚出神地点点头。实际上,对于他妈妈这种慢半拍的回应,艾德蒙早就习惯了,他会把每句话都说两遍,就好像她是一个上了年纪又耳背的阿姨,不得不迁就。

"会让他们学习英语吗?"

"我猜会的,艾德,是的。再给我念一些吧。"

艾德蒙继续念道:

"'初次见到德国人,会认为他们与我们并无不同。他们的长相与我们相似,但瘦长结实的体形不多见,无论男女,多数都是金色头发,身材壮硕,特别是在北部地区。可是他们与我们并没有看上去的那么相似。'"艾德蒙点点头,读完松了一口气。可是接下来的一段话又让他感到不解:"'德国人热爱音乐。贝多芬、瓦格纳和巴赫都是德国人。'"他困惑地没再读下去,"这是真的吗?巴赫是德国人?"

巴赫是德国人,可是蕾切尔无法让自己开口承认。美好的东西应该属于正义善良的一方。

---

1. 艾德蒙的昵称。
2. 希腊神话中的蛇怪,被砍掉一个头还会长出更多的头,后来被赫拉克勒斯除掉。

"那个年代德国还不是这个样子,"她说,"接着读。非常有趣……"

这本手册在蕾切尔的心头唤起了一股原始而又令人宽慰的情绪。她觉得自己认定了书中宣传的重要信息:总而言之,德国人都是坏人。这个看法已经发挥了重要作用,帮助他们度过战乱,并达成共识,不会再为此谴责任何其他人。世上的一切乱象都是德国人造成的:收成不好,面包太贵,年轻人道德水平下降,去教堂的人数在减少。曾经有一段时间,蕾切尔很赞同这个说法,自己在家庭琐事中遇到的种种不满,都可以用它做万能的借口。

后来,在1942年春的一天,一架亨克尔He-111轰炸机在突袭米尔福德港炼油厂后的返程途中,将没用完的炸弹误投了下来,害死了她十四岁的儿子迈克,毁掉了她姐姐的房子,也将她像布偶娃娃一样抛在了起居室的地板上。虽然走出废墟时她全身毫发无损,但有某种心灵弹片深深地扎入了她的身体,在手术刀也够不到的地方,毒害着她的思想,让她的一切想法都变得软弱无力。那颗荒谬的炸弹粉碎了她对人性本善的信念,将它炸成万千尘埃飞上天空,在她的脑海中只留下一声回响,随着战争的结束,那声音也越来越大。

尽管如此,在她自己为数不多的朋友中,她失去的亲人是最少的——布莱克家有两个儿子在诺曼底登陆时阵亡;乔治·戴维斯从战俘营回来后发现自己的妻子和孩子们都已经在加的夫的一次炸弹空袭中遇难——在其他人的悲痛遭遇中,蕾切尔并没有得到任何慰藉。每个人的痛苦都是独一无二的,并不会因为受苦时人人有份而减轻。

然而,对德国人的谴责只能带来短暂的缓解。轰炸过后,她曾透过冒着浓烟、屋顶全无的房梁仰望天空,想象那些飞行员大笑着飞回德国的样子，可这些人不过是履行了自己的职责，谴责他们毫无意义。有那么一刻，她想到他们的领袖才是罪魁祸首，但想起这个人，对于她儿子留下的回忆，似乎是一种侮辱。

几个星期之后，她感觉恢复了，却发现自己无法像从前那样经常去祷告了，伴随而来的是突如其来的念头，想知道上帝是不是真的存在。她一直觉得上帝是站在她这一边的，忽然之间上帝变得遥不可及，笼统而广泛，像元首这个称呼一样。她的反应不是像虔诚的信徒那样陷入极度痛苦（朝上帝所需要的信仰发出怒吼），而是沉默地怀疑他们是否真的拥有过上帝。普林格牧师所说的"悲伤教会我们的东西让我们变得更强大"，也只不过让这种信仰缺失的陌生情绪更加恶化。牧师试图安慰她，说人们所信仰的上帝自己也失去了一个儿子，而她的回答却出乎意料地尖锐："至少三天以后他的儿子又回来了。"牧师目瞪口呆，半天说不出话来，过了一会儿才用上他最令人安心的语气对她说，所有相信基督复活的人都拥有同样的希望。蕾切尔摇了摇头。她眼见她儿子残破的遗体从横梁下被拖出来，他那无辜的脸庞在灰尘和死亡的覆盖下显得无比苍白。迈克不会再活过来了。

在艰苦年代，自怨自艾的情绪就如同限量分配的商品，人们不该在公共场合被人看到自己沉溺其中的样子。然而，蕾切尔感到这场战争糟糕透了，觉得自己没有做过坏事，反而遭到了罪孽的折磨，这种感觉没有减轻。她不能责备上帝，只好在世间寻找替罪羊，她找到了一个人选。她没想到会是这个人，一开始她想压下这个念头，觉得这只不过进一步证明了她的"神经衰弱"，正如梅菲尔德医生所说。刘易斯——他打了一场不错的仗，一场英勇之战——当那一切发生时，他在千里之外的威尔特郡训练新兵，虽然是他提出让他们从阿默舍姆前往安全的西部地区，"纳粹德国的空军到不了那里,也对那地方不感兴趣",而且也是他坚持让孩子们跟她走的,但他不可能料到,会有一个德国飞行员为了快点回去,就偷懒扔下了那些炸弹。然而,悲痛之情与其他无法言说的怨恨混在一起,就如同释放了一群愤怒叫唤的思绪小鸟,它们一旦出了笼子,就难以收回了。每当她的抱怨声达到最大时,刘易斯的脸就会赫然出现,最为显眼,而他本人不在场,于是他的过失又加重了几分。如果她说埋怨过谁,那也就只有他了。

"妈妈?你正在和谁说话?"艾德蒙问她。她又一次陷入了沉思,可怜的艾德蒙,她唯一还活着的小儿子,又一次将她唤了回来。那些难以说出口的满腔委屈,将她心里的一切都推入了私人领域,让她离外面的世界如此遥远,有时对时间和空间都失去了感觉。蕾切尔试着让自己振作起来。

"没有人,艾德。我只是在想……"她说,"我只是在想……我想再给你拿张卡片。"她将手伸进手提包里去拿那包惠尔斯香烟,然后点燃了一支烟,按照梅菲尔德建议,这样做"对她的神经有好处"。她将香烟卡递给艾德蒙,他先是满心欢喜地接了过来,然后又不要了。

"我已经有这一张了。"他说。

蕾切尔看了看那张卡。卡上画着如何在爆炸中保护窗户。"这些烟还在用那些无聊的战时卡片,"艾德蒙解释道,"你不能换点别的烟吗?"

"你爸爸会有新的。我记得他抽的还是普莱尔香烟。"

蕾切尔在烟灰缸里弹了弹烟灰,又拍掉了落在粗花呢裙子上的烟灰屑。一年多来,今天是她第一次在穿衣打扮的时候想起刘易斯。欧洲胜利日之后,她有短短的三天时间与他会面,那时她觉得自己是全英国唯一无法让自己开怀的人。她穿着一件粗花呢裙子，他曾经难得地称赞她穿这身看上去"美极了"，她还用了他从法国带回来的"我会回来"款沃斯[1]香水（"价格不菲"）。这些年大家一直用窗帘布做大衣，用甜菜根的汁水当口红，她这身装扮给人一种阔气奢华的感觉。

蕾切尔望着自己在火车车厢窗户上的影子，这时她注意到一个女人带着孩子——一个大约十岁的小女孩——坐在她对面，她们一个在读手册，一个在看图画书。那女人似乎在用眼神表示不满。

"我觉得这个很重要，露西，"女人对女孩说，"这是来自艾德礼首相[2]的训示。"女人开始读手册上的内容："'英国主妇将被德国人视为大英帝国的代表，德国人评判英国人和英国生活方式的依据就是她们和孩子们的行为举止，而非英国军队的所作所为。'我们一定要记住这一点。"她说。虽然她说话的时候是看着她女儿的，但蕾切尔却觉得这些话是针对自己说的。毫无疑问，这位堪称楷模的英国主妇得出的结论是，坐在她对面的这位女士打扮得过分讲究，一心只顾自己，心烦意乱，对于儿子的存在不闻不问，一直在自言自语，一定是个自私的主妇，一个不称职的母亲，她的国家可不能有如此糟糕的形象代表。

"炸弹落地后有一段延迟时间，一切都静止了……"艾德蒙为了渲染气氛，停顿了一下，"接着，所有的声音和空气都被抽走了，我妈妈被抛起来……抛到了三十英尺外房间的另一头。"

---

1. 沃斯高定（Worth Couture）是法国著名高级定制品牌，在1924至1934年间推出五款香水，分别为"在深夜里"（Dans La Nuit）、"在黎明前"（Ver Le Jours）、"不说再见"（Sans Adieu）、"我会回来"（Je Revien）和"为了你"（Vers Toi）。二战期间，"我会回来"款香水凭借其美好寓意，在军队中非常受欢迎。
2. 克莱门特·理查德·艾德礼（Clement Richard Attlee，1883—1967）于1945年接替丘吉尔成为英国首相。

十一岁的艾德蒙正在经历一个激动人心的时刻：乘坐一艘改装过的德国战舰横穿北海去与父亲团聚，他是一位幸存下来的战斗英雄，他住的地方曾经有过历史上最强大、最邪恶的政权；更棒的是，他还会讲很多战争故事，别的小伙伴都比不上。

炸弹害死了艾德蒙的哥哥，还把他妈妈扔到了——十、二十英尺（遇上合适的听众，就是三十英尺）之外——他姨妈家起居室的地板上。这之后她好像总会微微发抖，动不动就抹眼泪（她会为很小的事情落泪——无线电台播放的一首经典音乐，花园里一只跛足的小鸟），但他可以原谅她的这些表现。它们显然都缘于迈克的死和她自己的死里逃生。她对死亡的回避反而让他生出了一股自豪感，也让他有了可以任意发挥的好故事。

此时他就在给这故事添枝加叶，他觉得自己面对的绝对是"适合听三十英尺的观众"，包括一个长了美人痣的十三岁小姑娘、一个看上去十一岁的红头发男孩和一个年长一点儿的男孩，大约十六岁，穿着犬牙装饰的运动外套。虽然人在旅途的兴奋心情暂时冲淡了他们之间的等级差别，但身处新环境中，大家一定会在心里盘算自己的地位如何。在他们父亲的军衔级别被公布之前，艾德蒙就猜到他至少和红头发与美人痣是同一个等级，而且肯定比犬牙的等级高。犬牙坐在一旁，假装对艾德蒙妈妈如何活下来的故事不感兴趣，一边敲了敲烟蒂，一边捋了捋他那打了发胶的油亮头发。

虽然这男孩故意露出满不在乎的样子，艾德蒙还是能感觉到自己的故事吸引了对方。他刚刚描述了炸弹击中房子的瞬间，还有碰撞后的"炸裂声"，以及爆炸时会感觉到奇怪的"推力-拉力"，他妈妈还试着向他解释过成因。他的讲述大体是准确的，除了一点，在纳伯斯地区偏远的威尔士集镇里不可能有防空部队"轰隆隆"的炮火声。另外,他觉得没必要提到的是,炸弹袭击的那天,他正在附近的农场里。

"三十英尺?那将近是……这间船舱的三倍。"红头发沿着想象中妈妈飞过的轨迹转动脑袋,直到她落在甲板外的某个地方才停下,发出了一声表示确认的"天哪"。大概是为了打消所有的怀疑,艾德蒙在故事结束时提到了迈克的死,这是无可争议的事实,细节也无须详述:

"我的哥哥迈克就没有这么幸运。"

艾德蒙用**他妈妈如何英勇地打败死亡**[1]赢得了他们的尊重,又用**可是他哥哥死了**获得了他们的同情。

据说每个人都能讲出"一个炸弹故事",不过艾德蒙还没有遇到有谁的故事能比得上他的。他等着瞧这三个人会有什么表现。红头发清了清嗓子,试着提到了自己的一个表亲,这个人在布罗姆利的阿尔罕布拉电影院看《乱世佳人》的时候和其他十个人一起被炸死了,可是红头发与他并不熟识。犬牙一直没说话,不过艾德蒙从他得意的笑容里推测,他可能要找出一个故事来打败自己:死于飞弹?德国飞行员卡在树上?没关系。艾德蒙手头还有一个故事,以备不时之需。

艾德蒙拿出一副纸牌。"你们知道怎么用纸牌搭房子吗?"他问道。他把牌摊开,开始在折叠桌上搭建一个基本的金字塔形。船身的起伏和摇晃增加了这样做的挑战性。

"我们得和另一家人共用一个船舱,"美人痣说,"我爸爸只是上尉。"她已经注意到了艾德蒙船舱里的布局,与他爸爸的军衔相匹配。"不过我妈妈希望他能快点升为少校,这样我们在德国就可

---

1. 加粗的字的原文单词均为首字母大写,下同。——编者注

以住上更好的房子。你爸爸是什么军衔?"

艾德蒙迅速看了一眼犬牙,确认他在听。他有一种简单轻松的方式来打这一手好牌。如果说**他的妈妈战胜死亡**是一个满堂红[1],那么**他的爸爸赢得一枚勋章**就是他的同花大顺。

"战争刚开始的时候他只是上尉,很快就成了少校,然后他获得一枚勋章,就再次晋升了。从少校跳过中校,直接被提拔为上校。"

"他的勋章是怎么得到的?"犬牙被吸引了,艾德蒙注意到了他的口音:来自一所出类拔萃的文法学校。这是上过多少节演说课都伪装不了的口音。

艾德蒙不用他们再催促,就开始讲他爸爸如何跳进埃姆斯河里救下了困在卡车中的两名工兵,又是如何引开德国狙击手的注意而完成这个任务的。这不是他第一次讲这个故事了,讲到他爸爸潜到水里救下被困人员,再浮出水面用手榴弹干掉狙击手的时候,他知道要停顿一下。然后就有了一阵满怀崇拜的沉默,这时犬牙问道:

"他得的是什么勋章?"

"DSO,金十字英勇勋章。"

"你说的是表现平平勋章[2]吧。"犬牙挤出一声嘲笑,这样一来,质疑渐渐浸入房间,如同水涌进了落在河里的卡车。艾德蒙觉得自己的故事在下沉。美人痣说了一句大家都认同的话,让之前团结友爱的气氛恢复了一些:"活着的德国人没有一个是好人。"

艾德蒙和红头发点点头,于是美人痣继续分享她对德国人本性的深刻见解,这都是她坐在祖母膝头学到的:

---

1. 扑克术语,指扑克游戏中三张同点牌带两张同点牌的一手牌。——编者注
2. 原文为"Did Something Ordinary",与"金十字英勇勋章"(Distinguished Service Order)的首字母都为 DSO。

"我奶奶说，如果你看着他们的眼睛，你会看到恶魔……"

红头发对这方面也有所钻研：

"我们不能和他们讲话，连对他们笑一下都不行。他们必须向我们敬礼，一切都得听我们的。"

"我们不能和他们亲近结交。"艾德蒙补充道，庆幸自己用了这个新学的词汇。

犬牙点了一支烟，摇了摇头。他把烟从鼻孔里喷出来的方式，还有他对任何人说的话都不太相信的样子，都让艾德蒙背地里有些羡慕。

"听听你们说的。你们什么都不明白，不是吗？关于德国，你们只需要了解一件事……"他把香烟伸出来，"这么一根能给你换一片面包。一百根能给你买辆自行车。只要足够多，你就能过得和国王一样快活。"

说完这些话，他夸张地猛吸了一口烟，然后朝他们喷出烟雾，把每个人都呛得眨眼睛，除了艾德蒙，他一直睁大了双眼，看着他的纸牌屋分崩离析。

驻德军官的夫人们聚集在休息室里。这艘船的来头已经被尽力掩盖了；它曾经将纳粹党卫军运送到奥斯陆和卑尔根刚被占领的港口，而这些痕迹都被黄绿色和淡黄色的油漆以及欢乐的旗布抹去了。只有最眼尖的乘客才会注意到甲板围栏上还留着一幅旧涂鸦，向全世界宣告，二等兵托拜尔斯·梅塞尔曾经在这里用刀把他的名字刻下来，以示后来人。

这艘名为"帝国哈拉戴尔"号的轮船是这次团聚行动的宣传噱头，它所运送的人们来自一个依然伟大的世界强国。这个国家即使在困难年代还能为它的民众提供特别待遇。在被运送的人们看来，离开英国的旅途是美好的，远离了家种土豆和胡萝卜、肉汁丝袜[1]和没完没了的省吃俭用。这片小小的帝国领地漂洋过海，似乎在嘲笑这一切，也预示着被慷慨赠予的新生活就在眼前。

蕾切尔和三位军官太太坐在一起比较各自的家用配给清单。她是上校夫人，所以她的清单有三页纸；伯纳姆太太（少校夫人）有两页半；艾略特太太和汤普森太太（上尉夫人）有两页。英国官僚机构的神通广大得到了验证，即使在这样穷困潦倒的年代，在濒临破产、自身难保时，他们还能想出方案来决定上尉夫人不能配备一套四件的茶具，而少校夫人需要配备全套餐具，以及只有指挥官夫人们才可以配备波特葡萄酒的醒酒瓶。

虽然蕾切尔在这几个人中是"高级军官的夫人"，但伯纳姆太太才是天生的领导者，蕾切尔非常乐意听从她的话。这位自信而迷人的女士无所不知，反应敏捷而且说话粗鲁，但她让她们聚在一起时有了一种神秘感，使她们都觉得前往德国是一场历险，是一次需要牢牢把握的机会。汤普森太太是一个说话干脆利落、有些势利的女人，她一直在全神贯注地听着她的每一句话。只有艾略特太太看上去不太舒服。自从船启程离开蒂尔伯里，她就一直晕船，脸色苍白得如同她们茶杯和茶托上常见的灰绿色。

"感觉好点了吗？"蕾切尔问她。

"这茶挺管用的。"

"能喝就多喝一点儿，"伯纳姆太太说，"德国人对咖啡很在行，对泡茶可是一窍不通。"

伯纳姆太太已经浏览过她的清单了，发现上面没有调味品、餐巾纸和高脚杯，于是她把注意力转移到了蕾切尔身上。

---

1. 二战后物资匮乏，女性难以买到尼龙丝袜，就流行起用各种涂料在腿上绘制丝袜，其中肉汁褐化剂是常见的颜料，由此产生的肉汁丝袜很受欢迎。

"东西都齐了吗?"

蕾切尔很少抱怨,但是刘易斯连跳两级的晋升将她带入了这个新鲜而陌生的特权圈子,要做出生来就很在行的样子,她感到很有压力。

"要是有雪利酒杯会很不错。"

伯纳姆太太半开玩笑半严肃地抱怨道:"唉,我都不知该说什么好!总督夫人就必须配有雪利酒杯,要不然就该是议会的问题了。"

大家都笑了起来,蕾切尔很庆幸能有人让自己笑出来。伯纳姆太太说出了蕾切尔心有所感却说不出口的话。所有毫无生气、拘谨而呆板的东西都将留在身后那个消耗殆尽的灰色英国。回到那里,伯纳姆太太或许会被看作是粗陋无礼的,但在这里,没有礼仪的束缚,又身处未知的国土,她可以像一个新世界的探索者一样自信满满地畅所欲言。

敏感的艾略特太太提了一个问题,破坏了这种心情:"家庭适用住房因为轰炸而出现了短缺,这是真的吗?乔治上次写信的时候也不确定我们会住在哪里。"

伯纳姆太太打消了疑虑:"他们已经开始征用房子了。会有很多能住的地方。"

"我听说他们的房子造得相当好,"汤普森太太插嘴道,"特别是厨房。"

"我担心的倒不是厨房,"伯纳姆太太说,"而是卧室。我可盼着能有一个又大又舒服的床。"她笑了起来,蕾切尔注意到她的喉咙附近泛起了红晕,像一枚浪荡的饰针。

但是艾略特太太依然在担心住房短缺的后果。

"可是他们会怎么安排那些人呢?"

"谁?"

"那些德国家庭……那些房子被征用的人?"

"住军营。"伯纳姆太太说,吐出的字像枪里射出的弹丸。

"军营?"

"军营。"她重复道。

艾略特太太试着想象了一下军营和德国人全家住在里面的样子。"真可怕。"她说。

"我觉得我们不用为他们感到惋惜。"蕾切尔带着令人惊讶的气势说道。

"对极了,"伯纳姆太太称赞道,"他们的确可以搬过去,给我们腾出地方。他们做这些也不算什么。"

"我也这么认为。"汤普森太太表示同意。大家多数意见达成一致,于是这个关于德国家庭和住军营的不愉快话题就此被放下了。女士们相互之间开始聊起了天,伯纳姆太太转向蕾切尔,悄悄压低声音。

"那么,你最后一次见到你丈夫是什么时候?"伯纳姆太太似乎又泛起了红晕,透过她浓烈香水味的遮掩,蕾切尔能闻出她皮肤的味道,一种甜腻而几乎辛辣的味道。

"欧洲胜利日那天,待了三天。"

"那你们两个可要好好弥补一下。"

"过去几年里,恐怕我都有点习惯自己一个人睡觉了。"承认这一点,让蕾切尔自己也很惊讶,不过这个丰满而活泼的女人似乎需要这样的坦率。

实际上,刘易斯对于蕾切尔来说已经成了神话里的喀迈拉:一半是人,一半是念想。当然,他们曾经非常亲密。可那时他们之间从来不会出问题,只要顺其自然就行了。这种关系直接而简单——她很确定——令人愉悦，平等地给予和索取。尽管如此，她却回忆不出那种亲密感——连画面都想不起来——这使得伯纳姆太太的问题变得令人不安起来。蕾切尔正在前往一片充满敌意的土地，去开启一段不确定的崭新生活，但让她最不确定的不是敌人，而是自己的丈夫。他们之间的"亲热一下"也好（刚结婚的时候他喜欢这么说），"欢爱"也好（她愿意这么说，因为她喜欢这个词中隐秘的深意），都已经是一年多以前的事情了，如今它变得暧昧而模糊，只剩一个拥抱，遗落在战争结束后的失望里。

"唉，我不知道你想怎么样，我打算把这些被偷走的时间都补回来。"伯纳姆太太一边说，一边挑逗地深吸了一口香烟，向前探了探身，往她的茶里加了一块糖。虽然蕾切尔已经有五年没喝过加糖的茶了，她还是拿了两块糖，扔进了杯中。

第三章

刘易斯看着英国军人在汉堡达姆门火车站的站台上越聚越多。他们几乎都是来等待与妻子见面的，对于其中一些人来说，这列从库克斯港开来的火车即将终结他们长达几个月甚至几年的分别。

对于他来说，伦敦庆祝胜利时的那三天过得异常沮丧，自那以后他们有十七个月没见过面；他有十七个月没有看到鲜活的蕾切尔，没有闻到她细密的呼吸，没有听过她弹钢琴了。他不想再依赖她的照片来排遣思念了——照片是在一个晴朗的七月天拍摄于彭布罗克郡的海滩上——他一直将它夹在烟盒的松紧带下面。照片上的她似乎也正处于盛夏年华：穿着宽松的印花裙子，活泼地歪着脑袋——即使在黑白色彩中，她脸颊看上去也是红润的。他不是一个依靠视觉的人，可在他们分开的日子里，他心中涌起的浮想和回忆，连他自己都感到惊讶。它们不是那种格调高雅、造型完美的浪漫电影，而是私密而没有剧本的片段影像，难以示人也不可示人。他最常想起的是第一次将蕾切尔介绍给家人的场景——他的姐姐凯特对他挑中了这么好的姑娘感到非常意外，立刻就表示了同意——午夜他们一时兴起，就在卡马森湾裸泳，又湿又黏的海藻拍打着他们的四肢。

真正的她就要到来了，所有的幻想都受到了威胁。他站在那里抽烟的时候,就开始想走下火车的会是一个什么样的人。照片中的蕾切尔能随身装在口袋里、能随时拿出来欣赏,在战争岁月里,无论天气如何,环境如何,她始终对他报以微笑,真正的蕾切尔如何与之相比呢?

刘易斯把她的照片塞回到松紧带,盖住了迈克那张较小一点儿的照片,然后把烟盒关上了。他最后吸了一口烟,将它扔进下方的铁轨里。他头顶是车站的屋顶,没有玻璃,只剩空架子,鸟儿在上边找地方做窝。突然传来一声欣喜的惊叹,刘易斯低头看向脚边,在铁轨之间站着一个瘦弱的人,大约六十来岁,他捡起了刘易斯那个还在冒烟的烟头,检查了一下其中的烟草,一遍又一遍地咕哝着"谢谢,谢谢,谢谢"。若是在平常,这个人对如此微不足道的意外收获也要千恩万谢,听起来就像是一种讽刺;但在德国战败后,一个被扔掉的烟蒂简直就是从上帝遗弃的天空中降下的神赐之物。同情心和厌恶感在刘易斯的心里争斗了一番,同情心再次占了上风。他从银制烟盒里拿出了三支香烟,弯下腰,把它们递给那个人。有那么一瞬间,那个人呆望着崭新的香烟,简直不敢伸手去接它们,害怕这只是一个幻觉。

"拿去吧!快!"刘易斯说,他意识到聚过来的军人们大多都瞧不起这种善行。那个人接过香烟,把它们捧在手心,然后藏进了他的大衣里。

刘易斯直起身,看见两个人沿着站台朝他走来。一位是威尔金斯上尉,因为即将与妻子见面而明显变得活泼了起来,他总是毫不害羞地把她称作"我的小花瓣儿"。刘易斯发现自己很难把对蕾切尔的爱意直白地告诉她,更别提告诉别人了,所以背地里他很羡慕自己的副手能有这份宠爱妻子的心意。威尔金斯在这方面还很幼稚,他像恋爱中的年轻人一样控制不住自己,把私密的情话都拿出来说，比如有一次，他写了一首诗，《致他的小花瓣》，其中一句写道："我要浇灌你，我的花儿，用我的爱淹没你。"

和威尔金斯一起来的人肩章上有一枚代表少校军衔的王冠。他的长相带着异域特点，不像英国人，有着柔滑的黑色头发和漂亮的眼睛，神色机警。刘易斯立刻觉得在他的面前自己还有待提高。

"长官，这位是伯纳姆少校，"威尔金斯说，"来自情报部。此行的工作是从清白分子、灰色分子和其他人中将黑色分子挑出来。"

伯纳姆没有敬礼，而是与刘易斯握了握手。情报部门有他们自己的一套等级制度，不会对常规军人表示尊重态度，他们认为要想重建一个四分五裂的国家，常规军是不够条件的。刘易斯不介意对方没有敬礼，但他立刻从伯纳姆利落的动作和严谨的谈吐中看出他是一个正在执行任务的人。

伯纳姆盯着那个瘦弱的流浪汉时，威尔金斯打破了沉默："我们昨天才为少校找到了一处房子。离您的住所不远，长官。也在易北大道。"刘易斯的这位副手对于他上司离经叛道的想法、他的好恶以及他有话直说的冲动都很敏感。他已经感觉到了两人之间的针锋相对。"你们差不多算是邻居了。"他补充道。

伯纳姆的注意力依然在那个人身上，他这会儿已经爬上了站台，伸出手，显然是希望上校的朋友们也一样有好心肠。少校用流利的德语对他说：

"要是你再不走的话，我就逮捕你。"

这个人举起手往后退，一边点头哈腰，一边拖着虚弱的双腿尽快走开了。

伯纳姆皱着脸说："这些人的味道真是。"

"你要是每天只有900卡路里的食物，也会是这个味道。"刘易斯回答道。

"至少他们饿着肚子的时候能少惹些麻烦。"伯纳姆说,露出了一个阴郁的笑容。

"说得对。"威尔金斯说,试图缓解一下气氛。伯纳姆点点头,用老练而质疑的目光注视着刘易斯。伴随着响亮的汽笛声,火车进站了,这样一来刘易斯就不用与伯纳姆理论他这么说是不对的。大错特错。

"为什么这些小孩都跟在我们后面跑?"

艾德蒙倚在车厢半开的窗户边。窗外,一大群德国孩子张开双手在进站的火车旁奔跑,火车尽量放慢了速度,让他们能够赶得上。孩子们喊出了神圣的三个名号[1]——"巧克力、香烟、三明治"——虽然大家都料到会出现这种场景,也都习惯了,可车上的乘客却对这种抛撒食物的仪式并不了解,所以没有扔下任何赏赐。

"或许他们想看看我们长什么样"是蕾切尔所能想到的唯一解释。"我们快到了。"

"他们是德国人吗?"

"是的,过来,把你的大衣穿上。"

"可他们看上去不太像德国人。"

蕾切尔把艾德蒙的领结扶正,又舔了舔自己的手指,用它抹去他脸颊上的一块污迹,再抚平了他的头发。

"看看你这副样子,你爸爸看到了会怎么想?"

比乘客数量还多的搬运工纷纷上前来拿行李,初来乍到的人

---

1. 这里是对基督教圣父、圣子、圣灵三位一体的幽默化用。

们开始寻找自己的丈夫或者父亲。蕾切尔把她的箱子递给一个神情热切、头发灰白的老人，然后走下火车，站在熙熙攘攘的人群中，到处都是花呢大衣、帽子、香粉和口红，全都拥向等候在那里的男士们。她看见已经有团聚的夫妇相拥在人海中。那位少校夫人也如她自己说的那样，立刻就开始弥补逝去的时光。伯纳姆太太走向她丈夫，捧住他的脸，张口就开始吻他。真是无所顾忌啊，蕾切尔在艳羡的激动中打了个战。她绝对不会在公共场合这样去吻刘易斯；即使在他们年少青涩时，也不会做出这样伤风败俗的举动。

在刘易斯看到自己之前，蕾切尔就已经看见他了——他躲开了人群，远远地站着，那一刻他的表情里有一丝胆怯和脆弱——而她的心就像《妇女界》杂志里的故事所描述的一样：它猛地一跳，她喉咙上的脉搏随之跳得更快，呼吸也更加急促。有一秒钟她感受到了强烈的爱意，却在他看见她的时候就消退了，他只是匆匆扫了她一眼，然后对冲着父亲跑过来的艾德蒙露出了微笑。刘易斯一见儿子就把他刚整理好的头发又揉乱了，紧张不安地感慨了一下时光流逝：

"看看你，长大了不少。"

"你好，老爸。"

刘易斯继续打量着艾德蒙，对于他的变化一时说不出话来，大人们总是惊叹于这种变化，而小孩子却觉得这没什么大不了的，最后他终于无法再拿儿子做掩护了，他望向蕾切尔，给了她一个轻轻的吻，一半落在她的嘴唇上，一半落在她的面颊上。

"旅途愉快吗？"他问。

"坐船有一点儿累。"

"我们去喝点茶吧。运气好的话，还能吃到果馅卷。"

"德国人不会泡茶。"艾德蒙插嘴说，想逗他们开心。

刘易斯笑了。在关于德国人的各种老套传闻中，这一条恰好说中了。

"他们现在做得越来越好了。"

艾德蒙瞪大眼睛，把身边的每个细节都看在眼里。他忽然对铁轨另一边发生的事情产生了兴趣。

"他们在干什么？"

"我的天哪。"蕾切尔低声说道。

两个孩子把一个男孩头朝下悬挂在桥上，正对着迎面开来的一辆火车。倒挂的男孩抓着一根高尔夫球杆，有一瞬间，似乎机车就要撞上他了，但火车从离他身下还有几英寸的位置开了过去。火车开过的时候，他从煤车顶部碰落了几块煤，被几个等在下面的妇女用裙子兜住了。

"他们能被允许这样做吗？"艾德蒙充满羡慕地问道。

"按理说不能。"刘易斯回答。

"你会去制止他们吗？"

刘易斯神秘地朝儿子眨了眨眼。"我觉得没必要。"他说完就带着全家人往出站口走去，以免儿子会问出其他更难解答的问题。

大西洋饭店是汉堡最大的饭店，在战火中幸免于难，成了省吃俭用的沙漠中一片奢华的绿洲。大堂的棕榈厅更是给人留下了这样的印象：乐师们在盆栽的棕榈树下演奏，英国人边听音乐边喝茶，在几小时的光阴里忘却灰暗的年月，将这一切想象成一次最有趣的派驻经历。刘易斯相信，这褪色的辉煌、端来的茶水、此起彼伏的餐具碰撞声和厚实的地毯能够营造出一份舒适而安心的气氛，在他有事要宣布却难以开口时，这样的气氛正是他所需要的。不过他对音乐不太满意。通常乐师们会演奏一些欢快时髦的曲调，都是英国人喜爱的；今天的乐师——一名男钢琴师和一名女歌手——却在投入地表演一首伤感的德语歌，这旋律与刘易斯的期望正好相反。坏消息需要欢快的背景音乐；不管他们表演什么，这首歌一定得换。

蕾切尔立刻就听出来这是一首舒伯特的抒情曲，她让自己深深沉浸其中。她的果馅卷放在面前，还一口没吃，音乐填满了她的身心，她听得极为专注，在整个大厅里并不多见。艾德蒙在她身边狼吞虎咽地吃自己那份果馅卷，把一个接一个的问题抛给他爸爸。他把整个战争期间的问题都攒下来了，等不及地要知道答案。刘易斯一边抽着烟，尽他最大的努力去——回答，一边等着时机合适时去让他们换首曲子。

"德国现在算是殖民地吗？"

"不完全是，我们会在恰当的时候把它还给德国人——等我们完成对它的改革以后。"

"我们分到最好的地段了吗？"

"他们说美国人得到了美景，法国人得到了美酒，而我们得到了废墟。"

"这有点不公平。"

"是啊，可废墟也是我们造成的。"

"那么俄国人呢？"

"俄国人？嗯，他们得到了农场。不过这是另一码事了。果馅卷好吃吗，亲爱的？"

刘易斯看到蕾切尔飞快地抹去了眼角的一滴泪水。她用叉子挑起一点儿果馅卷来转移注意力，不过已经晚了：

"妈妈又哭了。"

艾德蒙就如同往桌上扔了一个信号弹，照亮了过去十七个月的时光,让他爸爸看个清楚。这光亮让刘易斯看到了他不想知道或者还没准备好面对的事情。这只是蕾切尔近况的缩影,而他原本希望医生、时间和距离能够治愈这一切。

"别犯傻了,艾德,"蕾切尔说,"不过是这首曲子而已。你知道悲伤的音乐总是让我掉眼泪。"

歌手唱完了,大厅里没有掌声,刘易斯觉得是时候缓解一下阴郁的气氛了。他站起身去提要求时,蕾切尔猜到了他的用意:"请不要……"

"我们应该听一点儿欢乐的音乐,你觉得呢?"

蕾切尔失望地耸耸肩表示同意,在他离开后,转过来对艾德蒙说:

"不要跟爸爸这样说我。这只会让他感到担心。"

"对不起。"艾德蒙回答。

刘易斯将他的要求低声告诉歌手的时候,蕾切尔注意到了她痛苦的表情和硬挤出来的笑容。或许她曾是一位具有国际水平的表演者,乐团没有了,剩下她在这里不得不满足客人们俗气的要求。刘易斯往回走的时候,钢琴师开始演奏《兔子快跑》的前奏,而那位歌手一拍不漏地转变了唱腔,原本深渊中德式存在主义的渴望变成了浅滩里的英式玩闹。

"这样好多了,"刘易斯说,"这个国家需要一首新歌。"

活泼的音乐带来了崭新的心情,刘易斯不想等到抽完烟再开口,他决定现在就说。他天生就没有推销员的口才,他的说服力总是过度依赖于"极好的""最棒的"这一类形容词的最高级以及"真的是""实在是"这种表示强调的副词。

"我有一些关于我们新家的消息。那房子实在是一个极好的住所。比阿默舍姆的房子大很多,甚至比克拉拉姨妈家的房子还大。

有很多房间,还有一架大钢琴。"他稍做停顿,让蕾切尔想象一下这房子,"能看到易北河的美丽风光。房子里到处是有意思的油画——我想,都是著名画家的作品。还有什么?对了,还有一个餐用升降机。"

"我们有仆人吗?"艾德蒙问道。

"我们有三个家仆:一个女仆、一个厨娘和一个园丁。"

"可是他们都是哑巴[1]吗?"

笑一笑能让人松一口气。听了这句话,连蕾切尔都笑了起来。

"你很快就能看到了……"

"他们会说英语吗?"蕾切尔问,她也加入到了交谈中。

"大部分德国人都会一点儿,你可以教他们。"

刘易斯住了口。为了这一刻,他已经在脑海里排演过好几遍了。他是不是应该从人性的角度入手,让他们像他一样,为鲁伯特一家感到惋惜?让他们明白德国人也是人,和他们一样?还是应该从事实出发,也就是说,这所房子足够容纳二十个人,而把房主一家人赶出去太过贪婪?不管哪种方式,他都想尽力让那个意外消息被他们心平气和地接受。

"这所房子的主人是鲁伯特先生。他是一位建筑师,一个有教养的人。他的妻子在战争中去世了。他有一个女儿,比你大不了几岁,艾德。我记得她的名字叫弗里达。总之,他们的房子……嗯,非常大。足够住二十个人。房子顶层有一套完全独立的房间……"

蕾切尔的呼吸加重了,她移动了一下自己的重心。

"事实上,这个房子足够大,能让我们所有人都住进去。他们可以住在顶层套房里,房子剩下的地方都归我们。"

---

1. 上文"餐用升降机"的英文字面意思是哑巴仆人,所以艾德蒙产生了误解。

蕾切尔不确定自己是不是听错了。

"我们和他们住在一起?"她问。

"我们几乎不会感觉到他们的存在。他们只有两个人。他们可以从别的地方进出,厨卫设备完全独立。他们所需要的东西那边全都有。"

"我们要和德国人一起住?"艾德蒙问。

"不完全一起,不过也算是吧。我们共用一幢房子。把它看成那种公寓楼,他们住在顶层而已。"

蕾切尔需要做点什么,于是她给自己倒了一些茶,其实她并不想喝,甚至连看都没看。她打翻了牛奶壶,刘易斯也很乐意找点事情做,于是他递过去一张纸巾,然后喊来了侍者。

"可是我不明白,"蕾切尔说,"别人家也要这么做吗?"

"他们都没有征用到这样一所房子。情况不太一样。"

蕾切尔无法容忍这件事。房子多么大,房间如何多,艺术品多么精美,钢琴多么高级,这些都不重要;就算它是有着厢房和别院的宫殿,也不可以有德国人住在里面。她在手提包里找出一支烟。她决定不让刘易斯像以往那样为她点烟;可他已经按下了他的美式打火机,顺着她前倾的坐姿,他握住了她颤抖的双手,为她点上了烟。

"等你见到了房子再说吧。那房子特别好。"

刘易斯行事向来都会在心里做好两手准备。如果温和的劝说没有成功,那么他会带他们去领教一下不公平的残酷现实,用车载着他们去看看汉堡最糟糕的样子。他让施罗德开着装有行李的奥斯汀16轿车,跟着他稍微绕点路,从满是废墟的城区开过,这样"夫人和少爷或许能更好地了解情况"。

45

刘易斯开着车，格外小心地绕过路上的炸弹坑，不过刚上车的头几分钟，由于艾德蒙对这辆梅赛德斯的激动反应，他没能把关于纠正偏见的一番话说出口。小儿子坐在妈妈和爸爸的中间，这辆车的一流设计让他上气不接下气地大呼小叫，满脸都是不加掩饰的喜爱。之前艾德蒙会因为巴赫是德国人而受到打击，现在这辆车如此漂亮，又以同样的方式破坏了他的优越感。

"速度能上两百呢。"

"一小时就能开好几百公里。"

"我们能试一试吗？"

"我想这种路况不允许我们开那么快，艾德。"说到这里，刘易斯摆出了第一批有杀伤力的数据，"你知道我们在汉堡一周扔下的炸弹比德国人整个战争期间在英国扔下的炸弹还要多吗？"他是对着艾德蒙说的，但是他想让蕾切尔听到，想让这番话对她产生充分的冲击力，能消除她对敌人的偏见和对自己的怜悯。几乎就在这个时候，满目疮痍的汉堡城区出现在他们周围，第一眼看上去，和他们脑海中的伦敦、考文垂和布里斯托没什么区别，但是越往前开，被炸毁的程度也越来越严重。前方已经没有直立的建筑了，在他们身后以及两旁也是如此，只剩下碎石瓦砾，还有在路边移动的人群。

"可战争是他们挑起的，不是吗，爸爸？"

刘易斯点点头。那是当然。他们挑起的战争。他们宣战是因为一个巫师搅动了他们的一锅怨气；他们宣战时高举手臂，佩戴袖章，参加集会，修好了条条大路，对每一句口号都鼓掌叫好；他们宣战时砸坏了店铺门面，驾着飞机，扔下炸弹。他们造成了这一切。可他们到哪里去了？那个吞并四方的优等种族如今在哪里？这些衣衫褴褛、四肢无力的无知平民沿着支离破碎的道路，迈着沉重的步伐缓缓前行,肯定不会是他们吧?

"他们看上去不像德国人,爸爸。"

"是啊。"

蕾切尔依旧毫无反应。

"你看见那些黑色十字架了吗?它们表示碎石堆下面埋着尸体。还有超过一百万的德国平民至今下落不明。"

刘易斯看了看蕾切尔,想知道刚才这些话有没有打动她,然而她脸上只有一片坚定不移的木然神色。

你把脸朝那边转过去吧,刘易斯想。很快你就会看到了。

他们经过了几户人家,那几户人家正在把这辈子所剩无几的物品搬运到马车后面去。

"这些人要到哪里去?"艾德蒙问。

"他们是流民。无家可归的人回到了城里。还有的人从自己的房子里被赶了出来,为了给我们这样的人腾出地方。"

"妈妈说他们住在军营里。"

"是的。可是军营数量不够。我们每个月就要搭建一座新的营地。"他觉得应该找个时间带他们去看看这种容纳流民的营地是什么样的。

"这些营地是不是和我们在《新闻画报》上看到的集中营一样?"

"不是,和那些不太一样。"

"可他们罪有应得,因为在那些集中营里他们做的事情,是不是?"

刘易斯不得不克制一下自己的烦躁心情。深呼吸。他还不懂事。

"爸爸?"

车外面,人们拥入道路两边埋头寻找,他们不过是想找到一些急需物品和日常口粮，摆脱更大的不幸。不过刘易斯不能继续站在他们一边了。他也必须说句公道话……

"有些人是罪有应得，艾德。"

这时，这趟短途行车中一直没开口的蕾切尔说话了：

"他们当然活该。"

*

当这支古怪的车队——驼背却很硬气的英国奥斯汀轿车尾随着光鲜又气派的德国梅赛德斯轿车——开过铺满碎石的车道时，斯特凡·鲁伯特看了看手表，走下台阶迎接新房客。他拉扯了一下外套，努力让自己立刻摆出庄重谦逊又满怀感激的样子——他这样性情的人是很难把这几种态度放在一起的。海克和格里塔在他身边站成一排，时刻准备为这家人效力。他能感觉到她们的紧张心情，还能听到她们轻声的议论：

"他们不像别的英国人那么丑陋。"

"我喜欢他们的衣服。"

"可怜的老爷，他一定强打着精神。"

"那位夫人长得不错……"

"没有我们家夫人漂亮。"

格里塔当然忘不了她那位女主人的模样，可是克劳迪娅并不漂亮。她端庄优雅，姿态优美，鹰钩鼻，但是并不漂亮。而这位摩根夫人，海克不由自主地发现，她的确很漂亮，即使她那张冷漠的脸上一点儿笑容都没有，也无法掩盖她的美。她有一头深褐色的秀发、一双杏仁眼和小巧而饱满的嘴唇，身材娇小却丰满，皮肤是橄榄色的。她是哪里人？肯定不是英国人。她一定是凯尔特人，甚至是西班牙人。

"她看上去不太高兴。"

"也许她以前是住城堡的吧。"

上校走过来,热情地与鲁伯特握了握手。

"弗里达也想来迎接你们,不过她不太舒服,"鲁伯特说,"希望您能原谅她的缺席。"

"没关系。"刘易斯回答,他把蕾切尔叫过来,"这是我的妻子——摩根夫人。"

鲁伯特伸出手,但蕾切尔没有做出反应。

"您好,"鲁伯特说,他收回手,把握手的姿势变成了引见的手势,"我的家仆。海克。格里塔。还有你们在门口见到的理查德。我将他们交由你们吩咐。"

海克深深地行了一个屈膝礼,格里塔只是微微动了一下。

鲁伯特注意到,蕾切尔一句话没有说。大概是她坐车经过那片废墟时过度紧张了,还没缓过来。

"还有艾德蒙。"刘易斯说,转过去叫他儿子过来,"艾德!"

艾德蒙刚才兴奋地溜达到了草坪上,这会儿正在疯跑,他把双臂像飞机一样展开,发出打仗时的各种声音。孩子没有多想。为了表示自己并不介意,鲁伯特笑了笑。但蕾切尔觉得非常窘迫。

"艾德!别闹了!过来打招呼。"

鲁伯特听到她的声音有点惊讶。她开口了!

艾德蒙跑过来见过鲁伯特和仆人们。海克看着他滑稽的动作,咯咯笑了起来。

"您好啊!"艾德蒙对鲁伯特说。

"欢迎来到你的新家,"他回答,"希望你会喜欢这里。"

刘易斯说的话一点儿也不夸张,蕾切尔想。这房子确实很棒。

甚至可以说，它比他说的还要好，可能是因为他忽略了它真正的特别之处，还因为这种富丽堂皇让他觉得不太自在。他不像他的同僚，没有社交上的虚荣心，也不爱追求物质享受，蕾切尔虽然在社交方面更为上心，却一直很喜欢他这种性格。不过现在，出于某种原因，这一点让她心烦意乱。鲁伯特先生带领他们参观的时候，她感到十分纠结，既觉得有必要向德国人展示一下自己和他们一样会鉴赏佳作，也热爱文化，又不想让自己的疑虑和担忧被别人知道。随着鲁伯特先生在每个房间的讲解，她的自卑和混乱似乎也加剧了。无论他实际上说的是什么，她听到的全是一个意思："欢迎你们入住，但这里依旧是我的家。"他们来到可以俯瞰河景的阳台上时，蕾切尔已经受够了。当鲁伯特提出带他们参观一下自己的公寓时——就在房子的顶楼——她推说自己觉得旅途劳顿，提前结束了参观。新住处带来的震撼其实已经把疲劳从她身上赶走了；但是她无法再忍受这个温文尔雅又——是不是她多心了？——有点傲慢无礼的德国人。他说的英语有一种完美的韵律，又没有标准英语发音那种愚蠢的优越感。蕾切尔曾经有点盼望他们之间语言不通，这样相处起来会简单一点儿，各过各的生活，可是这个人的才华却让事情变复杂了，除非划出牢固而明确的界限。

晚上，刘易斯去催艾德蒙睡觉时，他发现儿子躺在地板上。他已经把玩具屋挪到了房间中间，刘易斯能看出他已经把小房子重新拼装过了，摆成了鲁伯特别墅的样子，还在屋顶德国人住的房间里摆上了家具，手指大小的玩偶也放在了各自的位置上：两个娃娃——一男一女——代表鲁伯特和他女儿；他自己、刘易斯和蕾切尔也各有一个。

"该睡觉了，艾德。"

艾德蒙从地板上站起来，爬到四柱床里。

刘易斯很久没有哄儿子睡觉了，不太确定该怎么做。他要不要读个故事？聊几句话？还是做个祷告？最后，他把毯子盖到艾德蒙的胸口上，也盖住了他的布偶士兵卡斯伯特。刘易斯想摸摸儿子的脸，想拂去他眼前的一绺头发，却又没信心做出这种举动，于是只好拍了拍布偶士兵。

"你觉得这里怎么样？"他问道。

"房子很大。"艾德蒙回答。

"你说你会喜欢这里吗？"

艾德点点头："为什么那个女孩不过来打招呼？"

"我想她身体不太舒服。你很快就会见到她的。也许你们可以一起玩耍。"

"这是被允许的吗？"

"当然啦。等我们安顿下来以后。"

艾德蒙顿了顿，似乎有别的事情要说，可是他爸爸已经关上了床头灯。

"晚安，艾德。"

"晚安，爸爸。"

说完这些话，刘易斯离开了房间。艾德蒙心想，或许最好还是别提自己刚才的那个偶遇。大约一个小时之前，他沿着楼梯的平台逛到了通往顶楼的楼梯边，上面就是鲁伯特一家住的房间了。

他只想上去看一眼，没别的打算。他爬完了第一段楼梯，正走到楼梯拐角的时候，他遇到了那个女孩，金色的头发扎成马尾辫，她伸开双臂，一手抵住一边的墙，双腿悬在身体前方的半空中，仿佛在表演体操中的跳马动作。

"你好。"他说。他站在那里好奇地盯着她,心想这是不是弗里达。她看上去强壮又健康,一点儿也不像生病的样子。

"你是弗里达吗?"他问。

可是那个女孩只是打量着他,同时完美地将她的双腿维持在水平位置上,然后她慢慢地张开双腿,露出了她的短裤。艾德蒙被定住了,无法挪开目光。他也说不清楚自己看了多久——感觉有好几分钟——正在发愣的他猛然被吓了一跳,女孩忽然对他发出了嘶嘶声——像猫发出的声音——他倒退着走下了楼梯,眼睛一直盯着她,唯恐她忽然扑过来。

鲁伯特从噩梦中醒来,发现自己躺在一间陌生的房间里,而这所房子也不再是他的了。睡醒后昏昏沉沉的头几秒钟里,他不知道自己身在何处,他的意识通过感觉寻找线索,拼凑出一堆混乱的记忆、地点和时间,他躺在一张单人床上,在叙尔特岛上祖母家的避暑小屋里,他曾在这张床上和克劳迪娅欢爱,而楼下的厨房里,他的姐妹们正在准备晚餐用的龙虾和螃蟹。年轻的恋人借着敲打贝壳的声音来掩盖床板的响声和他们欢愉的呻吟。

他睁开眼睛,月光从半开的窗帘照进来,打破了幻觉:他不在自己的床上(另一个男人和另一个妻子现在睡在那里),他住的卧室以前是给他家老司机弗雷德里克住的,战争爆发后,他们被迫遣散了一些家仆,后来克劳迪娅把这里当作她的备用房间,因为她的衣帽间经常有放不下的东西。他在自己的房子里,却不再是这个房子的主人,房子的女主人也不在了,再也闻不到她的气味,再也不能拥她入怀了。不过,他可以闻到她——或者说,闻到的是与她相处的一段记忆。盖在他身上的羽绒被曾经属于叙尔特岛上的避暑小屋,后来这个岛上的房子被纳粹空军征用了,成为他们的水上飞机基地；被子上还残留着大海的气味，刚才就是这味道引发了生动的联想。

鲁伯特把被子扯过来，放到鼻子底下，呼吸着它的气味，再一次回到了过去，那天他和满脸通红的未婚妻下楼吃饭，他的姐妹们准备了一顿大餐。他的手指上留着克劳迪娅身上草木和咸鱼的气味，还混杂着普罗旺斯鱼汤的味道，他悄悄闻了闻手指，寻找她的激情留下的证明，而克劳迪娅坐在桌子的另一头朝他微笑。鲁伯特沉浸在这段回忆中时，他的身体兴奋了起来，那味道从被子下面散发出来，引诱他将那时的情景又重温了一遍。

完事以后，他没有感到愧疚，只是微微觉得有些丢脸，这就是他现在所能做的：用支离破碎的回忆来获得这种快activity而机械的满足。他坐起来，感觉到肚子上温热的精液已经变凉了。被浪费的精力。蓄意的阉割。让鲁伯特思考最多的——不是破碎的家园，不是物质的毁灭，也不是残酷的暴行——而是这个战后遗留问题：人与人之间那些曾经似乎牢不可破的关系被阻断和重组，成千上万的爱人失去了一生所爱，不得不重新开始。当然，对于有些人——婚姻不幸福的夫妻，门不当户不对的夫妻——这样的阻断反而是一次机会。工厂里的男人们开玩笑说，德国男性的短缺对于他们所有人来说都是好事。有更多的女人供他们选择，也会有更多的女人来挑选他们。这就是供求关系的"新"经济理论。然而鲁伯特不想选择，也不想被选；他选中的那个人——也选中了他——虽然不在了，但对于他来说却是永远难忘的，未来任何一段关系都无法与之相比。

他在睡衣上擦了擦手，起身下了床，把窗帘完全拉开。房间里还杂乱地堆满了东西，在上校意外地做出了让步之后，它们被匆匆从主卧室和书房搬过来。鲁伯特常常想，如果发生了火灾，这些东西是他首先要抢救出来的：他的建筑工作台和各类器具；

婚礼那天的压花；还有房子里最珍贵、最重要的两件东西——莱热的自画像和冯·卡洛斯菲尔德[1]的裸体少女画像。不过，鲁伯特并没有为失去了什么而难过，反而因为不得不放弃他的财产而体会到了意料之外的愉悦——感觉自己几乎一无所有，可以无牵无挂地去任何地方。

他站在窗边，往外望着被照亮的草坪。弦月在冰冷清亮的紫色天空中清晰可见，不过花园里的亮光是从主卧室落下来的，在那个房间里，那位和蔼而正直的英国军官和他那位模样漂亮、情绪压抑的太太经历了漫长的分别，此时一定正在互诉衷肠。鲁伯特努力不去想它，但是越不去想，这画面却越清晰地从他的脑海中冒出来：他们在他的床上；也许他们没有关灯是想看清楚思念已久的对方；也许他们在上床之前会先聊聊天说说话；也许他们会先做爱，再聊天，然后又接着做爱。他们会像他和克劳迪娅一直都喜欢的那样一丝不挂地躺在床上，还是喜欢安静而隐秘地将自己藏在亚麻被子下面？

卧室的灯熄灭了，阳台、花园和树都沉入黑暗中，满天繁星点点。鲁伯特估计占用了他那张旧床的两个人已经完成了他们久别重逢的仪式，便离开了窗边，回到了他的单人床上，钻进了带着咸味的羽绒被。

蕾切尔坐在新卧室的新梳妆台前梳着头发。她想象着鲁伯特先生在她正上方顶层公寓的某个房间里，嘲笑那个女人的粗俗无礼，还笑她连那幅画的作者都不认识，当时在台球室他介绍了其中一幅画——谁画的来着？莱热？她从来没有听说过他。

---

1. 冯·卡洛斯菲尔德（von Carolsfeld，1794—1872），德国画家。

她不想从椭圆形的梳妆凳上起身。如果说楼上那个男人对她的态度是纡尊降贵，那么她身后的这个男人对她则是满怀爱意（和期待）。从镜子的一角中她能看到刘易斯穿着睡衣，坐在又高又窄的床上望着她，她能感受到他的情绪中掺杂着烦躁和兴奋。刘易斯讨厌一切不近人情的行为，他之所以到现在都没对她说什么，可能是因为他想与她"亲热一下"。蕾切尔不梳头发了，她不想给他错误的信号。肌肤相亲的这一刻是他们盼望已久的，可她却没有准备好去迎接它。

"你不喜欢这个房子吗？"刘易斯问道。他问得很温柔，但是按他一贯的风格，这几乎算得上是质问了。

"我更希望房子的主人不住在里面。"

蕾切尔看着刘易斯伸手去拿他的烟盒，抽出一支香烟，点上火。这是战斗的习惯性动作：备好作战用的弹药，穿过复杂的地形，点火。

"你对他的态度应该友好一点儿。"他说道。又来了，又要讲一通道理——说她表现得不友好，但蕾切尔不需要专门激怒他。她的笑声听起来比她的感受还要歇斯底里，而她选择的字眼也是在心里斟酌过的。一场争吵会把上床推迟到下一次。

"什么？假装大家都是好朋友吗？都是站同一边的吗？"

"我们是朋友，本就站在同一边。"刘易斯说。

蕾切尔站了起来，踏着地板走向那张窄床，把她的睡衣从胸口掀开。她拍打了一下枕头，这样她能够坐直。她的书——阿加莎·克里斯蒂的《死亡约会》——已经摆在了床头柜上：如果他坚持的话，她就以此脱身。

大概是感觉到了气氛正在变淡，他问道："我们要不要……亲热一下？"

"非要不可吗？现在？"

"不是非要不可。"

"我的意思是，感觉有点奇怪，因为那些人住在楼上。而且这三天也过得很漫长。"

"那就算了吧。你也累了。算了。"

或许如果刚才他没有问她，而是直接行动，让她没有防备，那她也许就答应了；本来一切都能和过去一样顺利。

她伸手去拿她的书。

"你真的每天都在哭吗？"

蕾切尔紧张起来。他想说说话。

"艾德说这些事情简直莫名其妙。"

"可是……你哭了没有？"

"梅菲尔德医生说我的神经还很脆弱。"

"普林格牧师呢？你跟他聊过吗？"

"我已经不去教堂了。"

承认这一点让她感到舒服——甚至有一种奇妙的满足感。不过她没有为自己辩解。对于刘易斯来说，他很少感到焦虑（这个奇怪的新词是梅菲尔德医生说的），他的问题是很实际。他真正想问的是：你有没有和别人相处，还是自己一个人待着？他肯定听不出她的回答另有深意，上帝不在了，因为他让一颗流弹不偏不倚地刚好落在了那里，就在迈克听到她的呼唤走下楼梯的那一刻。

蕾切尔感觉到眼泪的闸门承受着压力。她已经忍了好几天了，可想哭的冲动还是来了。

"这对你来说没什么，"她说，"你不在场。你体会不到我的难过。"

"我没有时间去难过。"刘易斯说。这是实话,却不合时宜。

"可你为什么体会不到?"她没有给他把话说明白的机会,"没关系。你有你的工作,你要重建这个国家……"说到这里,决堤的泪水开始涌出来,"……而这个国家杀死了我的……我漂亮的孩子!"

想起迈克时她的哭泣声和她小时候的哭声很像。她的整个膈膜都在震动,让她不得不一边颤抖一边喘气。刘易斯把手放在她的背上,轻轻地安抚她,可他无法走进她痛苦的内心。

"现在,你还让我跟这些人住在一起。"

"这里的每个人——这座房子里的每个人——都经历了失去的痛苦。"

"我不在乎。我不在乎这个世界上是不是每个人都失去了儿子。痛苦是相同的。我不这么认为……"

"没有人是这么认为的。但是我们只能尽量往好的方面看。"

"好的方面。总是这一套!你似乎更关心敌人的需求!"

"蕾琪[1],求求你。他们不再是我们的敌人了。他们已经被彻底打败了。一切都有待恢复。"

蕾切尔拍着自己的心口,停下来,在哽咽声中喘了一口气。

"你能让这里恢复吗?"她问他。她想要他答应说能做到,与此同时又希望他就这样一走了之,让她独自在心碎中寻求安慰。

---

1. 蕾切尔的昵称。

第四章

弗里达完成了她的健身实心球早间练习，开始换衣服，准备去学校。她没有校服（自从那场大灾难之后，就没什么人去学校了），决定穿上她在少女联盟游行时穿的裙子、白衬衣和体操鞋——这套衣服算是对当局的一个小小的挑衅，还可以用来惹她爸爸生气，他总是让她把这些旧时代的衣服收起来。自从他们丢脸地撤退到房子顶楼之后，她对他更加抗拒。他鼓励她把自己的新房间收拾得温馨一点儿，说它看上去有"有一点儿斯巴达[1]风格"，建议她挂点照片，再把旧卧室里的摇摆木马拿上来，可是她就喜欢这个样子。她把自己想象成一个斯巴达少年，远离家的慰藉，来到一片被毁灭的土地，在废墟中学会生存。她允许自己留下来的唯一装饰是一幅画框里的刺绣，那是她妈妈做的；画上绣了三个人——拿着建筑折叠尺的男人、手捧一束花的女人和牵着她的手的女孩——站在河边的房子前，河里还有一只红帆船驶向天际。她十一岁生日时，妈妈把这个送给了她。那是在1942年的7月，那天英国开始轰炸汉堡，一年之后就是那场大火。

至少搬到楼上来让她有机会摆脱那些旧玩具和英文书了，空

---

1. 斯巴达人的生活方式比较清苦，崇尚武艺。

袭期间她爸爸总是坚持让她读这些书——《爱丽丝梦游奇境记》《快乐王子》《鲁滨孙漂流记》——他想让她的思绪远离轰炸机的隆隆声和自卫队回击时嗒嗒的枪声。"想象力就是我们的防御。"他总爱这样说。可是这些故事没能把她妈妈带回来。

弗里达把健身实心球放在运动铁环里,在夜壶上方蹲下来。方便完以后,她把夜壶提起来,拿着它走到楼梯口。她下了楼,来到自己位于"英国辖区"的旧卧室,她看见她要找的人正在玩她的玩具屋。她透过开着的门,看着艾德蒙给房子顶楼上一男一女两个玩偶编排场景,虽然她听不太懂他说的内容,但从他放玩偶的位置来看,它们代表的是谁就显而易见了。

"男孩子还玩娃娃。"弗里达用英语嘲笑他。

艾德蒙抬头看见弗里达站在门口,拿着夜壶,心想她是不是想要进行一下某种文化交流。

"你好,"他说,然后又试着用他刚学会的打招呼方式说,"你好,鲁伯特小姐。"

弗里达举起夜壶,好像在说"送给你",然后将它放在房间正中间的地板上。她露出一个古怪的笑容,后退着走出去,在她身后关上了门,把她那热乎乎、金灿灿的礼物留在了这位快乐王子的脚下。

在去学校的路上,弗里达路过了几位瓦砾女工[1]。她们穿着厚重的工作服,戴着头巾,朝城区走去,在那里堆积成山的废墟中辛苦劳作,将可利用的石块和砖瓦堆在一起,以此换取一碗汤和一片面包,运气好的话还能得到一些食物兑换券。她们中的有好几个都扛着铁铲,还有一两个人在说笑,这份工作让她们感到快

---

1. 战后德国专门从事废墟清理和重建工作的女性。

乐。弗里达宁愿和她们待在一起。自从1943年夏天之后,她就不再按时上学了,因为英国的轰炸机几乎摧毁了这座城市的每所学校。可是现在英国人重新开放了旧市政厅,把其中一个大房间——用胶合板——隔成了一间间"教室"。因为这个区域的难民非常多,所以这地方挤不下这么多孩子,这就意味着很多人都只能蹲坐在冰凉的地板上。尽管有种种困难,而且还缺乏基本学习用品——笔、纸张和课本——英国人还是将德国孩子的教育摆在了首要位置。他们对此非常执着。他们已经给德国人的脑袋消了毒,接下来就要重塑其思想了:让德国人知道元首(他们毫无尊敬地对其直呼大名)和纳粹主义都是邪恶的,需要从地球表面彻底抹杀。他们谈论民主,通过提问来弄清楚孩子们知道什么,不知道什么,然后惊讶地发现这帮孩子什么都不懂。虽然格罗斯夫老师会用教名称呼每个孩子,态度友好亲切,还喜欢坐在同学们中间,而不是站在教室前面,弗里达还是觉得这些课程是一种侮辱。她不打算回答任何提问,哪怕她知道问题的答案。

当弗里达快走到市政厅的时候,她看见大门被锁上了,砖墙上贴着一张告示,下面聚集了几个孩子。这份告示是用德文写的,上面说"管制委员会命令学校停办"。有一些英国宪兵站在附近,三辆盖着帆布的军用卡车在沿着围栏停成一排。一位上尉军官在用德语对孩子们讲话:

"十三岁以下的可以回家了;十三岁以上力气足够大的,要去协助清理废墟。你们的劳动可以换来食品券,还有一顿饭,天黑之前你们会被送回这里。"

随着一声欢呼,符合这个年龄的所有孩子——还有一些显然不够年龄的孩子——都开始朝那几辆开往废墟的卡车上挪动。今天能有饭吃,可能明天也会有,这样的机会实在难以抗拒。虽然弗里达已经吃过一顿丰盛的早餐了，而且一回家还能再吃一顿，可她宁可在外面，也不愿回家；她跟着饥饿的人群，爬上了其中一辆卡车。坐在她旁边的男孩大约十四岁，是个"跑废墟"的老手。当他们一路颠簸地驶向阿尔托那的西郊时，他就吹嘘起了他的战果：

"要知道，这可是件美差。我找到了一条项链，用它换了一只鸡。他们还能给你一顿大餐。我上一次干活的时候，我们分到了面包和汤，还有香肠碎肉。"

"那是真的香肠吗？"另一个男孩问道，"通常都只是狗肉，还有更糟的。"

"真正的香肠！"这个男孩说，"啤酒香肠、牛肉香肠、烤肠、蒜肠、麦片肠、腊肠、熏肠……"他慢悠悠地说出每种香肠的名字，语气里充满虔诚和渴望，在他们面前的空气中勾勒出了整个熟食店，孩子们鼓出来的眼睛瞪得更大了，对这场盛宴心怀期待。

二十分钟后，他们从帆布篷里跳出来，发现自己来到了阿尔托那的废墟中，有的地方已经被夷为平地了，越过圣保罗教堂，能一直看到科威德和万德拉两个小岛上奇迹般保存完整的旧仓库和附近的运河。一队妇女排成了人链，沿着队伍挨个传递废墟碎片，看见这些来帮忙的孩子时，她们中有些人露出了不满的表情："看这些小耗子来和我们抢吃的了。"

弗里达看了看她在队伍中的位置。前方把砖块传给她的是一位年轻人，大概十七岁，周围所有人都开始激动不安，而他似乎没有受到影响。他一副懒洋洋的样子，动作轻快，整齐地穿着一件蓝色夹克，上面一颗纽扣都没少。当她把碎石块传给他的时候，她发现自己心不在焉地哼起了一首少女联盟的老歌（"我们继续向前进，哪怕一切化灰烬，因为今日德国听到了我们的声音，明日全世界都来听。因为这场伟大战争,世界变成废墟一片,可是我们不在乎,大家齐心把家园重建!")。

唱到第三段时,她感到他温暖的手按在了她的手腕上。

"当心啊,小姑娘!"他打断了她,眼睛一直盯着那些英国卫兵,"他们中有人可能会辨认出你在唱什么。"

"我才不在乎呢。"她说。对着这个英俊的年轻人说出这番话,让她感到充满力量,也感到了一种解脱。

他看着她,打量了一番:"看样子,你的年龄也够被枪毙了。你多大了?"

"十六岁。"她撒了个谎。

就在几步远的地方,两个英国士兵一边说笑一边抽烟,漫不经心地监督着这边的劳作。

"他们这群傻瓜,"她说道,"表现得就好像这块地方是他们的一样。"

他笑了起来:"干活的人是我们,他们站在一边享乐。这么看来,我们才是傻瓜。"

弗里达的脸红了:他看出了自己的幼稚无知。她继续搬碎砖,不再说话了。站在这个年轻人身边是一件令人愉快的事情。她可以闻到他身上熏肉味的汗水,还可以欣赏他结实而光滑的手臂。每次他递给她一块砖的时候,她都瞥见他臂膀下方有一块伤疤或是胎记,形状好像数字 88。当他发现她的目光盯着它时,他停下来,把袖子拉回了原来的位置。

"喂,金头发的那个!"其中一个士兵忽然叫了一声,把弗里达吓了一跳,"别停下!快点!"

年轻人把袖口的扣子系上,继续干活。没过多久,他犹豫而又探询地看了她一眼,对上了她的目光。

"我叫艾伯特,"他说,"你叫什么?"

"弗里达。"

"弗里达。"他重复了一句。

她一直都不喜欢自己的名字,还有它的昵称,弗里迪。不过她的名字经他之口被念出来时,听起来很新鲜,很动听。

"我喜欢这个名字。多么好的德国名字。"他继续说道,他的赞赏像一条棉被包裹着她。

"它的意思是……淑女。"弗里达说。

于是,他牵起她的手,礼貌地握了握。

"人如其名,"他说,"你是一位真正的德国淑女。"

一声叫喊从远处的队伍中传来——"尸体!"——所有人都停了下来,看向那个叫出声的女人,她从被发现的东西旁边后退了一步。其他女人赶到她身边,又动手挪开了几块砖,一条只剩骨架的手臂从废墟中伸了出来,手掌以一种祈求的姿势朝一边抬起。女人们更加急切地拨开更多的砖块,似乎在与时间赛跑,想要救下一个可能还活着的人;几秒钟后,她们挖出了这具骷髅的其他部分,在它的下方还有另一具,躺在较小的这具尸体的两腿之间,与它交合在一起。女人们注视着这个姿势亲密的考古发现,陷入一片沉默。

弗里达离开她的队伍,跑过去想看得更清楚一点儿。她望着这对爱侣在彼此最后的拥抱中死去,与其他人表现出来的震惊不同,她感到心里一阵发紧。

"好了好了,所有人,退后。快点。这可不是在电影院!"

两名士兵过来把发呆的人群赶走后,他们自己去瞧了瞧。这个小坑仿佛是这对爱人的坟墓,其中一个士兵横跨在坑上,低头看了看。

"这个死法不赖啊,"他对他的同伴说,"咽气前还能最后风流一回。"

"看上去他们还是很享受的,"他的同伴说,两人笑了起来,然后他们发现还有一个观众正在俯视着他们,"快点,说你呢,回去干活。"

弗里达无法移动。她的眼睛紧盯着死去的爱侣手指上的金色婚戒。至少他们共同赴死,相依相伴。不像她的父母。横跨在坑上的士兵也看到了那一对戒指。他弯腰把它们取下来,匆忙之间还折断了尸体的一根手指;他举起戒指,检查了一下它们的含金量,然后把其中一只递给了他的同伴。"你们带不走它们了。"他说完就把戒指装进了口袋。"把这些尸骨装进袋子!"他用德语对女人们喊道。

弗里达回到了队伍中艾伯特旁边的位置上,她的眼神呆滞,眼中泛起泪水。她流下的眼泪来自对死去爱侣的同情,更来自对害死他们的那群人的满腔愤怒;她还为她自己死去的妈妈哭泣,她的尸体一直还没找到。

"我想要这里有更多阳光,你去把这些搬走。海克,就这些植物。"

蕾切尔朝那些讨厌的绿色植物比画了一下,它们挤在其中一个凸窗的窗台上,在她看来,它们挡住了她渴望已久的阳光,因为她已经在英国低矮的屋顶下忍受了好几个月黯淡无光的室内生活了。除了在温室里,不算那些随处可见的一叶兰,蕾切尔还从没见过哪个房子的主要位置会有这么多植物。或许在德国,房间里种满灌木是一种高品位的体现,可她受不了和它们待在一起。

海克走到第一株讨厌的植物面前,那是一棵如蜡一般的——

几乎有点不自然的——绿色丝兰,她弯腰将它抬起来。这么做之前,她犹豫地看了看蕾切尔,用手指往门口的方向挥了挥,再次确认这是女主人想要的。

"是的,把它们挪到其他房间去,谢谢你。"为了弥补自己德语的欠缺,蕾切尔把每一个字都说得非常清楚,无意中把"你"念成了重读,女仆似乎被逗乐了。海克咯咯笑着把植物从房间里搬走,接着又为自己的笑声而红了脸。她的举动多半是因为她有点紧张,而不是故意要对方难堪,可是蕾切尔却被她的笑意激怒了,因为这让她的要求看起来就像是外国人的某种怪癖。

蕾切尔在她的新家里头一次发表了一些宣示主权的声明,她的指示简单而明确,艾德礼首相肯定会对此赞赏有加。因为语言不通,而她又缺乏与仆人打交道的经验,所以她说的话听起来比她预想的更加严厉。但她一开始就做到了坚持己见,明确了他们在同一个屋檐下生活的界限,这一点非常重要。然而,就算摆放了再多英军配发的陶瓷餐具和玻璃器具,就算重新布置了家具摆设,她还是住在别人的房子里,睡在别人的床上,占用了别人的空间,这个事实没法改变。要说有什么改变的话,她所做的调整——植物被挪走了,大厅里的裸体雕塑盖上布帘后变得端庄了,餐厅里的椅子被换成了更为舒适的厨房藤椅——只是让这座房子的本性更加难以撼动。当蕾切尔穿过一个个房间的时候,她想象自己听到了它居高临下的嘲讽,低语声从墙里传来:你不属于这里,永远也不会。

这种自信的态度似乎也影响到了仆人们,他们表面上恭敬顺从,机械地鞠躬点头,但心里却将她——她很确定这一点——看成一个冒名顶替的女主人。她只是个天真无知的暴发户——特别是对那位疲惫而寡言的格里塔而言,她服侍鲁伯特家族的时间最久，她的一片忠心也源远流长。她看着蕾切尔时总是一副咄咄逼人、失望无奈的样子，就像王宫里的仆从见惯了女王的更替，总认为没有人比得上最初的那一任。蕾切尔觉得，已故的女主人依然在庇护着这个地方，她的影响无处不在，她强烈地存在于仆人们的表情和举止中，他们迟疑不决地回应蕾切尔的吩咐时，几乎不加掩饰地表明了他们的真实态度：我们夫人从来不会这样做。

自她第一次在这所房子里走动时开始，她就发现自己与它陷入了一场小小的战争。不仅是植物，还有家具和大部分的物件和摆设，都令她反感。她知道自己面对的是非常出色的家居布置，可它并不是自己喜欢的风格，也不是自己所向往的；她喜欢这里宽敞的空间和房间的格局，家具和陈设都很少，但这并没有带给她无拘无束的感觉，反而让她感到害怕。她想要阳光和空间，却又需要舒适感和熟悉感。如果要描述的话，她会用"现代"这个词来形容，而且是包含贬义的。比如说，这里的椅子似乎只剩下了最基本的功能，既不柔软也不舒服，毫无吸引力——蕾切尔眼中一把椅子该有的特征，它们都没有。餐具柜、灯和桌子也是如此。它们与漂亮无关，一点儿都不浮夸，也不怎么温馨。房子里的一切似乎都很精巧，却没有人情味，也没有灵魂。对于一个出身中产阶级的威尔士女人来说，这里碍眼的东西太多了，她习惯了维多利亚时代的深色木质家具、煤火、立式钢琴，还有那些城堡和花草树木的素描，朴素而温和。唯有起居室里乌木色的贝森朵夫钢琴和软垫椅，才勉强接近她对房间的要求，大概能让她愿意进去坐一坐。如果可以把角落里那把奇怪的椅子挪走——或许换成主卧里那个简约的四方形双座沙发——那么她会觉得更加舒服自在。

蕾切尔凑近了一点儿，打量着这个铬合金镶边的皮制躺椅。这是让人坐的吗？它似乎比较适合用来进行一场令人痛苦的手术。

也许这并不是椅子，可能是一件手工作品，也可能是一个手工做的椅子。大概就是这样吧。不管它背后的设计理念是什么，她一点儿也不在乎。

"你应该坐上去试试。"

她转过身，发现鲁伯特先生令人费解地穿着深蓝色的汽修工装服，一只手里拿着一大串钥匙。他看上去不修边幅，头发乱蓬蓬地翘起来，朝一边歪着，仿佛他没晾干头发就睡觉了。刘易斯总是用发胶把头发梳成背头，将这发型保持得光亮整齐、一丝不乱，就像制服的一部分。而鲁伯特这种随意又孩子气的风格就像一个逃兵，还像一个不愿循规蹈矩的艺术家。

"这是密斯·凡·德·罗[1]的作品。来自建筑院。"

蕾切尔还在为他的这副打扮而惊讶——他的奇怪打扮，他的发型，他悠闲的态度——所以她压根没听见他说了什么。

"这个椅子，"鲁伯特解释道，"值得试一试。它会成为所有被发明的椅子中最舒服的一个。"

"看不出来啊，"蕾切尔说，"它看上去——恰恰相反。"

鲁伯特笑了起来，这个笑容显得颇为得意，而且有点亲切过度。

"好吧。这倒是个有趣的评价。设计它的人想摒弃'不必要的装饰'，这个词是这么说的吧？"

蕾切尔还在思索如何在这种情境下让自己举止得体。用什么样的态度比较合适？她对这个回答作何感想？他为什么穿着蓝色工作服？他的英语……这个人的英语太地道了，她不得不提醒自己这是一个德国人，除了有重要事情需要交流之外，不得与他们太过亲近。可是他还在自顾自说着话。

---

1. 路德维希·密斯·凡·德·罗（Ludwig Mies Van der Rohe，1886—1969），德国建筑师，著名的现代主义建筑大师之一。

"他是包豪斯学派[1]的人。他们力求简化,"鲁伯特继续说,"让事物回归其实用性。就是这样一种哲理。"

"你们需要用到某个哲理才能做出一个舒适的椅子?"蕾切尔说,她自己有点惊讶,觉得这样算是简单粗暴地给这场难堪而漫长的交谈画上了一个句号。

鲁伯特露出惊喜的神色。

"就是这样!在每个手工作品的背后,在每件物品的背后,都蕴含着某种哲理!"

她必须结束这场对话。它为今后的交谈开创了一个非常糟糕的先例。她原本打算小心翼翼划出的界限——正开始划的界限——已经被逾越了。

鲁伯特先生拿出钥匙圈。

"作为家中的女主人,你需要这些。每个房间的钥匙,上面的标签表示哪把钥匙对应哪个房间。"

蕾切尔接过钥匙。"家中的女主人"。她不这么觉得,也不相信自己能令人信服地扮演好这个角色。

"祝你睡个好觉,摩根夫人。"他补充道。

蕾切尔从这句毫无恶意的客套话中听出了不太合适的亲切感,于是她决定表明自己的立场。

"鲁伯特先生,从一开始我就想跟你把话说清楚。我对这种安排不太满意——与你们在一座房子里共处——我认为合适而恰当的做法是让我们之间的交流仅限于重要的事情。当然,我们必须讲礼貌,但假装彼此友好相处……是不太合适的,这么做不……不利于……我们目前的处境。我们必须划清界限。"

---

1. 德国建筑学派,主张客观对待现实世界,批判复古主义。

鲁伯特对她蛮横霸道的简短发言点了点头，不过他看上去一点儿也没有被说服——她惊讶地发现——他的微笑依旧是一副无所谓的样子。

"我会尽力不表现得太过友好，摩根夫人。"他说道。说完这话，他鞠了一躬，然后离开了房间。

"早上好，各位。"

"早上好，总督先生。早上好，上校先生。"

"天气……很冷。"刘易斯环抱了一下自己，用戴着手套的手拍了拍自己的胳膊。

大家都表示同意，天气特别冷。

刘易斯会停下来问候每个出现在总部门口的德国人，他对此非常重视。位于平讷贝格地区的总部在被征用前曾是一个图书馆。今天，门口聚集的人比往常多。临近冬天，人们的呼吸中都带着水蒸气，通常顺从听话的人群似乎有些焦躁不安；气候的变化近在眼前，他们在难民营找一个床位的需求变得格外迫切。

他向大家道了声早上好，对妇女们鞠了一躬，朝孩子们微笑，还向男人们敬了礼。孩子们都咯咯笑了，妇女们屈膝行礼，男人们也回了礼，他们挥舞着手中文件，希望能获得进入安身之处的通行证。通过这样的会面，刘易斯试图向大家保证一切都会好起来的，各项工作都已恢复正常。然而饥饿的人群散发着难闻的气息，就是伯纳姆少校闻到过的那种气味，刘易斯也努力地训练自己不再对它露出痛苦的神色，但这种刺鼻的味道却提醒着他们——占领德国已经一年多了——人们的基本需求依然没能得到满足。

一走进办公区域，刘易斯就在心里记下，要让他们把办公室周围的铁丝网撤掉。他不确定要用它来防什么人或是什么东西，但盟军对德管制委员会似乎认为他们需要保护，因为他们面对着一群全副武装的野兽：狼人组织[1]，也就是传说中破坏盟军胜利的激进抵抗分子；一群游荡在废墟里的流浪儿；还有到处掠夺、煽动性很强、四处寻找男人的德国女人。另外，据说哈根贝克动物园被轰炸后，里面有动物逃了出来，还在汉堡近郊游荡。要这么说的话，当政者把自己围在这些难看的金属网里，这帮英国人倒成了动物园中的动物，而德国人成了围观的参观者，对着铁丝网后这群紧张兮兮的外来生物做鬼脸。

威尔金斯上尉已经在他的桌前落座，正在看一本小册子。

"早上好，威尔金斯。"

"早上好，长官。"

"你读的是什么？"

"这个叫作《德国人的性格》，作者是 W. E. 凡卡森特准将。管制委员会要求我们重新读这本册子。他们认为我们需要认真对待德国人性格中的危险因素，这样才能让一切都恢复并运作起来。作者说得很好。看这里：'他们不会公开表现出敌意，但是它就在那里，在表面之下一触即发，随时准备以残忍和怨恨的方式被召唤出来，请注意：这是一个不服输的民族。'"

刘易斯还站在那里，他迟迟没有坐下，是因为每当坐在桌子后面，他都有一种被阉割了的感觉。他带着难以压抑的怒火，看着自己年轻的副手。

"威尔金斯，你到这里来有多久了？"

"四个月了，长官。"

"你和多少德国人交谈过？"

---

[1]. 德国纳粹于 1944 年制订的一项计划，打算在盟军占领区实施的破坏活动，实际并没有产生太大的影响力。

"我们其实是不允许和他们交谈的,长官。"

"但你肯定和他们说过话,观察过他们。我的意思是,你肯定遇到过一些德国人。"

"一两个吧,长官。"

"你遇到他们的时候有什么感受?"

"长官?"

"你害怕吗?你感受到了他们的敌意吗?你看着他们时,想过这些人只不过是暴乱时枪口里射出的子弹吗?想过这个民族只是在等待一声令下就会推翻我们吗?"

"这不好说,长官。"

"试一试,说说看。你看到门口的那些人了吗?你看着那些流浪街头的人,那些人面黄肌瘦,浑身散发着臭味,无家可归,他们卑躬屈膝,四处讨好,争夺吃的东西和住的地方,你会想:天哪,是的,我必须提醒这些人,他们已经被打败了吗?"

威尔金斯试图说点什么,但是刘易斯并没有等他来回答。

"我没有遇到任何一个不肯承认战败的德国人,威尔金斯。我想他们已经无一例外地接受了这个事实,他们并不难过,甚至为此感到解脱。我们和他们之间真正的区别在于,他们已经被干脆彻底地打败了,他们对此很清楚。而花了很长时间去适应这一事实的人,是我们。"

"长官。"威尔金斯放下了这本惹事的小册子,拿起了一些没什么争议性的文件。他看上去很受伤。他的上司今天说话的语气里有着不同寻常的严厉态度。

刘易斯立刻抬起一只手表示道歉。他说的每一句话都是发自内心的,但是他说话的口气太重了,夹杂着他所感受到的愤怒和失望,那是自从蕾切尔抵达汉堡以后他积攒下来的情绪。他睡得很不好,虽然他告诉自己——也告诉蕾切尔——这是因为好几个月以来,他都躺在被征用的旅馆的床上,在凉冰冰的被窝里伸着脚,现在与人共枕眠了,反而有些不习惯,但实际上这是因为他们的团聚与他之前所期望的一点儿也不一样。他曾期望她会兴致勃勃地搬进新住处,就像当年来到他们的第一个家时一样,那是一所位于什里弗纳姆的出租房,阴沉而乏味。以前搬家到不同的地方时,她都适应得不错,但到了这里,她似乎非常消极,看什么都不顺眼。也包括他。迈克的死让她背上了沉重的负担,比他预想的还要严重,他对这种情况做出了错误的判断,不仅如此,他先是说错了话,后来又不肯开口,这让事情变得更糟了。在这里工作时,他可以滔滔不绝,饱含感情,让别人心服口服;可是面对蕾切尔,他就说不出话来,变得笨嘴笨舌。而且,两周过去了,他们一直都没有"亲热一下"。

当然,这些都不是威尔金斯的错,也和他无关。

"我建议你多出去走走,威尔金斯。见见这些人。对付那些不切实际的套话,这是最好的办法。坐在总部的办公室里没什么用处,你需要到几英里外的东边去见识一下现实情况。去结交他们。这是命令。"

"长官——"

有人敲了敲门,然后巴克上尉那圆滚滚、乐呵呵的脑袋就出现在了门边。他观察了一下这里的情景,感觉到了某种气氛,决定把身体的其他部分留在走廊里。

"长官,那些姑娘准备好与您见面了。"

"好的,巴克。谢谢。来了几个人?"

"我控制了一下人数,只选了三个人,长官。"

"怎么选的?"

"选最漂亮的,长官。"

刘易斯让自己露出了一个微笑。英国管辖区可能已经成为很多人向往的圣地,他们在原来的地方都混得落魄潦倒——来自印度的失业殖民者、外来政客、失败的公务员和下岗的警察——但其中也有出类拔萃的人物。巴克就是这样一个人物。他努力完成自己分内的每件事,又不会过多干涉别人;他来这里不为贪图小利,也不为逃避别处的失败;他说自己来德国是为了寻求改变,他身上似乎没有那种自以为是和谄媚奉承的坏毛病,这两点是很多刚来的年轻军官都有的。这样一块在砂砾里发光的金子,带给了刘易斯去干一番实事的希望。

"她们英语说得好吗?"

巴克回头向外看了一眼走廊,示意他那几个姑娘就站在能听得见说话的地方。

"每个人都说得很流利,"他说,"为了缩小范围,我让她们列举出尽可能多的英国球队名。其中有一个说出了克鲁亚历山大队呢。"

"你觉得情报部会使用这么复杂的招录方法吗?"

"当然不会,长官。情报部只会挑选长得难看的。"

说出了克鲁亚历山大队的那位姑娘排在最前面。她进门时,刘易斯站起来,指引她坐在他桌子对面的椅子上。他把挡住他视线的文件推到一边。她戴着一顶宽边帽,穿着天鹅绒大衣,看上去像一位出身贵族的参政女权主义者,她那双特大号的军靴在某种程度上加深了这种印象。她有一张宽大而棱角分明的脸和两道浓眉,她的眼睛像狼一样,而且有一种超自然的力量,能让她盯着刘易斯的时候将他一眼看透。他对她有一种似曾相识的奇怪感觉,虽然并不是这么一回事,他却脸红了,就好像这个想法证实了某种内心深处不合适的情绪。他让自己冷静了下来,巴克已经把匆匆打印出来的报告整理到了一起,他浏览了一下。

"乌苏拉·保罗斯。出生于1918年3月12日,维斯马市?"

"是的,完全正确。"

开战以来,要想猜出别人的年龄变得更难了。那些失去和别离,那些得不到的和被夺走的,还有永远吃不饱的一日三餐,让每个人都变老了,特别是女人。脸上的线条变成了衰老和肥胖的皱纹,头发变得灰白和稀疏,被拔掉或者在打击中失去了色泽和活力。刘易斯从她的表情里读出的阅历、智慧和痛苦,都超越了一个二十八岁的普通人本该有的程度。

"你来自吕根岛?"

"是的。"

"你怎么到汉堡的?"

"步行过来的。"她低头看了看自己的靴子,"抱歉,我找不到更好的鞋子了。"

"我不会根据穿着来做判断的,保罗斯女士。你的英文是从哪里学的?"

"我在岛上的一所小学教英文。"

"你不想留在吕根岛?"

她摇了摇头,刘易斯看懂了。

"俄国人。"

"他们对德国女人不太友好。"

"你的说法轻了。"

"这算是……委婉说法?"她问道,想确认一下用词是否准确。

刘易斯点点头。头脑机灵,正如美国人喜欢说的那样。

"你会说俄语吗?"

"会一点点。"

"这倒是有用。如果苏联人得逞了,我们最后都得说俄语。"

刘易斯又低头看了看巴克整理的内容。

"战时你曾经在罗斯托克海军基地工作,你是做什么的?"

"我是……你们称之为速记员。"

"你丈夫呢?他有工作吗?"

"刚开始打仗的时候他就去世了。"

"抱歉……这上面写着你是已婚。"

"好吧。我算是吧……等我再婚以后。"

刘易斯抬起一只手表示道歉:"我理解。你已故的丈夫服役于德国空军。"

"已故[1]……您的意思是死去的?"

"是的。"

"是啊。他死在法国。战争开始的第一周就阵亡了。"

"对不起。"刘易斯抬起手掌,焦躁地晃了晃他的腿,"那么,保罗斯女士,我这里有好几百名德国姑娘想应聘这个翻译岗位,为什么我要选择你呢?"

乌苏拉给了他一个高深莫测的微笑:"我不想挨冻。"

刘易斯对她的诚实回答露出了笑容。他匆匆浏览了一下文件里其他两个姑娘的信息,但这只是做做样子。他拿定主意了。他还是得面试一下其他应聘者,但是她们都不会改变他已经做好的决定。一方面他的工作急需有所进展,另一方面他一坐到办公桌后面就有过敏反应,部分是出于这两个原因,所以他没有对保罗斯女士的英文水平和工作胜任能力进行评估,就已经选中了她。

---

1. 原文用的词为"late",保罗斯的英语并非母语,对于这个词的意思不太确定。

75

他需要身边有人能散发出这种不去怨天尤人的从容气场。他还想听听那双靴子的事迹——它们从哪里来，它们走过的路，它们经历的事情。他看见自己——在这之后，或许是在车里——向她问起这双靴子，而她讲述了自己是如何躲过俄国人，从吕根岛一路来到了汉堡。他把手伸进刚送过来的问卷盒里，拿出一份问卷递给她。

"你必须完成一份这样的问卷。抱歉里面有的问题很愚蠢。"然后他从办公桌的抽屉里拿出了别的东西：一叠英国武装部队配发的代币券。他撕了两张递给她。

"用这些去买双新鞋。"她试探性地接过来，似乎不太确定他这么做的意图，或许这是一个考验。

"拿着吧，"刘易斯鼓励地说，"政府译员也该有译员的样子。"

听他这么说，乌苏拉无法保持镇定了。她叹了一声，仿佛把一直憋着的那口气吐了出来，然后她越过桌子握住了刘易斯的手，紧紧地攥在她自己的两只手中，先是不由自主地用德语向他道谢，然后回过神来，又用英语说道：

"谢谢您，上校，谢谢您。"

"英国佬、俄国佬、美国佬和法国佬。
英国佬、俄国佬、美国佬和法国佬。
天天把我们的吃和穿都拿走，
天天能闻到他们身上臭烘烘。
英国佬、俄国佬、美国佬和法国佬。
英国佬、俄国佬、美国佬和法国佬！"

这群流浪儿唱着这首打油诗，一开始声音很轻，然后逐渐变大，最后几乎是恶狠狠地吐出"法国佬"那几个字。他们开口唱并不是出于对当权者的蔑视,而是因为他们需要在这刺骨的寒冷中转移一下注意力。这次这首歌被唱了两遍,歌声就渐渐停了下来。

厄齐坐在一个行李箱上,把一本赞美诗集扔进了篝火里。火苗从绿色变成蓝色,又变成了橙色,流浪儿们纷纷凑到坑里的火堆旁边获取它微弱的热量。厄齐在思索该说点什么。他们已经受够了这种居无定所的生活,可今后他们也只能这么做。

自从他们离开哈根贝克动物园,这座废弃的教堂就成了他们的家。他们在动物园猴山展区人工峭壁下的山洞里住了三个月,没有被任何人发现。上帝家的破房子倒是安全的藏身之处,可它们也有局限性。这座基督教堂的房顶有一个洞,一枚炸弹曾经从这里穿过,在圣坛上留下了一个汽车大小的大坑。这片巨大的凹陷处成了一个天然的生火坑,之前他们对教堂里的硬木靠背长椅有点挥霍过度,寒潮来临以后,他们只好烧书取暖了,先从他们周围的经文书开始下手。书本虽然是很好的引火材料,但却不是好燃料,它们燃烧得很快,发出很亮的光,但散发的热量却很小。迪特马尔带回来一套《沃尔特·司各特全集》,是从大学的旧藏书室里找到的,被放在一个手推车运了回来,可他们只用了几个小时就把这些书全部烧光了。几百万个字只够让五个孩子暖和一个晚上!现在没有能烧的东西了。厄齐看着赞美诗集的最后几页纸化为黑色灰烬,飘向上方的穹顶,他决定采取行动。他拍了拍手。

"听着。明天我们去易北大道。那边的房子都是临河的,住着英国佬中的大人物。那些带草坪的房子一直延伸到河边,房子里的每个人都能有一个盥洗室。英国佬把所有的好房子都拿走了,但不是每座房子里都住了人。有时他们在房子外面放一块牌子写着'被征用',但在英国家庭搬过来住之前,那房子都是空的。

有时候他们没搬过来,这房子就一直是空的,到后来他们就忘记那里没住人了。贝尔蒂就发现了这样一座房子,他说我们可以很快搬过去。"

"我喜欢这里,在上帝的房子里,"奥托说,"我们在这里很安全,而且没人会对我们指手画脚。"

"我们不能再留在这里了,"厄齐坚持道,"你冷得发抖的时候总是让我也睡不着觉。我们要给自己找一个大银行家的房子,有椅子有床,还有黄金水龙头。我们每人都有一个浴缸。浴缸足够大,水能漫过你的膝盖。不像在哈姆布鲁克,那时我们总听到隔壁老朗格迈德在他的浴缸里放屁。然后,等我们找到房子,就出门去骗一骗难民营里从波兰和普鲁士来的人。那些浑蛋走投无路的时候什么都愿意做。他们人人都想得到身份证明、工作和食物。我们能从他们那里大赚一笔。很快我们就会成为百万富翁,去买属于我们自己的河边豪宅了。"

"那要是我们找不到空着的房子呢?"奥托问。

"那我们就从英国佬的顶级餐桌上讨点饭吃呗。"厄齐不耐烦地吸了一口气,"恩斯特,你加入吗?"

恩斯特点了点头。

"西格弗里德呢?"

西格弗里德举起了手。

"迪特马尔,你加入吗?"

迪特马尔没有在听他说话。他正用手指划过一块祭坛屏风上的掐丝装饰,那屏风已经坍塌破裂了,上面用四幅场景按顺序描绘了耶稣的生平:诞生、受洗、受难和复活。他轻轻抚摸被雕刻过的白色花岗岩,想从这冰冷的石头上辨认出它所讲述的故事。他穿着一件充了气的救生衣,身上挂着口哨和手电,他用手电照着,更仔细地研究这幅作品。这块石板是在炸弹冲击下与祭坛分离的,砸到地上,从中间断裂开。厄齐需要迪特马尔的支持。除了严重的"思维混乱",说起话来啰里啰唆、爱绕弯子而且毫无逻辑之外,迪特马尔还是能派上用场的。他看上去比其他孩子要大一点儿,并且对城市里各个线路都很熟悉。

"迪迪?"

迪特马尔还沉浸在宗教艺术品的世界里。"这是什么?"他问道,手指沿着耶稣的画像划过。

"这是基督耶稣,"奥托说,"全世界的救世主。"

大家肃然起敬,但又不太确定,于是陷入了一片沉默。

迪特马尔用他那点微弱的光照在受洗的场景上。"为什么他的头上有一只鸟儿?"他开始扭了扭屁股,"为什么它会在那里呢。"

迪特马尔一定要知道答案,作为他的队长,厄齐必须给他一个回答。厄齐看着这位半身浸在水中的救世主,鸽子在他的头顶盘桓。他妈妈曾给他讲过一些相关的故事,他把脑子里留下的混乱碎片联系到一起,得到了一个答案。

"耶稣和很多动物一起住在船上。但他很喜欢鸟类。特别是麻雀。"

迪特马尔又将注意力移到了十字架上的耶稣,这场景让他感到十分焦虑。

"为什么他们要杀死他?"迪特马尔问,"为什么他们要杀死他?"

"安静点,迪迪!这不是真的。"

"为什么他们要杀死他?为什么?"

"因为他是犹太人。"西格弗里德说。

"他是犹太人。他是犹太人。"迪特马尔重复道,这个答案似乎能安抚他一会儿,"他是犹太人。他会和动物说话。他住在船上。"

"我爸爸给我取了一个德国名字,而不是基督教名,"西格弗里德说,"他说基督教徒都很弱。"

"英国佬信基督吗?"恩斯特问。

"英国佬信民主,还信温莎国王[1]。"厄齐发表了最终定论,想进行下一个话题。

"我们怎么能相信英国佬呢?"西格弗里德反对道,"上一分钟他还要杀死我们,下一分钟他又给我们巧克力吃。"

"废话说够了!"厄齐说,他的声音因为挫败感而变得粗声粗气。在空袭大火那天夜里,他吸入的浓烟和粉尘摧残了他的肺部,他的嗓音也成了一种奇怪而沙哑的低语。英国佬把他的家夷为平地,他的邻居也被烧成了灰烬。然而被蒸发的死人化作灰尘,进入了他的呼吸里,却让他有了意外收获:他大吼起来的声音刺耳难听,其他孩子似乎被他吓到了,对他唯命是从,而大人们对此觉得有趣或者感到害怕,就会施舍他一些东西。现在他站在他的行李箱顶上。"我很清楚——比你们所有人都清楚——英国佬的飞机是怎么弄出那团大火球。我亲眼看见的,看见它的时候,我的眼睛快要在脑袋里沸腾了。它成了我脑海中的一幕电影,不用去游乐场掏钱就能看到的电影。我看见房屋四面的墙倒下去,墙上还挂着画。我看见一架钢琴从空中飞过和一大堆书页一起被炸得四分五裂。全都在我的脑袋里装着。有时候一幕幕电影大白天会自己冒出来——虽然我没让它们这么做。可我不想让那一幕再出现。现在我有别的电影了,比如《亨利五世》和《绿野仙踪》。那英国佬也没那么坏。我知道他开的车既笨重又没用,可他也带

---

1. 原文中"demockery"和"Vindsor"均为小男孩的口误,正确的拼写应该是"democracy"(民主)和"Windsor"(温莎)。

来了好东西。我们不用像以前那样假装很快乐,动不动就起立、坐下和敬礼。现在你可以想说什么就说什么,不会有人给你一枪爆头或者举报你。这就叫民主。英国佬能把任何东西都拿来开玩笑,连元首的屁股蛋也没放过。"

恩斯特大声笑了起来,但其他人只是互相看了看。即使是现在,这种话似乎也是相当大逆不道的。

厄齐从他的行李箱上跳下来,站起身说:"我不想留在这里。我们走吧。"

"我不想走,"奥托说,"我喜欢上帝的房子。"

"这样,奥托,"厄齐说,"你想留的话可以留下,但我们要去找一个大房子住,里面有大浴缸,还有舒服的床,让人觉得身处天堂。我受够了住在地洞里,也受够了动物园和教堂。我们很快就能过上和皇帝一样的日子了。"

奥托差不多要被厄齐的预言打动了。

厄齐跳到火苗最后的余烬上,将它们踩灭。

"谁和我一起去?"

恩斯特第一个站起来。

西格弗里德戴上帽子说:"让我们去洗个痛快澡吧。"

迪特马尔终于从屏风旁边抬起头来,完成了这场新的礼拜仪式:"让我们去洗个痛快澡吧。"

第五章

秋去冬来，蕾切尔觉得白天虽短，却格外漫长难挨。刘易斯一整天都在忙工作，而家里的仆人承担了她常做的家务事，现在她无所事事，有大把时光来挥霍。刘易斯似乎料到会这样，就鼓励她重新开始弹钢琴。"我很怀念听你弹琴的时光。"他说，还补充道这样会"对她有益"。他对她的演奏总是表现出真切的热情和盲目的崇拜，觉得她弹得比实际水平还要好；可她知道，他其实只是想让她不再去纠结那些"没用的心事"。于是每天早上，艾德蒙跟着家庭教师柯尼格先生上课，这位老师是刘易斯从收容营地里找来的，而她则去那架贝森朵夫牌的小型家用钢琴边弹奏几曲。

能在这么棒的乐器上演奏，本来是非常愉快的，然而事情并没有这么简单。自从迈克死后，她就再没有碰过任何一架钢琴。她的大儿子是个才华横溢的孩子，她心里总把他与钢琴放在一起，无人可比。他常常在那架陈旧的诺贝克竖式钢琴（刘易斯用他微薄的中尉工资省吃俭用买回来的）旁边转悠，央求她一遍又一遍地弹唱舒伯特那首阴森的《魔王》。这首乐曲充满胁迫感，音符连续不断，情绪悲伤，讲述的故事是一个生病的男孩请求父亲骑马带着他快点走，因为他相信魔王要来夺走他的性命。

她最开始弹了一首轻松的曲子，它的旋律她还记在心里——德彪西的《亚麻色头发的少女》。她勉强弹到一半就停下了。旋律之外的杂念太多了。她把头靠在琴盖边沿，试着让自己振作起来。她需要一首新曲子。他们见面的第一天，在大西洋饭店，刘易斯是怎么说的？"这个国家需要一首新歌。"她探身在琴凳中翻找乐谱，想找一些不会让她胡思乱想的曲子。这个双人琴凳里塞满了活页琴谱：一首巴赫的前奏曲（太熟悉了），一首看似棘手的肖邦夜曲（太忧郁了），甚至还有她最喜欢的一首贝多芬的奏鸣曲——他的最后一首（太难弹奏了）。每一份琴谱的顶端都有一个墨水写的签名"C. 鲁伯特"。如果房子的前任女主人弹过所有她签过名的乐曲，那她肯定不只在家中客厅里演奏过，若非技艺高超，没人会拿这几首曲子来消遣。这个想法激起了蕾切尔的好奇心，想和她比一比。她在脑海中迅速勾勒出克劳迪娅·鲁伯特坐在钢琴前，演奏的（当然）是贝多芬那首缥缈而复杂的第32号奏鸣曲，房间里坐满了蕾切尔能想象出的德国上层社会人士：波希米亚人、艺术家、诗人和建筑家，还有身穿高筒靴的军官。当然，在这个理想化的场景中，她这位幽灵般的对手堪称完美：克劳迪娅·鲁伯特是一位技艺精湛、气质高雅的演奏者，在她身上激情和克制力得到了平衡。她在一片热烈的掌声中表现得十分谦逊。这个场景的每个细节都很详尽，唯独没有女主角的脸。

蕾切尔最后选定了一首简短的钢琴小曲，由舒曼创作，名叫《为什么》。她没听说过这首曲子，但她视奏的识谱能力很强，学得也很快。当年她父母那个快要散架的竖式钢琴以一种省钱而便捷的方式将她送到了远离世俗生活的地方。她原本会将钢琴作为她的职业，但是结婚生子以及战争的爆发限制了她的发展，让她只能在圣诞联欢和生日聚会上演奏，或者偶尔去参加一些酒会上的室内表演。这个曲子看上去很有意思。它缓慢而轻快，刚开始弹并不难，一旦超越了对曲调的掌握，她就遇到了一首在延长音符中蕴含深意的曲子，沦陷在它的旋律里，就好像越过一个湖，湖面不大，湖水却很深。她一头扎了进去，一遍又一遍地弹，像一个认真的女学生为了考试而拼命背书，下定决心要掌握它，最后完全入了迷。几个月来她第一次感觉到了血流过静脉的意义。她在弹奏中意外找到了解药；它不仅让她放下了那些没用的心事，还让她忘记了自己。

11月第一周的一个午后，蕾切尔想在刘易斯回家之前练一小时琴。她往起居室走的时候，听见有人在弹奏她的"新曲子"——弹得很糟糕。她走进房间，看见鲁伯特先生穿着他那条蓝色工装裤，埋头在琴键上弹奏舒曼的那支曲子，他的样子非常专注，一心要弥补自己的天赋不足。他弹得很慢，钢琴踏板被踩得很响。这番努力使他一向英俊的脸看上去傻乎乎的。

"鲁伯特先生？"

他正在竭尽全力地不犯错误，一开始没有听见她。

蕾切尔走到支起来的琴盖旁，这个距离他绝对能看见她，然后提高声音又喊了一遍他的名字：

"鲁伯特先生！"

鲁伯特听到喊声惊讶地吓了一跳，把惹来麻烦的双手举起来表示歉意。他忽然起身时，琴凳随之在橡木地板上刮擦，他把琴键上方的琴盖合上了。

"请原谅我，摩根夫人。"这是她第一次听到他说德语，"我应该征求同意的。原谅我，摩根夫人。"

蕾切尔不知道该说什么，在随后沉默的一秒钟里，她不自在地整理了一下她的头发。

"我过去经常这样练半小时琴，"他说，"老习惯，一时难改。"

她想纠正一下他的错误[1]，但又不想鼓励他继续说下去。然而鲁伯特还是用他惯常的方式继续讲道：

"我弹得很糟糕。不管怎么练习。糟透了。我自己也知道。但是这个能帮我……我练琴不是为了弹得更好。只是为了……记住和忘掉一些事情。我听说你弹得很好，你儿子告诉我，你是一位优秀的演奏者。"

他们之间的交谈不多，只有简短几句，即使这样，她还是能感觉到鲁伯特先生在向她抛出问题的诱饵，引她开口。虽然她也想回答他，但还是决定退到最初的立场，回到他们最初约定的界限之内。

"我以为我们在划清界限方面已经达成一致意见了呢，鲁伯特先生。"

"是的。我很抱歉。我原本是想先去征得你的同意的。但是我今天提前从工厂回来了。那边发生了罢工。我想借此把今天的不愉快都忘记，结果却忘乎所以了。对不起，摩根夫人。"他看着她，拧起了一边的眉毛，这个动作介于无礼和关心之间，让她一时也分不清。

他再次打破了她这种犹豫不决的沉默。

"'摩根'，我一直在想这个姓氏在英国很常见吗？"

"它源自威尔士。"她回答，在诱饵上啃了一口。

"威尔士，"他想了想，"我听说这个国家不大，却很美丽。"

"不算小，能被炮弹打中。"

---

[1] 原文中鲁伯特先生的英语里有一处语法错误。

她发现自己正在扮演一个令人讨厌的角色——是她不愿意扮演的众多角色中的一个：悲痛哀伤的母亲、冷漠疏远的妻子和现在这个话不多却很无理的占领者。最后这个角色是她花了很大力气才装出来的，但它似乎并没有让鲁伯特信服——甚至都没有引起他的注意。他没有理睬她话语中的嘲讽之意，只是点点头表示理解，他以优雅的风度接受了自己刚才的一番奚落，这让她感到脸红。

"我会跟摩根上校说的，让你能用这架钢琴。"她说道，尽可能让这句话听起来带着安抚的语气。

"谢谢你，摩根夫人……我感激不尽。"他微笑着说，一脸真诚的谢意。

"我发现你夫人也弹琴？"蕾切尔问，指了指乐谱抬头的签名。

"克劳迪娅是多才多艺……她——"鲁伯特忽然停住了。提到他的妻子让他一时语塞。他的防御土崩瓦解，他的神气和傲气也瞬间蒸发。"可她对音乐一窍不通，她的妈妈是一位钢琴家。"

这个消息让蕾切尔松了口气，关于光彩照人的鲁伯特夫人的幻想破灭了，可她的好奇心又被唤起了。他谈起她时的态度，他提到她时眼中的表情，还有话语之间的犹豫……

"我想知道这首曲子的名字是什么意思？'为什么[1]'，意思就是'为什么'吗？"

这个词的发音和这个问题本身都是一种让步。到目前为止，她一直固执地拒绝将德语里"W"的发音改成"V"的发音。

"翻译得不是很准确。它是'为什么'的意思，但我想，它更贴近'为何会发生？是出于什么原因？'这一类的意思。"

---

1. 原文为德语，其首字母为"W"，在德语里，"W"的发音与英语中字母"V"的发音相同。

"这样……挺好的。"

"这样……好极了。"

蕾切尔点头表示同意。这感觉很美妙。以某种方式,"说出来"。然而,就像一个旅人忽然意识到,他们已经沿着地图上找不到的路走得太远,闯进了未知的领土,蕾切尔也看了看她内心的指南针,确认了一下自己的脚步。

"我会去跟摩根上校讲的。"她说。接着,她稍稍鞠了一躬,就离开了房间。

艾德蒙在藏书室里用手划过那些书的书脊,书里的世界全都在他的指尖上。他不是来找书看的——摸一摸就足够了——他只是在熟悉他的新游戏场所。这座房子里有很多宽敞而神秘的房间,有科幻风格的家具,还有很多意想不到的相遇,它提供了他需要的所有故事和插曲。实际上,这里不太像家,而更像逼真生动的戏剧场景,而他是剧里的主角;他妈妈小心翼翼的样子像是一个紧张的替身演员,而艾德蒙则带着他的好伙伴卡斯伯特从一个房间跑到另一个房间,如同一个注定要解开谜团的主人公。

弗里达是这个舞台上当之无愧的反派,她的所作所为非但没有让他生气,反而让她更有吸引力了。第一次在楼梯上相遇时留下的印象——他所看到的状况令他摸不着头脑却又想多看几眼——于是他会去鲁伯特一家的楼梯下转转,希望能如愿以偿。她送给他那满满一夜壶的礼物似乎是一个警告,但也是一种邀请。这本来会让他觉得恶心,提醒他有危险(他想过是否要把她的行为告诉他爸妈),但他又觉得事情正在往有趣的方向发展,就像深谷里架起了一座摇摇晃晃的桥,通往前方充满异域风情的茂密丛林,处处是隐秘的气味和声音。就连她的小便,装在代夫特陶器里，闻起来也很有神秘感，把它倒进马桶的时候还发出了迷人的声音。

"你在找什么书吗？"

鲁伯特先生走进房间，他正要去起居室，身上还穿着那件蓝色工装裤。如果说弗里达是艾德蒙的对手，那么这位闪闪发光的鲁伯特先生就是他意料之外的盟友。手册里权威地描述了德国人的特点，而这些在他身上似乎都没有体现。他的态度里没有自大和傲慢，只有自信和友善；他并不严肃，也不阴郁，反而是一副轻松活泼的样子；他的表情——闪耀的眼睛、发光的鼻孔和上翘的嘴唇——总是带着笑意。实际上，在过去的几周里，艾德蒙发现自己很喜欢这位德国人；他似乎真心感兴趣也愿意了解关于威尔士的一切（"这个国家是什么样的？"），还有战时的生活（"你父亲离家很长时间了吗？"），他甚至还问过他妈妈是否安顿下来了（"我希望她在这里能和在家一样自在。"）。而且他懂得很多。上次他们在大厅相遇时，鲁伯特先生指出，他在楼梯上摆弄的那些红衣锡兵是被拥有盎格鲁-日耳曼血统的乔治三世派去攻打北美叛军的。

"我只是随便看看，"艾德蒙说，"它们都是德文书吗？"

"大部分是。不过有些是英文书。特别是儿童书籍。欢迎你阅读这里的任何一本书。而且，如果你仔细找的话，还能发现一个密室。"鲁伯特先生露出一副很神秘的样子，扭头越过肩膀确认了一下女仆和孩子的妈妈都不在，然后伸出一根手指在书架的第二层划过，中途在一本书上停了下来。他把书抽出来，给艾德蒙看了看封面。封面上是一幅炭笔素描,画着四个人坐在摇晃的马车上，正要逃离某种看不见的麻烦，书名是《乱世佳人》。

"《乱世佳人》，"他说，"这是我妻子最喜欢的一本书。"他停顿了一下，伤感地沉思了一会儿。这个举动让艾德蒙想起了他妈妈发愣时的样子，不过鲁伯特先生很快就恢复原样，继续说：

"我们在战争开始的头几年看过这部电影。相比电影，她更喜欢书。对此我们还争论过。可我非常喜欢电影。克拉克·盖博[1]：'我一点儿都不在乎！'"

艾德蒙不知道这句台词，但是鲁伯特能用美式口音说英语，而且他说"在乎"的语气愉快而有派头，艾德蒙很喜欢这一点。

"你看过这部电影吗？"

"我妈妈看过，"艾德蒙说，"她和我姨妈一起看的。"

"这部电影很好看。我觉得你妈妈有点像女主演费雯·丽。不说这个了。看这个缺口。"他指了指书柜上留下的一块空隙，把手伸进去，抽出了一个彩色的盒子，里面装着古巴雪茄。接着他把它推回去，又把那本书也放回了原位。

"不要告诉任何人。连我妻子也不知道这里有这么一块地方。男人得有自己的秘密。"

后来，艾德蒙前去帮他妈妈清点陶瓷餐具，它们晚了一个月才被运过来，全部都摊在餐厅的桌子上，就像一座缩小版的未来城市。他刚刚在数灰绿色餐具时用的是德语，信心满满地一直数到了十二，而且完全正确，这让他妈妈印象深刻，也让她感到不安。她一边数着刀叉和汤勺，一边在心里庆幸这些东西终于运到了，这样她就用不着接受鲁伯特先生的好意，在这段时间里把他的纯银餐具拿来用了，不得不承认，那套餐具相当精致。

"妈妈，费雯·丽长什么样？"

---

1. 电影《乱世佳人》中男主人公瑞德的扮演者。后文为这个角色的经典台词。

"费雯·丽?"

"她长得漂亮吗?"

"你问这个干什么?"

"因为鲁伯特先生说你长得像她。"

艾德蒙这么说是希望能缓和他妈妈对房子前主人的态度,可是因为某种缘故,这句话让她脸红了还有些生气。大概是费雯·丽长得不好看吧。

"你什么时候——这么说吧——你为什么要和鲁伯特先生说话?"

"他只是……给我看了一些东西。"

"什么东西?"

"一些……玩具和书。"

"你不要鼓励他这么做,艾德蒙。你们之间太亲近的话,只会让这一切变得更尴尬。"

"可他似乎是个很好的人……他——"

"有些人只是看上去好,但并不意味着他们是好人。"蕾切尔说,"你要当心一点儿,不要和他说太多话,还有他的女儿。这样会招来怨恨的。"

艾德蒙点点头。他绝对不会提起他与弗里达之间那些出于本能的交流。如果鲁伯特先生这么和蔼可亲的人都能让妈妈感到不安,他女儿那些露内裤和送夜壶的古怪行为肯定能让她一听就炸。

"我能去花园里玩吗?"

"去吧。别跑得太远。穿上你的套头毛衣。外面冷。"

出门时艾德蒙遇到了海克,她迈着幽灵般的脚步在楼层之间走动的时候一直尽量不引人注意。"早上好,小姑娘。"他在她匆匆走过时说道,把新学的词组合在一起。他喜欢这些德语单词:它们坦率、准确,而且放在一起念的时候,有一种打击乐的感觉。

海克行了个屈膝礼,然后继续往楼上走,一副被逗乐了的样子。

艾德蒙进了温室,又从落地窗钻了出去。他穿过草坪,来到茂盛常青的杜鹃花树下,它在空地上形成了一道天然的边界。这棵树有他的三倍高,庞大的枝干之间足以装下一个世界,纵横交错的小路到这里已经完全混杂在了一起。树上迟开的花朵刚刚度过最好的花期,就要迎来一年一次的凋零,不过现在它们依然耀眼夺目,可以很逼真地在想象中化作一片丛林。艾德蒙一头扎进树下的灌木丛中,像皮萨罗或者科尔特斯[1]一样,拔出想象中的短剑回击那些枝条的进攻。他沉浸在自己的幻想中,直到他来到铁丝网栅栏边——这是一条人为搭建的地产分界线。

一片凌乱的草场在他面前向外延伸,另一边就是易北河,提醒人们这里虽然已被隔绝于战争的残酷结局之外,但那些凄惨景象离他们并不遥远。这片伤痕累累的田野里到处是草木的根茬和小块裸露的泥土。在野地的尽头,一些马厩和鸡舍被改造成了棚屋。他能看见棚屋附近有一些人影——看上去像是孩子——站在一小堆篝火周围。草场的中间还站着一头骨瘦如柴、一动不动的驴子,它的肚子胀鼓鼓的。

艾德蒙翻过栅栏,穿过田野,想仔细瞧一瞧这只动物。即使他靠近了,它还保持着死了一般的静止,连一丝颤动都没有,低垂着尾巴。它的脖子上布满了疮,它看上去似乎连撑着脑袋的力气都没有;它那身骨头格外显眼,仿佛就要穿透疲倦的毛皮。"可怜的驴子。"艾德蒙说,他打量着这头驴的悲惨处境和绝望神情,

---

1. 弗朗西斯科·皮萨罗(Francisco Pizarro, 1471—1541),西班牙探险家。埃尔南·科尔特斯(Hernán Cortés, 1485—1547),西班牙探险家。

眼中一下子充满了泪水。这眼泪让他有点吃惊。他甚至都没有为自己的哥哥掉过眼泪,现在他却在为野兽中最卑微的家伙而哭泣,而且还是一头德国驴——虽然他也不确定动物有没有国籍。他伸进口袋,从里面摸出了一块糖,那是他趁格里塔到楼上去的时候从厨房里拿出来的。他把糖放在驴的嘴巴下面,但是它对糖也没有任何反应。

"我的午饭!"

艾德蒙朝叫声传来的方向转过去,正对上一个男孩愤怒的身影,他戴着一顶俄罗斯的哥萨克帽子,穿着一件睡衣长袍,朝他走过来,用沙哑刺耳的声音说着德语。其他孩子跟在他身后几米远的地方。

"把手拿开!"男孩喊道。他的语调带着挑衅的意味,但艾德蒙并没有感觉受到了威胁。他的动作有点滑稽,还有点装模作样,似乎是在他的同伴面前刻意摆出来的样子。"这是我的午饭!"他又说了一遍,艾德蒙把他的手从驴嘴下面收了回来。当其他孩子来到他们这位戴着古怪帽子的队长身边时,他正围着艾德蒙转悠,在他周围的空气里闻来闻去。这些孩子穿的衣服五花八门,就好像是从杂耍剧团的更衣室里匆忙拿出来的一样。艾德蒙忽然觉得自己身上非常普通的衣服变得格外显眼——棕色的牛津鞋、羊毛中筒袜、灰色短裤、维耶勒法兰绒衬衣和 V 领套头毛衣——其他孩子将他团团围住,还伸手在他身上摸了又摸。其中一个穿着充气救生衣的男孩甚至弯下腰,碰了碰艾德蒙闪闪发亮的鞋尖,然后又戳了戳他的肋骨,就像古老文明派出的先遣队与未来生命接触时要测试一下对方是不是真实存在的。

"英国人?"队长问道。

"是。"艾德蒙答道,听到他这句只有一个字的回答时,大家都停了下来。

"是!"戴着怪帽子的队长重复了一遍,试着模仿艾德蒙清晰的发音。

"是!"其他流浪儿们也重复道。

"见他妈的鬼了,队长!"那个男孩忽然说。

艾德蒙很惊讶,他认为该被禁止的脏话被男孩毫无顾忌地说了出来。他很想笑,但是忍住了。

"去他妈的狗屁浑蛋杂种!你这个该死的蠢猪渣滓!"那个男孩继续像扔手榴弹一样抛出一大串英语的咒骂。然后他指着艾德蒙,让他回应——其实是让他纠正——他的发音。"你。英国佬……你来说'该死的',你说。"

"该死的。"艾德蒙说,这么说出来让他觉得很开心,他说完以后得到的回应也让他开心。这群小孩齐声喊出"该死的",而他们的队长正在专注地努力把它说得准确一点儿:

"该——死……的!该——死的。你再说一句'该——死的'!"

"该死的,"艾德蒙说,"该死的……滚蛋……还有……放狗屁和臭浑球!"

"滚蛋和放狗屁!滚蛋和放狗屁!还有臭浑球!"

艾德蒙点点头,对他们的发音表示认可。双方之间的文化交流似乎进展得相当顺利,大家都非常放松。队长露出了笑容,可那个穿着救生衣的男孩除了脏话之外还有别的想法,他还在绕着艾德蒙转,摸着他的设得兰羊毛衣,贪婪地斜眼看着,喃喃地说着一些艾德蒙听不清的话。队长拍了一下救生圈:

"迪迪!放开他!"他指着他,挥手让他走。但是救生圈并没有住手,或者说根本就没听见,因为他开始撕扯艾德蒙的毛衣,虽然艾德蒙试图推开他的手,可男孩那骨瘦如柴的手依然死死地

93

抓着他，在艾德蒙挣扎着脱身的时候，毛衣都被扯变了形。然后，在没想清楚要做什么的情况下，艾德蒙抓住了男孩的肩膀，揪着那件充气救生衣的后背，毫不费力地将他离地提起来，这一下完成得如此轻松，让他自己大吃一惊，同时也感到很受鼓舞。他把男孩腾空举了几秒钟，将他在空中转了一下才放下来，再一把推开，整套动作一气呵成。救生圈一落地就回身朝艾德蒙扑过来，他发出一声低吼，十指弯曲，像爪子一样张开，正要用他脏兮兮还裂开了的指甲去挠艾德蒙的脸。其他孩子在他们周围站成一圈，就像在露天竞技场里一样，欢呼声，叫喊声，甚至还有咆哮声，连成一片。救生圈扣住艾德蒙的脖子，试图把他的脑袋拽到怀里夹住，但是他力道不够，只靠一阵来得快去得也快的紧张情绪，艾德蒙轻而易举地占了上风，将他压在地上，膝盖抵着他的胸膛。救生圈挣扎扭动了半天，还吐口水，却再也没能碰到艾德蒙。在他们周围，起哄声升级成了疯狂的叫喊声"干掉他"。艾德蒙发现这些孩子并没有冲着他们的自己人呐喊助威，而是冲着他，他们一边叫一边比画出刺杀的手势，让他干掉对方。救生圈不再挣扎了。可能是累了，也可能是放弃了，他躺在那里，打算任凭艾德蒙处置。孩子们叫嚣着"干掉他"，艾德蒙不需要翻译也知道这是什么意思。队长上前一步，递给艾德蒙一根小棍，让他用这个完成最后一击。艾德蒙出于礼貌接过了小棍，可他并不想用这个。相反，他把膝盖从被打败的男孩身上抬起，并且向后退去，而男孩则在他原本的伙伴们的嘲笑中爬走了。

队长用愉快而钦佩的眼光打量艾德蒙时，他正在掸掉短裤上的灰。"好样的英国佬。"他说。"真他妈是好样的英国佬。我的名字叫厄齐。"他又说。

艾德蒙伸出一只手："我叫艾德蒙。"

厄齐看了看艾德蒙的手，但他没有去握住它，他只是盯着它看了看，然后就开始对着某个人说起了话。

"妈妈，他很好。他是一个好英国人。他会帮我的。"

他似乎在等一个回答，在等某个引领他的灵魂来认可他的话，接着他竖起耳朵听了一会儿，显然是得到了答案，他点点头。他对艾德蒙说："好英国佬，给点香烟。"然后他假装吸了一口烟，指了指自己的胸口。"香烟。"他又说了一遍，很期待地摸摸自己的肚子，接着指向那些马厩，那里生着篝火，还有更多的人影在晃悠。"你带来。这是我住的地方。"然后，他越过田野看到鲁伯特别墅的边界围着防护栅栏，问道："那里是你的家吗？"

这座房子的所有权错综复杂，而艾德蒙无法说明其中的细微差别，他点点头，用他自创的德式英语回答：

"这是我的家。"

晚饭时，刘易斯心不在焉地听着蕾切尔说起鲁伯特弹钢琴的事情。

"你觉得我们可以允许他弹琴吗？我不太确定。我担心这会让情况变得更糟糕。"

"为什么你会这么觉得？"刘易斯问。

"我不知道。这么做可能会发出错误的信号。虽然我不想在这件事上显得太刻薄，可如果我们有了一次让步，最后就会事事都让步。也许我们都待在各自的生活范围之内才是比较好的做法，一切都在合适的位置上。我不知道。"

我不知道。她的每个念头几乎都是以这句话开头，也是以这句话结尾。优柔寡断成了她惯常的表现，而刘易斯根本帮不上忙。他到底在没在听呢？她能看出他心里有事。被占领的城市占据着

95

他的心。他在头脑中分了两个区，较大的那个区，也是目前更有意思的那个区，是他的工作区，其中有很多需要他去操心的分区。而另一个区——家庭区里有她和艾德蒙，有鲁伯特一家，还有仆人们——只要能处理好自己的事情，尽量少占用他的精力，他就很知足了。她本该问问他今天过得如何，她知道他的事情比这件事更重要。但是此时此刻，不管她的事情有多么微不足道，她都希望他能参与进来。

"怎么样？"

"由你决定吧，亲爱的。我觉得这样做没什么坏处。"他说。

蕾切尔看着他。他这样只是平时那种随和态度的表现吗？她感受到了一丝敷衍，继续说道："你觉得什么时间比较好呢？早晨在他上班之前？还是下午？晚上可能不太合适。"

刘易斯放下了刀叉，表示他在思考。

"让他弹半个小时，在你觉得合适的时间段。"

蕾切尔明白他在做什么。他在打网球，面对的是一个需要指导的人，而不是一个要被彻底打败的人。他可以打出一记凶猛的回球让她出局，但是他想让她留在场中，所以他打出的接发球都漂亮而利落地飞往球场合适的位置，给她留出回击的余地。他并不想打这场球，于是就采取了这样的方式。

蕾切尔不知道为什么这事会这么难办。她给鲁伯特留下的印象是她很乐意让他参与。她确实乐意让他参与，不是吗？而且她很清楚刘易斯不会介意的。她那时原本可以当场就把事情定下来，就在钢琴旁边，根本不需要麻烦她的丈夫，所以为什么要用这番纠结而冗长的废话来打扰他？为什么要在他忙着安置急需食物和衣服的难民时，还指望他来解决关于钢琴和植物这样琐碎的矛盾？她知道这样做没有道理，可她就是忍不住。

"非常好。我会告知鲁伯特先生他可以弹琴……在每天下午四点钟,弹半个小时,还是一个小时吧。"说完这些,她感觉就好像办成了一件大事。

"很好,"刘易斯说,松了一口气,"那就这么定了。"

他们三个人一言不发地吃了一会儿饭。刘易斯最先吃完,把刀叉放在一起,摆成一条直线,然后用一块大马士革提花的餐巾擦了擦嘴。他轻轻拍打着椅子的扶手。

"看到你在这个家里留下了自己的印迹,这很好。这些椅子比那些皮制的好多了。"他把厨房藤椅晃得吱吱作响,以此表示他的赞赏。实际上,她并没有改变任何东西,但她不想多说。

"你觉得仆人们怎么样?"他继续问,显然是想弥补刚才的冷淡态度。

"他们还是只会那样看着我,好像我说的话他们一个字也听不懂。"

"要不你和艾德一起上家教课吧?学一些基本用语?"

"噢,我认为他们其实完全听得懂我的话,他们只是故意不听。有时候,我觉得他们都在嘲笑我。"

刘易斯没再说什么。他转向艾德蒙,男孩正在玩盘子里的豌豆。

"你和柯尼格先生的进展如何?好极了?"

蕾切尔给自己倒了一杯水,把她的烦恼压下去,接着她开始将餐盘垒起来,随后又想起这件事现在该由别人来做。

艾德蒙已经吃完饭了,这会儿正在为他自己的战役排兵布阵:豌豆们从肉汁登陆,形成滩头阵地,然后向内陆的土豆泥推进。

"好极了,爸爸。"

刘易斯笑了起来:"你到这里才一个月,现在你的发音已经比我还标准了。"

"如果我们被禁止和德国人说话,那为什么我还要学习德语?"艾德蒙问。

"你可以和他们说话,艾德。实际上,我希望你能这样做。我们彼此增进了解,就能更快地将一切都恢复如初。"

"恢复这一切要花多久时间?"

刘易斯看着蕾切尔,这回他需要仔细斟酌自己的回答。

"乐观的人说十年就够了。悲观的人觉得需要五十年。"

"所以,毫无疑问,你认为五年就行。"她说。

刘易斯露出一个让步的微笑:她太了解他了。"那么,艾德,你有没有和弗里达说过话?"

艾德蒙摇了摇头:"她比我大一点儿。"

"也许哪天晚上我们可以一起玩一次凯纳斯特纸牌或者克里比奇纸牌游戏。要不用投影仪看个电影也行。"

海克进了屋,拿着一个堆餐盘用的托盘。女仆的动作带着习惯性的敏捷,尽量以最快的速度来回走动,就像一只在农夫的注视下偷种子的燕子。

"饭菜很美味,海克小姐。"刘易斯用德语说道。

"你很美味,海克小姐。"艾德蒙也学着用德语说了一句,没有意识到他说错了。

海克忍住笑,鞠了一躬,然后收拾起了餐盘,她在蕾切尔身边停了下来,她的盘子里还剩一大半没吃。

"摩根夫人,您吃完了吗?"

蕾切尔挥手示意把她的盘子拿走。

艾德蒙看着女仆把餐盘送到自动升降机前,将它们放进升降机的门里。然后海克拉了一下绳子,它们就顺着滑轮被运到了厨房里，仿佛有一只看不见的手在操作。

蕾切尔等到海克离开以后才开口说：

"看到了吗？就是她刚才那个样子。一脸假笑。"

"她只是觉得紧张，生怕自己犯个错误就会丢了工作。任何有工作的德国人都是这副提心吊胆的样子。"

"你为什么总是坚持要为他们说话？"

刘易斯耸了耸肩。按他的习惯，这几乎就是他深感失望的表示。他掏出烟盒，咔嗒一声打开它，递了一支烟给蕾切尔。

她很想抽烟，但她拒绝了。

"我晚点再抽。"

刘易斯轻轻弹了弹香烟的尾部，将它叼在嘴里，把烟点上，深深吸了一口，放松地从鼻孔里喷出一片烟雾。

自动升降机的滑轮吱吱呀呀地响了起来，宣告布丁送到了。

"它会向上到达鲁伯特家那层楼吗？"艾德蒙问。

"我希望你不要这样玩，艾德，"蕾切尔说，"这不是玩具。"

他点点头。"我们回到英国还能有仆人吗——就像克拉拉姨妈家里一样？"他问道。

"如今只有非常有钱的人家才能请得起仆人。"刘易斯说。

"可是鲁伯特先生就有仆人，他不过是在工厂里工作。"

"等他通过审核就不用去工厂了。一旦他通过了审核，他可以继续去做建筑师。"

"审核？"蕾切尔问。

"关于……是否与纳粹有关联的审核。"

"他还没有通过这种审核？"

"我相信那只是例行公事。"

"好吧，我以为你至少要先核实一下。"

"鲁伯特是清白的,这一点不用担心。"

"可你怎么知道他是清白的。"

"巴克做了额外的背景调查。如果他的过去有一丁点不干不净,我是绝对不会让他待在这里的。蕾切尔……求你了。"

艾德蒙决定趁此时向他们道晚安。这又是一场大人们不想让孩子掺和的对话。

"我可以走了吗?"他问。

"当然可以。"蕾切尔回答。

艾德蒙亲吻了母亲,他爸爸揉了揉他的头发。

"别去做我不允许的事情。"他说。

艾德蒙离开房间时,听见爸妈还在继续讨论刚才未解决的矛盾,他们的说话声时高时低,有时还夹杂着那种令人紧张的恳求和辩解声。父母的争论是完美的掩护。他上楼来到自己的房间,带上卡斯伯特,又从书桌里找了一支铅笔和一张纸,然后把它们拿到自动升降机的门口。它就位于一楼他父母的卧室外面。他拉起升降机的滑动门,里面露出一截绳子,悬挂在垂直通道的凹陷处。这个垂直通道连通了整栋房子上下三层楼。他用力拉了拉绳子,过了一会儿,升降机从厨房升了上来。他把卡斯伯特放了进去,匆匆写了一张纸条,把它叠好放在士兵娃娃的熊皮大衣下面。

"把所有的糖都找到,上尉,然后将它们带回基地。"

"您确定我们能这么做吗,长官?"

"照我说的做,卡斯伯特,你是好样的。我们八点钟[1]在地下室见面。沿途留意大人们。"

---

1. 原文为"2000点钟",此处艾德蒙使用的是军用时间,将一天分为24小时,从午夜零时(0000)至第二日零时(2400),用四个阿拉伯数字表示。

"是，上校。"

艾德蒙拉了一下绳子，几秒种后，卡斯伯特降了下去。艾德蒙关上滑动门，悄悄下楼来到厨房，一路都踩在走廊里的地毯上，以此来掩盖自己的脚步声。

在厨房里，他看到海克一边和面，一边唱着收音机里播放的歌曲；电台里有一个声音沙哑、带有外国口音的女人唱着一首英文歌，海克在模仿这个歌手低沉的唱腔，唱得十分高兴。

"晚上好，海克小姐。"

女仆被忽然进门的艾德蒙吓得叫了一声，然后连忙关掉收音机，把手在围裙上擦干，那样子就像是在偷听敌方电台而被当场抓获了一样。

"晚上好，艾德蒙少爷。"

艾德蒙径直走向升降机门前，推起滑动门，从卡斯伯特身下取出纸条，递给海克。她看了看纸条，大声读出来："糖？"

"求你了。"

海克假装不太赞成，却很乐意玩这个游戏。她进了储藏室，回来的时候拿着三块糖。她明白他的游戏内容，于是把它们放在一个盘子里，又把盘子放进厢门里，摆在士兵布偶的旁边。艾德蒙向卡斯伯特发出了命令：

"把供给送回基地，上尉。"

"遵命，上校。"

他一拉绳子，把升降机的厢门关上，向海克表达了感谢以后，就跑回楼上去迎接凯旋而归的英雄。到达一楼的升降机门口时，他打开厢门，却发现升降台不在里面。他又拉了拉绳子，等了一会儿，依然没有动静。他再次拉了一下绳子，又等了等，还是没反应。他大胆地把头伸进门里往下看。下面什么都没有，漆黑一片。

他扭过头往上一瞧，看见升降机的底部停在楼上那一层的厢门位置，那是鲁伯特一家住的楼层。或许鲁伯特先生截住了这次传递，以为糖是给他的。没关系。艾德蒙很高兴能把糖给鲁伯特家，他们需要卡路里。他把脑袋从通道里收回来，再次拉了拉绳子，这回有动静了：升降机开始下降了。绳子振动了一下，升降台下来的时候缓缓移动，发出吱吱的响声。当它进入视线范围并停在厢门前时，艾德蒙立刻发现有点不对劲：卡斯伯特的头没了。他从升降台上把这具没了脑袋的身体取出来，检查了一番。在脑袋原来的位置上，白色的羊毛和黄色的填充物垂挂在断口处。他的脑袋可能是卡在了升降机上——原本就有点松动了——然后从通道里掉下去了，可从物理学的角度来看，似乎不是这样。艾德蒙这时才注意到，盘子里的糖不见了。

刘易斯慢慢地脱着衣服，他在等来自蕾切尔的暗示，等她表现出今晚他们可以做爱的兴致。他站在步入式更衣室里，裤子还穿在身上，开始动手脱衬衣。他一颗一颗地解开衬衣扣子，停下来看了看袖口的某个地方，假装那里有一缕松开的棉线。他磨蹭了几秒钟，给蕾切尔留出一些时间来开口。曾经他们之间不需要这种微妙的试探，她和他都在撩拨对方，提出这种要求并非难事；可如今这件事忽然需要他能够翻译和理解某种语言中的细微差别，而刘易斯已经一年多都没用过这种语言了。

他脱下了衬衣，站在那里，腰部以上的衣服都脱掉了。他们一旦穿上睡衣后就不会去做爱了。如果他很快就穿上睡衣，她会以为这是在暗示今晚不会有什么举动了。脱衣服的那一刻必须把握时机，在那之前也可以，他们中间的一个——通常是他——会提出亲热一下。这个习惯让冬天做爱更像是一场折磨。他们新婚的那几年里，蕾切尔很怕冷，从白天穿的衣服换成睡衣时，她通常不愿耽搁太久。虽然现在房间里很暖和——实际上，整个房子的温度完全能掩盖外面的严寒——但他必须赶快出手，免得他们周围的空气变得太冷。他刚才为傻笑的女仆辩解，而鲁伯特一家的事情又悬而未决，这些都让她感到心神不宁，可他却下定了决心。必须结束这种局面。他一定要有所行动。

她坐在梳妆台前，只穿着一件贴身胸衣，她一只手把头发往后捋，另一只手在卸妆。刘易斯看着她完成日常梳洗，她裸露的手臂和直挺而小巧的肩膀看上去可爱又迷人，让他感到备受折磨。

"我们要不要……"他的声音越来越小。

蕾切尔打开梳妆台的一个小抽屉，找出了一串石榴石项链，她把项链拿到床头灯下的时候，串在一起的石榴石发出了叮叮当当的响声。

"这一定是……她的。"

她把冰凉的石头围在自己的脖子上，然后又将它们摊在手掌中，感受它们的重量。"它们真好看。"

"亲爱的？我们要不要做点……"这么说的时候，他的意图比往常更明显，态度也更强硬。难道他们没有发过誓要尊重彼此的身体吗？如果她现在拒绝他，他就打算搬出这句话。

蕾切尔放下了项链，把用过的棉签扔进废纸篓。"你有那个东西吗？"她的表情很平淡，既没有表现出欲望，也没有流露出厌恶。但这就足够了。他立刻感到激动难耐。对这件事的期待让他有点头晕，他怀着这份心情在工具箱里翻找常规的避孕用品，那是和香烟一起配发给德国境内所有服役人员的。满足军人的所有嗜好和需求。

刘易斯看到蕾切尔站起来，穿着紧身胸衣钻进了被子里。她的动作里没有一丝兴奋,甚至是期待,但是他不介意。他从半打避孕套中撕下一个,然后往床边走去,勃起的下身已经顶住了他的裤子。他背对着她坐在床边,希望她没有注意到。他一边脱袜子,一边让自己平静下来。

蕾切尔朝他所在的床那边靠过去,拿起了他的银制烟盒。

"你抽烟的时候会想起我吗?"她问。

"一天想六十次。"

"用不着这么说。"

"真的。我数过。我们分开的时间里,我抽了三万两千根烟。"

"那你在想我的时候,都想些什么?"

"通常情况下,"他诚实地回答她,"想的就是此时此刻。"

蕾切尔惊讶地看着他:"你那个准备好了?"

他咬开金属膜包装,把避孕套取出来放在枕头上,同时又把外裤连同内衣一起脱下来。蕾切尔把烟盒放了回去,坐起来把紧身内衣拉扯到了头和肩膀的上面。就连扫一眼这漫不经心的动作都让刘易斯感受到了强烈的刺激。他钻进被子时还在掩饰自己的那股冲动,这让他感到脆弱,还有点底气不足。她面朝他躺在床的另一边,把头枕在胳膊肘上。每当他们光着身子躺在一起的时候,所有的决心和信心都从他身上转移给了她。就好像他的级别从上校一直降到了二等兵,而她则一跃成为陆军元帅。

蕾切尔拿起了橡胶套。

"要我帮你戴上吗?"

刘易斯答不上来。他点了点头,但当她在被单下伸手去碰他的时候,他抓住了她的手,把她拉到身边,开始亲吻她。他想让节奏变慢一点儿,他需要慢慢来。他已经提前进入了状态。他们接吻的时候,她的嘴唇只是微微噘起,并没有张开。她回身继续之前的动作,把被子拉过来盖在他身上。刘易斯向后躺下,由她摆布。他试着把注意力集中到天花板和它那波浪式的飞檐上,只要不让他过早达到那一刻就行。她一开始的触碰是冷淡的,只是机械的动作,可即使这样他也承受不住。他射了出来,发出了一声喘息,所有的愉悦、解脱和绝望都包含其中。

"啊!结束得太快了。抱歉。"

"没关系。"蕾切尔说。

"抱歉。"他又说了一遍。

"你在弗拉顿就下车了。"

"还没离开滑铁卢。"

蕾切尔显然并没有感到失望,这让刘易斯觉得更加沮丧。他对自己很气恼。他一贯的自制力和忍耐力在他最需要的时候弃他而去。提到弗拉顿(到达朴次茅斯之前的最后一站)时,他只是想起曾经有一段时间,他们的欲望总是能战胜理智。

他拿起身边的手巾,把自己擦干。

"太久没有这样了。我有点不习惯——"

"没关系。"蕾切尔摸了摸他的脸,抚平他的眉头。

"我——"

"嘘。这是完全可以理解的。"

"你还好吗?"

"我很好。"

"你确定?"

"是的,我很好,只是觉得冷。"她坐起来,从枕头底下抽出睡衣,穿在了身上。

刘易斯坐起身,冲着地板摇晃双腿,他的沮丧心情已经退去了。虽然快感提前中断了,却好过从未发生。最近几周以来,他所体会到的那种受压抑的、绞痛般的恼怒情绪，都被这次释放冲散了。等他关了灯穿着睡衣躺在被子里时，他的大脑已经回到了自己认为最安全也是最有成效的那个区域：安顿一千多名未曾谋面的德国人，他们的需求没那么复杂，以及重建一个国家。

刘易斯睡着后，蕾切尔还躺了很久，她和往常一样朝左边侧着身，聆听自己的心跳。她盯着床边摆成一堆的石榴石项链，半开的窗帘外透进来的光把它照得闪闪发亮。她决定尽快把项链还给鲁伯特，虽然这么做既是出于礼貌，也是出于好奇。事实上，关于曾经佩戴过它的那个女人，她想了解更多的事情。这串项链在她的脑海中触发了一幕幕耀眼的场景，而鲁伯特夫人在所有场景里都是主角。虽然想象中的这位夫人在每个画面中都风姿绰约、优雅大方，但她的面容依旧是模糊而笼统的，不过就是各种优雅姿态的集合体。蕾切尔想给这个形象添上一张脸。为了打消这个念头，她需要在脑子里放一幅图。也许鲁伯特先生拿照片给她看一看就能了却她的这桩心事。得做点什么。用友好和公事公办的态度做掩饰，她就能解决这个自从她来到这所房子就一直困扰着她的问题。

"那么，你住在哪里？"艾伯特问弗里达。

他们在排队等卡车。他们大老远来到圣保罗，刚刚清理完一所被毁学校的废墟。弗里达干活时很努力，一整天都低着头。因为有了艾伯特，原本让她觉得丢脸的惩罚性劳动，现在变得令人期待了——她甚至还挺享受的。

"在易北大道，杰尼斯公园附近。"

"那些大房子中有一个是你家？"

她点点头，不太确定这是好事还是坏事。

"所以你家里挺有钱的?"

弗里达耸耸肩："现在没钱了。"

"可是你还能住在你家的房子里?"

她又点了点头，这个问题让她感到尴尬；她担心自己不得不去解释自己目前的处境。

"我住得离你不远。"他说。

"在什么地方?"她问道，发现他并没有因为她的社会地位而有所疏远，她松了一口气。

"要是你乐意的话，我带你去看。"

坐在卡车后部的拾荒者中有来自中产阶级的汉堡市民，还有从东边流落到此处的流浪工人。女人们把头发盘起来，紧紧地包在头巾里，身上穿着她们死去的丈夫留下来的特大号外套，像从码头过来的卖鱼妇一样，身上也散发着难闻的气味。男人的数量不多，除了艾伯特之外，都是中年人。无论他们之前有着什么样的社会地位，现在所有人紧握着食品券，那是他们一天工作后得到的报酬，已经成为他们唯一追求的目标。

弗里达坐在艾伯特身边，他们腿挨着腿，一块儿听着周围人的抱怨声。今天的抱怨是由一个看上去很柔弱的男人起头的，他想让所有人都知道他真正的职业是什么。

"这么干活是不可能暖和起来的。我们先是干得浑身发热，满头大汗，然后出的汗就变凉了，又湿又冷。"

"至少我们有报酬。"其中一个女人反驳道。

"我是个牙医，我有自己的职业，我可干不了这种活。"

"拔个牙有什么了不起?"女人回击道，"玛格达是将军夫人。我以前还是音乐厅的无线电广播员呢。"

那位牙医满面尘土,一脸失望,因此脸色苍白,他只想埋怨一下,并不想吵架。吵架是需要体力的。"我只是说说,就这样。"他咕哝了一句,声音逐渐变小了。

这时有一个大块头的秃顶男人,头发和胡茬儿一样短,他把手伸进了口袋,掏出一堆棒棒糖,这种插在小棒子上五颜六色的硬糖是英国人带来的。他把它们拿在手里,好像捧着一束发育不良的郁金香。"这个对假牙不太好吧,斯泰特勒?不过对于你微弱的呼吸有好处,还可以减缓饥饿带来的痛苦。你要是愿意的话,这种糖一支能含一个小时。"他往嘴里塞了一个,露出很享受的表情。

"那就把它们分了吧。"将军的夫人说,她的语气很威严,一听就知道她以前要什么有什么。

"拿钱来买。"炫耀了半天的普鲁士人回答。

玛格达摇了摇头:"你不觉得丢人吗?"

"我有一大家子要养活。这些食品券根本不够。我连用电照明的钱都没有。每次我交到电表里的钱,都是可以用来买粮食的钱。"

"宁愿黑灯瞎火,也不能饿着肚子。"那位曾经的电台播音员说。

"如果你做好了到处去偷东西的准备,就不会饿肚子。就连科隆的大主教都说,为了活下去,偷点木炭也没什么。这算是第十一诫[1]。"

"他们逼着我们去犯罪。"牙医说。

"他们早就把我们当成罪犯了。"

"我不是罪犯,我问心无愧。"牙医继续说。

1.《圣经》中有"十诫",这里是一种幽默的说法。

"好吧，我们大家一起上，"普鲁士人说，"他们不可能把我们全都关起来。"

"要去你自己去，"牙医反击道，"我的罪过只不过是履行了我的职责。牙齿和蛀牙都一样——长在谁的嘴里都没关系。我可是要遵守希波克拉底誓言的。"

大家听到这话都笑了。

弗里达想纠正一下这个傻瓜，正要开口，艾伯特又把手放在了她的胳膊上，那天她在两个抽烟玩闹的英国大兵面前哼唱少女联盟的歌谣时，他也是这么做的。他意味深长地看了她一眼。为他们不值得，那眼神似乎是在这么说。她心里有了一丝甜蜜的兴奋，感觉他们之间建立了一点儿同盟的关系。

"那个符号……在你手臂上。是胎记吗？"

"换个地方说。"他说，脸上闪过了制止她开口的神色。

他忽然站起来，用手掌在卡车侧面拍了两下，要求停车。司机照做了，艾伯特和弗里达跳了下去，下车的地方是白沙屿村，在鲁伯特别墅往前几英里远的地方，易北大道就从此处开始不再沿着那条大河向前，而是朝着内陆方向延伸。太阳正朝向河对岸的施塔德小镇那边沉下去，向大地洒下一片火红的光辉。

"别跟我走在一起。"艾伯特说，他把外套的领子竖起来挡住了脸，"你在我身后至少二十步远的地方跟着。"

"要走多远？"

艾伯特没回答就出发了，他行走的速度让弗里达觉得他是想甩掉自己，她不得不一路小跑才能让他留在视线里。

白沙屿以前是个渔村，当地有一座陡峭的小山，在这片平原地区显得独一无二。山脚下挤满了陈旧的村舍和一些新建的别墅，都是中世纪风格的。战争爆发前，弗里达曾和妈妈来过这里，在船坞客栈里眺望易北河上的船只来来往往,客栈会为每只驶入汉堡的国际货船播放它们的国歌。如今,这条河里已经没有船了,只有一艘笨重的英国海军巡航舰;灰黑色的雪云沉沉地压下来,要给整个村庄披上童话般的外衣。

艾伯特爬上了山坡,弗里达跟在他身后;她想知道哪座房子是他家。他终于离开山路,穿过花园大门,来到一座有着秸秆屋顶的房子前。艾伯特沿着通往茅屋前门的小路往前走,边走边朝左右看,然后转道往侧门走去,透过结了霜的格子窗向里望望。走在石板路上时,弗里达想起韩赛尔与格蕾特[1]在森林里迷了路以后,遇见了一座糖果做的小屋。她把各种童话故事编排到一起,艾伯特在其中扮演了一位王子,将她从漫长的睡眠中唤醒,然后从父亲手中把她解救出来,结果很幸运地发现,这位父亲根本不是她的亲生父亲。

"你在这里住多久了?"她跟着他进门时问道。

"没住多久。"他回答。

小屋里全是地毯、靠垫和椅套。艾伯特把一块厚重的基里姆毯子挪到一个手扶椅上,然后坐下来解开自己的靴子。"这房子是一位军医的。谢布里少校。他现在身陷难民营,等待他的清白证被发下来。"

弗里达看到了一张照片,医生坐在摩托车的跨斗里,身处某片沙漠中,积满灰尘的护目镜架在他眼睛上方,他的头盔上有红十字标志,脖子上还挂着铁十字勋章[2]。

"你认识一位战斗英雄?"弗里达问道,她拿起照片打量了一番。

---
1. 韩赛尔与格蕾特(Hänsel und Gretel),《格林童话》里的经典故事。
2. 战时德国奖励给表现英勇的官兵的最高勋章,设立于1813年。

"我不认识他。我只是暂时借他的房子住一段时间。既然英国人可以,为什么我们不能?"

"也许他们会把他关进监狱,如果他是位英雄的话。"

"一旦英国人发现他曾与隆美尔[1]并肩作战,就会释放他的。不管怎样,我会一直搬家的。看见我进进出出的人太多了。我已经找好了另一个房子,离你更近,就在易北大道。"

"那我们就成邻居了。"弗里达说。

艾伯特点了点头。"那……你家里是做什么生意发财的?"

"我爸爸是一位建筑师……我妈妈娘家与造船厂有些关系。"

艾伯特的眼睛亮了起来:"布洛姆-福斯公司?"

她点了点头。

"你家里人不担心你在外面乱晃吗?"

"我妈妈去世了。还有……我不在乎我爸爸会怎么想。"

"他不会来找你吗?"

"他白天在蔡司公司[2]的工厂工作,我想去哪儿就去哪儿。"

艾伯特脱下了第一只靴子,又脱下了另一只。他站起来,走到厨房里,开始寻找能放进火炉里的燃料。煤斗是空的,篮子里也没有木头。他环顾房间,最后目光停在角落里一把手工雕刻的三角凳上。他朝它走过去,把它往石头地面上狠狠砸了三下,凳子裂成了碎片。

"我一直等着把这个烧了。"

他把碎片推进火炉,点燃了火堆。然后往一个大炖锅里装满了水,把它架在火上煮。

"那你们怎么能一直住在自己的房子里?我以为英国佬会把最

---

1. 埃尔文·隆美尔(Erwin Rommel,1891—1944),纳粹德国陆军元帅,曾在北非战场作战。
2. 专门制造相机镜头的著名德国企业。

好的东西都抢走呢。"

弗里达咬着指甲,开始解释他们如何与那家英国人共用他们的房子,她越讲越激动,心中的仇恨也越来越浓。她讲到上校本来会——也应该会——将他们赶出去,却做出了让他们留下来的古怪决定,讲到上校的妻子会自言自语,她的手还总是颤抖;讲到他们的儿子玩她的娃娃屋,还带着一个士兵布偶到处跑。在描述这些情况的时候,弗里达发现艾伯特的身子绷紧了,他的兴趣也变得更强烈了。

"那个英国上校是做什么的?"

"他是平讷贝格的总督。我不清楚他都做些什么。他一般都不在家。"弗里达回答,"真是丢脸。他开的车和元首坐的车是同一款。"她补充了一句,想引起他的注意,可艾伯特看上去若有所思,这个消息令他焦躁不安。

"他是总督?"他又问了一遍,开始在房间里走来走去。

她点了点头,依然看不出他是高兴还是震惊。

"很好。真是太好了。"

弗里达心中亮起了一束温暖的光。房子被征用的耻辱感听上去忽然有了意义。艾伯特让她觉得自己能为他做很多事情。他转身面对那口锅,用手指测了测水温。然后他把衣服全脱掉了,只剩下内衣。与他的动作或者体格之间无关,在弗里达眼里,他是完美的,即使他有一道疤痕,像数字 88。

"你还没有告诉我那是什么。"她说。

他摸了摸这道疤,看着她。

"这是抵抗运动的标记。有些人还没承认战败。来。"

他把手伸过去,让她碰了碰它。她用手指划过第一个"8",又划过第二个,她摸到了伤疤凸起的纹路。"它是怎么来的?"

艾伯特走到一个碗柜前,从抽屉里取出一包烟。

"用这个。"

他点了一支烟,深深地吸了一口,把它递给弗里达。她接过烟,笨拙地把它叼在嘴的正中间,吸进一口气。她马上就被呛得呼呼喘气,咳个不停,艾伯特笑了起来,他笑得断断续续,笑声清脆,令人有些意外——那是男孩子才有的笑,而不是男人的笑。

"太多了!慢点吸。像这样。"

他把那支烟拿回来,给她示范怎么抽。"就一点点。"他说,快速吸了一口,又把烟还给她。她从他那里接过烟,在手里拿了一会儿,盯着它看。她没有再吸一口,而是把它举起来,像一个准备变戏法的魔术师。确定了他的注意力都在自己身上之后,她把香烟转了个方向,用燃烧的那一端指着她的另一只手,掌心面向香烟展开。然后她把烟推向自己的手掌,就好像要把它在自己的掌心里捻灭。

艾伯特拦住了她,收回了那支烟。

"不要白白浪费一支好烟。"

弗里达觉得眼泪涌了出来。上一刻,她还是他眼中真正的德国淑女;下一刻,她就成了愚蠢的小姑娘。

艾伯特朝她举起手背。

"你看到这些了吗?"

弗里达看着他,不确定他接下来要干什么。

"你看到了什么?"他朝她走过来,她看着他的皮肤、手指和指甲。她保持了沉默,生怕自己给出的答案太幼稚。要想讨他喜欢,她最好别说话。在紧闭的屋门之后,在看不见的地方,艾伯特从一个警惕而谨慎的年轻人变成了一个更加强有力的存在。他身上被压抑、被隐藏的某种东西开始显露了出来。

"你看到这些指甲了吗?"他的指甲和她的一样,因为白天的挖掘工作,现在依然是黑的。他用拇指从中指的指甲里抠出了一些粉末,然后竖起手指给她看,它们是一些灰烬和尘土凝固后形成的小颗粒。"这是我们城市的尘土,这是我们人民的灰烬,看呀,在这里。"他把一些小颗粒递上来:"这是一位年轻德国女孩的遗骸。你看见了吗?"他往手掌里抠了一些"年轻德国女孩的遗骸",然后把手掌举到嘴边。他在手里舔着这些粉末,再混合着自己的唾液一同吞下去。他又弄了一些粉末,伸出手掌,让弗里达来舔。"这是无辜的德国孩子的灰烬,他们再无法知道我们所知道的事情,再也看不见我们所看见的情景了。"弗里达捧起他的手,舔掉了"无辜的德国孩子的灰烬",让他们与自己融为一体。艾伯特伸出手,抓住了弗里达的手腕。他把她的双手拉到自己怀里,把它们摊开。他的手指顺着她的掌心,划过她手臂内侧柔软白皙的皮肤,向上触碰到她的胳膊肘,再向下往回移动。

"如果你弄伤了自己,就帮不了德国。"他说,"留在你现在住的地方,你会发挥很大的作用——为了使命。我们需要能拿去黑市上卖的东西:香烟、药物、珠宝、衣服。一切我们能卖的、有价值的东西。你能帮忙吗?"

她点了点头:"'我们'是谁?"

"反抗军。你很快就能见到他们了。"

"你们有很多人吗?"

他突然抬起她的下巴,吻住了她,把他的舌头伸进她的嘴里,让她尝到了一股废墟碎片的刺鼻味道,来自他们白天清理过的废墟。她以前也被亲过、被摸过——参加夏令营的时候,在闷热的小木屋里,少女团和希特勒青年团成员住在一起,以鼓励他们探索和寻求"现实中有益身心的快乐"——但这不一样。那个把手指放进她身体里的年轻人只是一个孩子,他的几个伙伴非要在旁边围观,而她躺在那里,什么感觉都没有。和他相比,艾伯特是一个男人。

"你一定要帮我找到关于上校的一些信息。如果他是总督的话,他会掌握很多情况。"

她再次点了点头。

在这个吻之后,就算他让她前往俄国人的占领区,她也在所不辞。

他把她拉到离自己更近的地方。

"但你不能对任何人提起我。明白吗?"她被他紧紧抓着,感觉很疼,他的表情也让她害怕。

"明白。"

"我不存在。你对我说!"

"你不……存在。"

于是他放开了她,微笑着说:"很好。"他走到挂在椅背上的大衣旁,从一个口袋里掏出一盒看上去像润喉糖一样的东西。他从里面取出一粒,就着一杯水把它吞了下去。他在房间里来回踱步,然后在一把扶手椅上靠前坐了下来,他的双腿在神经质地抖动。他之前的镇定自若似乎全都不见了。

"你为什么要吃药?"

"它能帮我保持清醒。"

艾伯特忽然变成了一副惊慌失措、伤痕累累的样子。一开始,弗里达难以置信,这不符合她心目中他的样子,这让他看上去不那么有男人味了;可这又让她体会到了别的感觉。她伸手摸了摸他的脸,抚平他的眉头,每当她在轰炸机的隆隆声中睡不着觉,害怕睡梦中死于可怕的大火时,她妈妈就常常这样安慰她。"要是我死的时候正在做梦,那会怎么样?"她会这样问。她妈妈就会说:

"它们不会伤害你的。"她发现自己一边抚摸着他的脸,一边重复着同样的话:

"它们不会伤害你的。"

艾伯特先是退缩了一下,不知道该怎样接受她这种动作,就像一只从没被这么抚摸过的动物。他让她抚摸了一下,两下,然后他躲开了,咕哝着要把身上的灰尘洗掉。无论困扰他的东西是什么,都是无法靠抚摸来平复的。

当摩根一家坐在客厅的火炉前玩克里比奇纸牌时,鲁伯特先生出现在楼梯上,他身后几步远的地方跟着弗里达,她看上去有些窘迫,而且不太情愿。

"请原谅我们的打扰。"鲁伯特说,他的表情很严肃。

刘易斯站起身:"鲁伯特先生,我们正在说……我们正说着呢——不是吗,亲爱的?——说晚上应该请你们和我们一起打牌,或者看场电影。你们一切都还好吗?"

鲁伯特点了点头,等着弗里达开口。她站在他身后一步远的地方,正好在他的视线范围之外,让他不得不转过身看着她。

"我们是来……弗里达是来……道歉的。"

蕾切尔把目光投在女孩身上:她的眼睛盯着地板,一只手臂垂在身侧,另一只弯曲着搭在上面,手指紧张不安地在皮肤上挠来挠去。

"为什么?"刘易斯问。

"因为这个。"鲁伯特拿出卡斯伯特的脑袋。

"你找到它了!"艾德蒙说。

"弗里达?"鲁伯特往后退了半步,示意让她来说。

在一阵令人难堪的漫长沉默中,蕾切尔差点就想说,不管是什么事,她都认为没有关系,这时弗里达开口了。

"对不起。"几乎听不见弗里达说的是什么。

"用英语讲!"鲁伯特对她厉声说道,依然是一副尴尬和不太自然的样子。

"对不起。"弗里达说。

弗里达的英文发音——她说得很好——让蕾切尔很惊讶。

"谢谢你能这么说,弗里达。"

"对艾德蒙说。"鲁伯特让她继续。

"对不起。"弗里达看着艾德蒙说。

"没关系,"他回答,"没什么大不了的。"

"恕我冒昧,这的确很重要,艾德蒙。"鲁伯特先生把卡斯伯特的脑袋递过去,说道,"这是你的财产。"

"它是我的!"弗里达大叫一声,她转过身,一步三个台阶地跳上了楼梯,离开了客厅。

鲁伯特在她身后喊道:"你给我回来!弗里达!"有那么一瞬间,他看上去似乎准备追过去。

"鲁伯特先生,"蕾切尔劝阻道,"别这样。她……这样做就足够了。我们接受她的道歉了。"

"唉!"鲁伯特绝望地张开双臂,"我女儿……她情绪不稳定,脾气太大。我……很抱歉……"

"鲁伯特先生。我……我们……都理解,也接受弗里达的道歉。"刘易斯说,"这对于她来说肯定比别人更难一些。"

"所有麻烦都……"鲁伯特说,"也许我们应该离开……去我妻子的姐姐家住——在基尔。"

"没有这个必要。"蕾切尔坚决地说,"把这个给我看看?"她伸出手,鲁伯特把断下来的脑袋交给她,"我很容易就能把它修好。"

鲁伯特朝蕾切尔鞠了一躬，道了一声谢谢。他冲着上校把鞋跟碰在一起，发出咔嗒一声，他并不打算真的去行礼，只是说了一句"上校"。然后他转向艾德蒙，"我对此十分抱歉。我保证以后不会再发生这种事了。"

第六章

"说实话,你喜欢我的发型吗?"

"喜欢。"

"你不觉得我这样像只贵宾犬吗?"

"不,挺适合你的。"

"哼,你这是什么意思,蕾切尔·摩根?你这夸奖听起来像是在拐弯抹角地嘲笑我。你肯定觉得我是个被惯坏了的蠢女人。没关系,我的发型师——雷内特——说这是最新款的造型,'凯瑟琳·赫本款'。虽然她的牙齿很难看,唱起美国流行歌曲来也怪腔怪调的,可她对于发夹和发卷可是行家。你可以找她试一试。"

"是吗?"

苏珊·伯纳姆停了下来,用恼火的表情夸张地看了蕾切尔一眼。

"唉,当然啦。看看你:你简直就是一座疏于照料的花园。你没有展现出你的最好状态。你要记住,我们是在比赛呢。这座城市里,德国女人是男人的两倍。我们要保护自家男人远离她们。让他们的眼睛看——这里!"

话音刚落,伯纳姆太太就性感地摆出了一个阅兵场上的敬礼姿势,蕾切尔听到自己发出了一种少有的笑声——像女巫一样嘎嘎的笑声，听起来似乎不像是她发出来的，而刘易斯总是说这就是他爱上她的原因之一。

坐车前往汉堡市中心的海陆空军协会[1]需要二十分钟，这期间蕾切尔还笑了很多次。她们坐在伯纳姆太太那辆车的后排，这车的车灯突起，形状像甲壳虫，是"大众"的新款之一，似乎大家都在开这种车，如今它被称为"占领者的座驾"。车的座椅像教堂长凳一样令人不舒服，它发出的噪音像双翼飞机一样响，人们坐在后备厢的发动机上方时，引擎声吵得他们必须靠大喊大叫才能听见彼此的声音。不过它就是能让他们高兴。

这次出行更像是一次探险，而不是逛街。苏珊·伯纳姆对任何事情都能开玩笑，从轿车（"这古怪的小家伙，前后是不是颠倒了，像只瓢虫，不过我喜欢它"）到私密的夫妻生活（"我一到这里，我们两个就像发情的兔子一样"），就差没有描述床笫之欢的姿势了。"我不知道是怎么回事，但是这里的空气中有某种东西。你们能感觉到吗？就是不太一样，就好像我们可以让自己放纵一点儿。到处都很自由。"虽然伯纳姆太太显然是一个粗鄙而俗气的人，但蕾切尔还是愿意暂时以善意来看待她的种种恶习。她的恬不知耻可以看作是心宽洒脱；她的放荡下流也可以看作是诚实坦率，只不过说出了大家心里想的事情。她可能打算攀附上流社会，可她似乎也可以随时抽身而退。她从来不错过任何一个捉弄别人的机会。

"你们两个呢？你们弥补了失去的时间没有？"

蕾切尔看了一眼司机——一个比迈克大不了几岁的年轻人，毛茸茸的头发在后脑勺下方留出一个发尖儿，像鸭子的尾巴，和

---

[1]. 全称为 Navy, Army and Air Force Institutes，负责运营食堂和商店，供英军和军属消费。

她死去的儿子一样。他戴着一顶电车司机的鸭舌帽,压在帽檐下的耳朵此刻一定已经变得通红了。

"别担心埃里希,他什么也不懂。是不是,埃里希?"

"您说什么,伯纳姆夫人?"

"没什么,继续开。"

伯纳姆夫人对着司机的后视镜开始涂口红,她越过蕾切尔往中间靠过去,在她扭过身子看自己的时候,她丰满的胸部挤在一起。在同一面镜子里,埃里希看了过来,又把目光移开,他的手在方向盘上颤动了一下。

"那么,进展如何呀?"

"我没什么要说的。"

"来吧,来吧,蕾切尔·摩根,这样可不行,苏珊阿姨要听你说。"

"真的是……"

"什么都没有?"

"真的没有,没。你觉得你家里的仆人怎么样?"

"噢不,不,不,不。你想岔开我的话题可没那么容易。这可不好,蕾切尔。你没有想要的念头吗?"

蕾切尔只是从来没有跟别人谈论过自己的性生活,甚至当梅菲尔德医生的新理论需要研究神经衰退和狂躁症与性欲的关系时,她也没有对他说过;她一直认为性和宗教一样,是不能与他人讨论的,即使是与你发生性关系的人也不行。

"到底发生什么了?"

蕾切尔摇了摇头,试着回想了一下这是怎么回事。她所能想起来的画面只有他们卧室的天花板和上面精雕细琢的飞檐、天鹅翅膀形状的灯罩和刘易斯用牙齿撕下避孕套包装的样子。

"说实话,我们不怎么见面。他工作——"

"——很忙。是啊,是啊。可他们不都很忙吗?你一定要把握时机,不能只是指望合适的时机自己出现。"

蕾切尔觉得嗓子里不太舒服。"苏珊……我不太想说这件事了。"

"是啊,当然了。本来是自然而然的好事,现在变得这么困难,这么尴尬,确实是让人难为情。但是这很重要,和我们的男人们所做的任何工作一样重要。而且,要说起来,这事还能让他们更好地工作。"

"这本来就是私事。"

"我可不同意。我们应该多聊一聊这些事。婚姻中健康的性生活对人们的影响比你能想到的要大很多。要是人们能把用在吞并世界上的时间和精力用在进行性生活上,那么所有的战争都可能打不起来了呢。我很确信这一点。那个肮脏的小个子男人希特勒应该娶一个像样的妻子,而不是和妓女一样的秘书鬼混在一起。墨索里尼养了很多情妇——可谁知道呢?到最后,赢得战争的是一群有着正常性生活的已婚男人——我很确信!"

伯纳姆太太的理论让蕾切尔露出了微笑,但也在她的脑海里引发了一系列她并不想看到的特定画面:希特勒穿着睡衣,还有被绞死的墨索里尼和他的情妇,他们浑身浮肿,被拳打脚踢,还被倒挂在一个斜房顶下示众。

"你会怪我挑起了下一场战争的!"

"只要我们还是朋友,我就会继续过问这件事,还会四处探查和打听。这是我的职责。基思告诉我,他们下周要见见那个衣衫破烂的社会主义分子。好像姓肖?我猜刘易斯也会在场。"

"他提到过会有几天非常忙。不过他很少跟我说他的工作。他不喜欢把这些事带进家门。"

"你有没有见过他的翻译?"

"要见吗?"

"我坚持让基思从他能找到的人选中挑一个最丑的,天哪,她可真是丑得惊人。你一定要尽快邀请刘易斯的翻译来喝杯茶。如果她稍微有几分姿色,就不能要她。"

想到另一个女人可能会追求刘易斯,蕾切尔居然觉得有一丝欣慰,因为有一件事是她能肯定的,那就是他绝对不会做出那种事情。

"你要牢牢地控制一切。我是绝对不会让基思用'这几天会很忙'这样的话来搪塞我的。他们有什么了不起的情况是你不能告诉我的?一定要掌握信息。不要在得到信息之前就满足了。噢,是的,我确保自己把情况弄清楚,最后就能达到目的。要知道,基思的那些审问手段大多数都是从我这里学到的呢。"

"他喜欢他的工作吗?"

"我听说他很擅长做这一行。他有的是耐心。我认为这很重要。我就只能是个糟糕的审讯官。"

"你和他什么都说吗?"

"他该知道的事情都会说。"伯纳姆太太眨了眨眼,盖上口红,噘起嘴唇发出了一个响亮的亲吻声,然后往后靠在了车里她坐着的那一边,"别担心。你的秘密很安全。他从我这里什么都打听不出来。"

这话并不能令人安心。蕾切尔没说出什么重要的事情,但她还是觉得她暴露了太多关于自己的事——太多关于刘易斯的事——给种种猜测留下了极大的余地。

"我们没有秘密。我们挺好的。我们会很好的。"

听到这些话,苏珊·伯纳姆看着蕾切尔,像一个大人看着一个刚刚宣布他们要飞到月球再飞回来的孩子一样。

英国家庭商店——又名海陆空军协会——位于阿尔斯特附近一座干净整洁、完好无损的两层小楼里。开车过去会经过歌剧院，里面的观众席都被炸毁了，还会经过阿斯特拉电影院，影院预告下午放映劳伦斯·奥利弗主演的英文版《亨利五世》，晚上放映劳伦斯·奥利弗的德文版《亨利五世》，还并排贴了两张海报来证实这个消息。

"一个小时，埃里希，"伯纳姆太太说，他们停靠在商店外面，"我们一小时后回来。"

在街上站着一些德国女人，她们的脖子上挂着一块牌子。一开始，蕾切尔以为她们是来抗议的，可是走近了她才发现，每块牌子上都有一张男人的照片——是丈夫、儿子或者兄弟——还有一小段简介、一个联系地址和一个请求，希望得到关于失踪人士的任何信息。第一个女人的牌子上有一张男人的面孔，吸引了蕾切尔的目光。他的名字叫罗伯特·施洛斯，曾经是军队里的出纳员。他戴着一顶勤务兵的布帽，看上去毫无威胁性，还架着一副有框眼镜。他下巴的线条和舒展的表情都让她想起了迈克。蕾切尔忽然很想知道关于施洛斯先生的一切。联系地址是……

"请问？"女人满怀希望地说，"您见过他吗？"

蕾切尔抬起头，目光从牌子移到女人的脸上。她用一顶高雅的帽子护住了头部，一条围巾系在她的下巴下面，它的边缘卷起，成了包头软帽的形状，让她看上去像一个牧羊女。她身上有一种绝望而荒唐的期待，就好像蕾切尔真的知道她失踪的丈夫在哪里，特意赶过来把好消息告诉她一样。

"您见过他吗？"女人又问了一遍。

蕾切尔感觉伯纳姆太太把手挽在了她的臂弯里。

"她当然没见过！你离她远一点儿！"伯纳姆太太挥手把这个

失去亲人的女人打发走,然后低声对蕾切尔说,"别忘了她们要和我们抢男人呢。"她带着蕾切尔经过了通常都是大楼主入口的地方,来到一个不起眼的街边侧门。除非你知道这里,否则你绝对不会想到要从这进去。店前的橱窗都被封住了,这样就看不见里面卖的东西是什么了。

"他们不想让德国人看见店里有什么,免得让已经一无所有的他们觉得自己更加贫穷,"伯纳姆太太解释道,"其实我觉得这么做让事情变得更糟了。"

蕾切尔也这么认为。要说起来,这副遮遮掩掩的样子是对过路人的一种嘲弄。把里面的东西藏起来,与其说是善解人意的遮挡,倒不如说是在欲盖弥彰地承认,里面的商品是大多数过的人所得不到的,还有——虽然管制委员在竭力否认——两种经济模式正在这个地区运作:一个是针对德国人,一个是针对占领者。"你知道我是怎么想的吗,"伯纳姆太太继续说,"我认为管制委员会是想让德国人以为我们比实际上要有钱得多。这事关我们的荣誉,占领国依然要被看作是富裕而强大的。"

一走进店里,这个愤世嫉俗的观点就得到了验证。把橱窗遮挡起来并不是因为英国人对自己丰富的物资感到难为情,而是因为他们对自己缺乏物资感到惭愧。要是德国人见到了正在出售的全部商品,他们会很惊讶地发现这些东西简直少得可怜,他们很可能还会惶恐地感觉到,这个接管了他们的国家大概已经连一顿像样的饭也凑不出来了。

"在这里购物唯一能让我忍受的就是,相比我远在东希恩[1]的姐妹,我能有更多选择性。英国现在连面包都要配发了。你能相

---

1. 伦敦南部富裕的郊区。

信吗？面包！战争期间都没有这样。"

这里当然还有杜松子酒，放了整整一面墙，有哥顿、伦敦干味和博士，这些熟悉的品牌应有尽有，令人欣慰。其他商品的制造商都遇到了种种问题，而它们的生产则没有受到影响。基本日用品可能一直出现短缺，但这些大英帝国久经考验的兴奋剂和抑制剂却源源不断地流通着，如同深层储集层中的石油，从未停滞。每位官员、将军和总督都知道，杜松子酒能让最偏远落后的地区变得先进开化，能让英国最消沉的仆人振作起来。它的生产和分配是全国的头等大事。

伯纳姆太太一开始就领她们来到了放着杜松子酒的这面墙。

"基思抱怨说没加奎宁水的杜松子酒味道像石蜡，可是乞丐们没得选。天知道我们什么时候才能再有奎宁水。不过，只要我们有苦艾酒，就相当于有了杜松子酒和奎宁水。只要我们有了安古斯图拉苦味剂[1]，就能做红杜松子酒，当然，如果我们有橙汁，就能做橙汁杜松子酒：杜松子酒，果汁，再加一点儿水！没有人会抱怨。有了这些混合饮品，我们能一直撑到可爱的小伙伴奎宁水重新露面。在那一天来临之前，我们就得有点创意。看看这个多便宜！才四先令一瓶！他们一定是想让我们都喝醉了，然后多多社交。好吧，我们就答应他们。另外，我觉得总督夫人现在应该举办她的第一场社交聚会了。"说完这些话，伯纳姆太太把手放在酒瓶的瓶颈处，拿起了四瓶酒，把它们放进了自己的包里。

经营海陆空军协会的人并不打算将商品放到光线好的地方展览。所有的食品和饮品都只是被随意摆放成排或者留在包装盒里，对于批量堆放的东西也没费一点儿力气去装饰。蕾切尔发

---

[1]. 一种用龙胆根、香料和蔬菜色素制成的滋补品，用于酒精饮料的调味。

现这种不作假的场面居然让自己感到很舒心。她本来不是特别喜欢逛街，但她发现这样的购物没那么令人焦虑。整条走廊都只卖一种商品让事情变得简单了很多。它几乎给人一种置身虚幻世界的感觉。每个商品都只能用英国武装部队配发的代币券，或者用硬纸板做出的八边形伪"硬币"才能换到，这又加深了这种不真实的感觉。

在她身边，英国女人——几乎所有的女人——在购物的时候都毫不掩饰她们的疯狂和兴奋。她们中很多人都盛装打扮，仿佛要去剧院看戏。蕾切尔为此次出行也打扮了一番，她挑了一件女士两件套羊毛连衣裙，比平时显得更时髦一些。在外人看来，她完美地融入了身穿羊毛和尼龙衣服的人群里，也融入了香水和爽身粉令人窒息的气味中，可她依然觉得自己与这里格格不入，这不仅是一种错位和紊乱的感觉，甚至也不是梅菲尔德医生所诊断的那种"自我分裂"。逛街购物总是让她觉得并不满足。

"准备上二楼吗？"

伯纳姆太太把电梯指给蕾切尔看，它将人们从一楼的食品饮料部运送到二楼的服装玩具部。这是一架开放式笼子型的链斗电梯，可供人们踏进踏出。蕾切尔以前从未见过这样的东西，她在靠近时感到有些犹豫，担心自己会被困在电梯上行和下行之间的无人区域。她站在了一个满面笑容的小男孩身边，和妈妈一起购物让这孩子兴奋不已，他把一只小汽车模型的车轮在手掌上滚来滚去。

"这车真漂亮，"她说，"你是从哪里买的？"

"我在楼上买的。这是一款拉贡达牌观光车。"男孩回答，他骄傲地把汽车模型举起来给蕾切尔看，"今天我要去买汽车联盟大奖赛的车，所有的新款他们都有。"

蕾切尔今天一早上都没有想起艾德蒙,直到现在才想到了他,他留在家里上课,家教老师就是那位骨瘦如柴、看上去有点吓人的柯尼格先生,于是她在心里把自己责备了一通。她越来越不称职了,总是心不在焉,虽然她会运用自我辩解机制来说服自己,她为艾德蒙提供了空间和自由,这可以抵消他因为缺乏爱和关注而经历的痛苦,但她还是让他走得太远了,如果她不够小心的话,就可能连他也失去了。她突然有了紧迫感,来到二楼以后,她买了一辆拉贡达汽车模型,然后几乎是一路跑回了等候的轿车上。

"小心冰滑!"伯纳姆太太提醒道,然后让她从车后面移到前面去,"另一头!发动机在后备厢的位置。"

蕾切尔把沉甸甸的纸袋递给了埃里希,里面装满了杜松子酒、威士忌和香烟,却把买给艾德蒙的礼物留在了自己手里。

"你想在卡莱尔俱乐部下车吗?一起喝杯咖啡?买一本《妇女界》?"

"其实,苏珊,我想回——家。"蕾切尔说,她对自己用了这个字感到惊讶。

"好吧。那让我们去看看你的宫殿。"

他们经过达姆门火车站时,又看到了那些挂着牌子的妇女,她们呈漏斗形聚在一起。好几百名身穿厚重衣服的男人从全国各地远道而来,拥入人群中。女人们转动着脑袋,伸长了脖子,目不转睛地望着他们,想看看自己失踪的亲人是否混在这股难民潮中下了火车。蕾切尔看到一个男人跑过去抱住了其中一个女人。他跪在地上,亲吻着挂在她脖子上的自己的照片,然后站起来,抱住她的大腿和屁股,把她举到空中,飞快地转了一圈又一圈。

"往前看!"

如果伯纳姆太太以为自己看到蕾切尔陷入了毫无爱国立场的

同情心，那么她就大错特错了。她不是同情心泛滥，而是心怀嫉妒。她妒忌这对破镜重圆、正在拥抱转圈的爱侣。如果刘易斯失踪了，她会做一个牌子，站在火车站外，冒着刺骨的寒冷等待他出现吗？她也不太确定。

"我叫艾德蒙。我是英国的。"

"英国人。"骨架先生温和地纠正了他。

"英国人。我是艾德蒙。我是英国人。"

"你的发音很棒。"

骨架先生颤抖了起来，为了掩盖这阵抖动，他搓搓手，又像牧师祷告一样把双手紧紧握在一起。这些举动骗不了艾德蒙，但是出于同情和尊敬，他假装并不在意，就像他假装没有注意到柯尼格先生身上那股蜡和虫胶的味道一样。虽然这个房间和房子里其他房间一样暖和——在汉堡，乃至在整个英国占领区都一样——柯尼格整节课都穿着外套，就好像他在储备热量供以后使用，又好像是要融化自己身体深处的冰川。他贪婪地望了一眼海克为他准备的一片蛋糕和一杯牛奶。往常女仆都是在下课后才把点心送过来，但今天她在上课前就拿来了，放在了柱脚桌上，整个上午这份点心都在召唤着柯尼格。

"您现在就想吃蛋糕吗？"艾德蒙问，"蛋糕？"

柯尼格先生压低嗓子，用德语咕哝道："是的，老天，是的。"然后，他用听得见的英语说："谢谢。"

艾德蒙从书桌前站起身，拿来了那盘蛋糕和那杯牛奶，把它们放在他老师的面前。柯尼格先生拿起杯子，快速而小心地把牛奶喝完了。他把杯子放下，小心地用舌头舔了舔沾上了牛奶的胡子。接着他开始吃蛋糕，两只手都用上了，像一只相当讲究的老鼠。

他把食指放进杯子里,把指尖弄湿,然后按在盘子里的蛋糕残渣上,蛋糕屑就像铁粉碰上吸铁石一样,被尽数收拢于指尖,最后被一口送进嘴里。这之后,柯尼格的盘子锃亮又干净,好像狗舔过一般。

艾德蒙的爸爸说柯尼格是基尔市一所学校的校长,是一位什么都懂的杰出人物——真正博学的人——所以艾德蒙看到他的家庭教师衣着邋遢、身体羸弱的样子时吃惊不小。他的年纪太大,身子也太弱,没有一点儿校长的样子。从他的外表几乎看不出他的权威和学识。不过和他待了几个小时之后,艾德蒙开始觉得他爸爸的赞赏不无道理。柯尼格先生对数学非常擅长,历史知识和英语文学知识也相当渊博。他还像森林里的动物一样谨慎小心。正如他身上没有脂肪一样,他的言谈中也没有任何废话。他的每一句话似乎都被筛选过,杂质全被净化了,才会说出口。这一切,还有他那更值得尊敬的过去,都让他在谦逊之中更显高贵。

"让我们一起看看地图。"

看地图标志着本阶段学习的结束,柯尼格先生可以用德语给艾德蒙讲历史和地理的综合课程了。艾德蒙拿来了他的旧版卡塞尔地图集,打开它翻到了世界地图那一页。柯尼格让艾德蒙说出他所指国家的颜色,他先把手指放在了加拿大上。

"粉红色。"

美利坚合众国。

"绿色。"

巴西。

"嗯……黄色?"

"很好。"

指向印度。

"粉红色。"

指向锡兰。

"粉红色。"

澳大利亚。

"粉红色。"

"为什么它们都是粉红色的?"柯尼格问。

"因为它们都是大英帝国的一部分?"

"对。你学得很快。"

"我爸说大英帝国现在会变小,因为战争。他说我们剩下的钱不多了,美国和苏联现在才是最强大的国家。"

"这张地图上还会有很多变化。粉红色的区域也不会这么多了。"

艾德蒙很想知道柯尼格先生对英国人和他们的帝国的真正看法。他指向帝国辽阔的疆土和统治范围只是出于礼貌吗?这可能是巧合,但是柯尼格的手指避开了棕色的日本和黄色的意大利,更明显的是,他还避开了蓝色的德国。即使德国的边界线根据《凡尔赛和约》已经退后了不少,但它依然居于中心位置,依然是欧洲心脏地区的强大枢纽。令人惊讶的是,世界上只有为数不多的几个国家——坦噶尼喀、多哥和纳米比亚——有着同样的蓝色。

"希特勒嫉妒我们的帝国吗?"

这个问题在柯尼格身上立刻产生了效果:他变得僵硬了,绷直了脊背,脖子上紧绷的软骨发出了咔嗒一声,他在脑子里快速思考。

"我是被禁止谈论这些话题的。"他说。

艾德蒙似懂非懂。

"没关系。我妈不在家。"

柯尼格陷入了沉默,看上去一点儿也不开心。

"是因为您在等着被审问吗?"艾德蒙问。

"你说的是'审核',"柯尼格纠正道,"德国人不愿意谈论那段时间的事情。"

"可是您是校长。您肯定没问题的,对吗?您会通过审核拿到那张白色证明的吧?"

"但愿如此。"

"您会拿到清白证[1]的吧?"

"你还知道这个词?"

"我从朋友那里听说的。"

"德国朋友?"

艾德蒙点点头。"他说德国人想要的无非就是一张清白证。"

柯尼格又搓起了手,就好像要把什么东西从手上揉掉一样。

"是的。就像洗衣服一样。不留一点儿污渍。"

"有人会去黑市上买。一张证值四百根香烟。"

"关于这些事,你的消息还挺灵通的,艾德蒙。"

"或许我能为您弄一张?"

柯尼格先生把手举了起来:"不用。我必须走正确的……渠道,和其他所有人一样。"

那是当然。柯尼格是一位校长,校长们都是遵守规则的。

"那您还会重新当上校长吗?"

柯尼格先生第一次流露出了惆怅的神情。他看着地图集,看着蓝色海水彼岸那个广阔的绿色国家。"我弟弟邀请我去美国。他在这场战争之后就移民到了那里。他发明了一个给奶牛挤奶的机器,工作起来比其他机器效率高,如今他开着别克车,住在湖畔

---

1. 原文为德语,字面意思是"宝莹洗衣粉券","宝莹(Persil)"是德国洗衣粉品牌,特指二战后政治背景清白的德国人经审查获得的证明。

的别墅里。在威斯康星州。威斯康星州几乎和德国一样大。他说美国的一切都大得很。牛。一日三餐。汽车。他的汽车在引擎盖上还安了扩音器。"

艾德蒙自己也想去一趟美国了："那你要去吗？"

柯尼格先生盯着地图集，他摸了摸威斯康星州。

"对于我来说已经晚了。"

"为什么？"

"再过几年我就六十岁了。"

对于艾德蒙来说，所有大人只要超过四十岁，都毫无差别地被归为同一类。一个还算健壮的四十一岁的人，和一个五十九岁、即将走下坡路的人所怀的期望和野心之间是有差别的，生命力和体力会发生转变，疾病的降临限制着也塑造着人们的生命轨迹，这些细枝末节都是艾德蒙所体会不到的。柯尼格有机会去美国，为什么年龄会成为这件事情的阻碍呢？

"可您留在德国也是一样的年龄啊？"

柯尼格笑了，他的嘴是闭着的，但轻轻的笑声从他的鼻孔中冒了出来。

"是不是因为太贵了？"

"这一堆问题，有点像一个小问卷调查。不是，我弟弟会为我承担全程的费用。"

"所以……那么，您会去？"艾德蒙想象着他的家庭教师即将前往美国，他的心情也随之激动了起来，在柯尼格先生越过大西洋开始新生活这件事上，他觉得自己也可以发挥一些作用。这一切都让他乐在其中。不过柯尼格似乎已经准备结束这场舒服的闲聊了。他调整了一下在椅子里的姿势，坐直了身子，显得多了那么一点儿威严。

"这个……很复杂。"柯尼格合上了地图集,这个动作也结束了进一步讨论的可能性。

艾德蒙知道他的提问到此结束了。一旦大人用了这个词,就不会再继续这个话题了。

旅行钟发出了正午十二点的报时声,化解了这令人尴尬的时刻。

"到时间了。"柯尼格先生松了口气,说道,"明天我们会讲人口和资源,我们还可以复习一下多位数。"

"谢谢您,老师,我很期待。"

柯尼格先生通常是从侧门离开的,但那里积满了雪,理查德还没有过去把空地清扫出来。大人们都不在,艾德蒙看着柯尼格先生走到前门,他的家庭教师在那里花了点时间用围巾把帽子裹在头上系好,他的动作一丝不苟,像某种啮齿动物,他之前对待蛋糕也是如此。一阵冷风从敞开的门里闯了进来,粉末状的雪粒散落在门厅。柯尼格让艾德蒙赶快在他身后把门关上,把宝贵的热气留在屋里,但是某种天性让艾德蒙没有关门。风这么大,要想关门,就得在柯尼格先生身后把门重重地撞上,但他不想这么做。与之相反,他扶住开着的门,还斜靠在门上以抵挡风的威力,他目送着他的家庭教师离开。柯尼格先生走得很快,就像在冰上行走的人,因为担心滑倒就不停地往前走:一个灰黑色的污点逐渐消失在雪白的清白[1]世界中。

艾德蒙跑到楼上父母的房间去找香烟。他在他爸爸的外套口袋里翻了半天,找到了他的银制烟盒。盒子里是空的——他爸爸还没有把配给的香烟从纸箱里移到烟盒中——但是艾德蒙的注意

---

1. 此处原文即为上文"清白证"的德语。

力立刻被橡皮筋后面的两张照片吸引了。第一张是他的妈妈，坐在彭布罗克郡的海滩上，以前他和迈克总是在那里建沙坝来拦住海水；第二张，就叠放在第一张的后面，是一张折了角的快照，上面是迈克在阿默舍姆的花园里。他死去的哥哥忽然如此鲜活地出现在眼前，让他吃了一惊。他穿着绞花编织的板球套头衫，微微露出了一个有趣的笑容，就好像正在和拍照片的人说笑话。这么看来，照片肯定是他们的妈妈拍的。守灵那天的情景清晰地闪过艾德蒙的脑海，在纳伯斯花园他妈妈擦去了脸上的鼻涕，他爸爸对其他人非常担忧，还没顾得上排解自己的情绪，就已经踏上了返回战场的路途，而他自己也在努力抑制眼睛里涌起的泪水，不让它们顺着面颊流下来，因为他不想让他的表亲们看到。现在艾德蒙产生了同一种在身体里排水和灌水的感觉，仿佛水从他的肚子里漫上来，漫过胸腔，流到鼻子后面，然后涌到了眼睛里。但这次不是为了迈克。而是为了他自己。他爸爸的香烟盒里没有他的照片。为什么他不放一张呢？也许他的钱包里有一张。也许他爸爸不需要他的照片，因为他还活着。或者说，是不是艾德蒙也需要死于一场意外才能让他的照片在这些私人收藏品里拥有一席之地呢？艾德蒙想象自己以各种英勇而唯美的方式死去——在大火里，在战争中，在暴风雪里——背景音乐是她妈妈断断续续弹奏的那首《魔王》。然后他爸爸在一个鞋盒里翻找，挑一张照片来纪念可怜的艾德蒙，他把照片剪成合适的大小，放进了银制的烟盒里。

艾德蒙咔嗒一声把烟盒关上，放回了外套的口袋里，闻到了他爸爸身上混杂着肉和苔藓的味道。他对爸爸的爱很简单；他也爱他的妈妈，但对她的感情就像一个迷宫，相比之下，他对爸爸的爱则是一条笔直的路。去爱一个不在身边的人总是更容易一点儿。

烟盒滑进了有内衬的口袋里——在它的重量作用下——整个过程非常完美，于是他又把这个动作重复了几次。接着他又开始找起了香烟，他在他爸爸的洗漱包里翻了一会儿。它闻起来有一股炭油皂和桉树的味道。包里有一把玳瑁梳子、一条湿的法兰绒毛巾和一块金十字英勇勋章。艾德蒙把这枚金边白珐琅质的十字架从包里拿出来，仔细打量了一番。为什么它会被放在这里呢？把一块奖章扔在这么一个不起眼的包里简直是一种亵渎。它应该被放在天鹅绒镶边的盒子里，或者最好是永远挂在他爸爸那件大衣的胸前，就和俄国士兵佩戴勋章的方式一样——连上战场时也戴着。授予这枚奖章的日期——1945年5月——被刻在背面，一小块肥皂蹭到了上面，把红蓝相间的绶带弄脏了。艾德蒙把肥皂污渍抹去，然后将奖章举到自己的胸前。他正准备吹嘘一番自己的英勇事迹，就听到楼下传来一声尖叫，他吓得赶紧躲了起来。

伯纳姆太太像一阵热情洋溢的风刮进了房子里，在空气中掀起了层层旋涡和波浪，连屋里的温度都不一样了。蕾切尔有点后悔自己放任这么一股强大的力量尾随她回来，她希望鲁伯特先生没有提前下班。

"我们从这里开始。"她开口道，在这个地方充分发挥自己的想象，"我们抖落身上的雪，到壁炉边暖暖身子。我们可以喝几杯粉红杜松子酒，或者热的白葡萄酒。汤普森一家肯定会晚到，他们生来就会迟到，这是上流社会的做派。我建议你告诉他们一个更早的出席时间。我们可以聊聊天，说说闲话。当然，每个人都会一边礼貌地称赞这座房子，一边拼命掩饰他们的嫉妒。接着我们可以继续往前走，来到了……"她说话的时候就已经本能地知道接下来该往哪里走了，她径自穿过双扇门，"来到——天哪。

一大间台球室!看看这些画。我猜它们不是你的吧。这究竟画的是什么?"她盯着一幅画看,就好像它要咬她一口似的,"现代艺术。我是不太懂。告诉你,基思对这个很感兴趣。所以,那么,接下来……到这来……"她们穿过餐厅已经打开的门,"来到……这个地方还差不多。虽然我的客人名单还没有做好,但我们至少能安排下——十六位——围着这张桌子?或许你应该邀请空军中将和他夫人?他们对这种大场面是很有兴趣的。那么,晚宴就要开始了。五道菜?请一定不要有德国泡菜。它透着一股穷人家和小酒馆的味道。总之,我们会不可避免地讨论到国内的局势。有人会提到俄国人,他们怎么样啦之类的。还有人会提到燃料的缺乏,这样那样什么的。到了布丁时间——我会带来一道甜点的——大家就会全部沉浸在杜松子酒的酒劲中,或者是随便哪种我们喝过的酒。基思喝多了脸色会变深。他会和别人争论几句,然后就到了男人们……不!也许我们可以颠覆一下传统,让他们待在这里,而我们退到——"她推开拱形门,走进这座房子中最美的房间,因为太美了,连她都找不到一句话来赞扬它,"嗯,是啊,这样就可以。一架钢琴。太棒了。我们可以热热闹闹地唱几首吉尔伯特和苏利文的作品[1]。我们还要听黛安娜尖着嗓子唱颤音,然后大家一起假装她的歌声动听极了。我猜,你会唱歌吧?也会弹琴?很好。也许我们还能玩一场字谜游戏——"她停下来从面朝大门的主窗口向外望去,"她就是那家人的女儿?"

弗里达径直在车道上行走。她在雪地里,头发被编成了两条辫子,看上去就像一个从格林童话里走出来的孩子,很容易受到女巫和豺狼的攻击。

---

[1]. 指的是维多利亚时代剧作家威廉·S.吉尔伯特(Wliam S. Gilbert)和作曲家阿瑟·苏利文(Arthur Sullivan)的合作作品。

"她今天提前回家了。"

"她需要对她那两根辫子做点什么。你应该让雷内特去给她打理一下头发。"

蕾切尔看着弗里达,她有点后悔之前没有注意到这样的需求。她向自己保证,下次发型师上门来的时候,一定让她给弗里达也做一次头发。

伯纳姆太太眯着眼睛最后看了一眼这画面,然后转身回到房间,继续她的参观。"总之,我觉得我们临睡前可以在这里喝一杯——或者,不行……啊,往回穿过……"往回穿过第二扇门,就回到了门廊的壁炉旁边,她挥了挥手结束了这一圈参观,"看呀!回到了我们开始的地方。就在这里喝几杯。我们可以看着炉火最后的余烬慢慢熄灭,然后……三点钟坐马车离开。我还漏了什么没说吗?"

"你把标准定得很高,苏珊。"

"这只是带妆彩排,正式开始的时候会更好的。"

"我不确定自己能在筹办一场聚会时做到这么……有效率。"

"别说傻话。你是个聪明的姑娘,而且你还有仆人呢。"

蕾切尔点点头,在这次闪电式的参观中,仆人们都不在场,真是谢天谢地。

"不过,你是说你们之间有问题?"

"我觉得很难使唤他们去做事。"

"你一定要强硬一点儿。让他们知道你过去也常常使唤仆人。如果你不习惯被人服侍,他们会注意到这一点的,然后他们就会对你不满了。"

"我认为他们已经对我不满了。"

通往厨房的门是开着的,他们能听见楼下传来快步跑走的声音。蕾切尔把门关上。"特别是厨娘。"她补充道。

"最好让他们看看谁说了算。最好要让每个人都知道。"

苏珊·伯纳姆继续用目光打量并评判着这个房间。

"那家人怎么样？你们怎么共处？他们到底在哪里吃饭？"

"他们在顶楼有一个厨房。有一个运送食物的自动升降机。"

"你们之间会有交集吗？"

"不太有。但艾德越过几次界。"

"如果我是你的话，就坚决让他们在楼上待着。"

蕾切尔打定主意不去提那次卡斯伯特事件，苏珊·伯纳姆肯定会把这件事夸大成一场真正的谋杀，不出一周时间，整个地区就全都知道了。

"啊，看呀。"伯纳姆太太的目光被壁炉上方的空间所吸引了，"我发现他们把他取下来了。"

蕾切尔朝伯纳姆太太正在打量的位置看过去，一大块没有褪色的壁纸呈现出一个相框形状的长方形，这是一张照片被取走了以后留下的痕迹。

"把谁取下来了？"

"元首啊。这就是他们悬挂他照片的位置。德国人家里的墙上全都是这种深色的痕迹。只不过他们大部分人都很识时务地遮盖起来了。不要看上去这么震惊。家家户户都有。基思说这叫'无法消除的污迹'。"

蕾切尔看着这块污迹，完全能够想象出它原来的样子。为什么她之前没有注意到它呢？

"我想，要是住在这么一个地方，就连基思也会忽略掉一些灰色分子的痕迹的。"

"我认为鲁伯特先生不会和纳粹党有什么牵连。从我目前所了解的来看。"

"是啊，当然啦。他们都会这么说的。"她看着这座房子，伸出双手，表示不用再多说了，"你觉得他们不做让步就能得到这一切？一个有钱有势的德国家庭和政权之间一定会有什么勾当的。"

蕾切尔感觉这些判断并非来自伯纳姆太太，她肯定已经和她丈夫讨论过这件事。

"我相信他们没有牵扯其中。"

"噢，别这样，蕾切尔。基督教精神大概是主张把别人往好处想，但是我们在这种事情上可千万不能太天真。"

蕾切尔从来没有这样怀疑过鲁伯特先生。毕竟，如果认同了伯纳姆太太的话，那么她就会显得很愚蠢，刘易斯则是个鲁莽的傻瓜，而他们在这座房子里的地位也变得不堪一击。

"他们不可能全都有罪，苏珊。"她说道，现在用的是她自己丈夫的话，"我真的认为他没有参与。"

"我亲爱的，他们全都参与了。只是参与程度不同而已。"

第七章

"好心的英国大兵。心地善良、笃信基督的英国大兵。我爱英国的生活方式。我爱温莎的国王和王后。我爱民主。我知道自治领新西兰。我想住在自治领。您能帮我到那里去吗,英国大兵?"

"滚开,你这小浑蛋。"

"好心的英国大兵。我知道伦敦。你们有丽兹河[1],还有巴特西发电站[2]!"

"听听他说的!走开。走!快点!"

"您的德语说得真好,英国大兵。"

"走开!"

"不要俄国人。不要斯大林。我就想过英国人的生活。"

"你应该去上学。学校?"

"没有学校。没有家。没有妈妈。给点香烟吧,英国大兵。求求您。能给我点儿吗?我妈妈死了。"

"我妈妈也死了。赶紧滚开。别来烦我。"

---

1. 原文为 River Ritz,可能是指 River Tames(泰晤士河)和 The Ritz(丽兹酒店)这两个伦敦著名景点。
2. 原文为 Batter-zee Power Station,应该为 Battersea Power Station(巴特西发电站),这里是德国小男孩的误读。

"啊……我觉得，我就要……昏过去了。"

"哈！别胡说八道了！别装样子。"

厄齐在警卫面前昏死过去，他的身体倒向刚刚下过雪的地面，在积雪的缓冲下，落地时发出了嘎吱的声响。他穿着皮毛大衣躺在那里，看上去像一只被枪打中的狐狸。守护英军总部大门的卫兵站在自己的岗哨上，看上去不为所动，他的眼睛直视前方，忽略男孩的存在。但是一个女人运着一推车土豆在男孩的正前方停了下来，他就躺在她面前的人行道上。她看着一动不动的卫兵，朝男孩那边抬了抬下巴。

"真可耻啊，士兵！"她朝他投去咄咄逼人的目光。

其他德国平民都扭头看了过来。卫兵不想把事情闹大，于是他把步枪靠在岗亭边上，朝厄齐弯下身——为了不弄湿膝盖，他只是蹲着，而没有跪下——扶在他大衣的后颈位置，让他坐起来。

"快点，小伙子，醒醒。"他用冰凉的手套轻轻拍了拍男孩的脸，"看看你。你穿的是什么鬼东西？你看上去就像该死的诺埃尔·科沃德[1]似的。"

厄齐假装动了动眼皮，张口说了一串他早已滚瓜烂熟的瞎话：

"感谢艾德礼先生，感谢乔治国王，感谢卫兵先生。香烟。给厄齐一点儿香烟吧。香烟换面包。英国大兵都是基督徒，赐予我香烟吧。"

士兵从胸前的口袋里掏出一包烟，炫耀似的从里面晃出了几根，递给了男孩。

"拿着吧，小伙子。"他说道，给了他不止一根，不止两根，而是三根香烟。卫兵觉得自己已经完成了他的公关任务，于是站

---

1. 诺埃尔·科沃德（Noël Coward, 1899—1973），英国剧作家、作曲家、导演和演员，艺术风格风趣而华丽。

起身，似乎还有点期待别人的表扬，可他往周围一看，发现并没有人看到了他刚才的举动。

"快滚开，你这个小浑蛋。"

厄齐狂热地吹捧了一通英国文化，换来了三支香烟，还给他那脏话一箩筐的英语词汇库里增添了四个新词。

"滚，开，小，浑蛋!"他重复着这句话，拍了拍身上的灰，步伐轻快地沿着巴林达姆大街向阿尔斯特湖出发，将他费了很大劲才得手的施舍牢牢握在手里。以他高超的乞讨和偷窃技术，这点收获太少了。阿斯特湖边环绕着不少英军征用的商店和旅馆，整整一天，他都在这附近四处转悠，搜寻食物和供给，表演一招"赞美英国文化——假装晕倒"的套路，但是收效甚微。在海陆空军协会购物的英国女人似乎对他赞美她们的发型和帽子都已经免疫了，而大西洋饭店后面一向内容丰富的垃圾箱已经被封住了。他在胜利俱乐部的台阶上乞讨一些残羹冷炙时——"嘿，美国佬，你来这里干什么呀？带我去美国吧，美国佬"——他被一个美国人轰走了："滚!"

厄齐想知道是不是他这身衣服才让英国人敬而远之的。今天他把自己的全部家当都穿在了身上：带内衬的皮制飞行帽和上流社会女式皮毛大衣，上身的丝绸睡袍，脚上的马靴大小是他实际尺寸的三倍。外套是他在救世军每周施舍衣物时领到的，靴子则是从红十字会拿来的。也许他这身行头太奢华了，无法唤起他们的同情心。可是这么冷的天，他要是穿得少还像以前那样敞着怀，肯定是受不了的。

厄齐把香烟放进他的铅笔盒里。忙了一天就只得到三根香烟。他可以用它们换回一块面包，可这对于贝尔蒂来说算不上安慰，他最近想要的越来越多；他不再要香烟和药品了，他想要身份证明和通行证——这种东西既难找到又昂贵。厄齐只能到信息中心去找霍克先生,用他的手表才能换到贝尔蒂想要的东西。

厄齐所了解的英国文化大部分是他来信息中心时收集的,这栋漂亮的建筑就坐落在市中心议会厅的旁边。夏天刚开始的时候,市长发表了一个关于友谊和学问的演讲,然后宣布这里对外开放。"这座桥"——这座桥——已经建成了,市长先生说,"其目的就是让前来参观的德国人了解英国的先进制度和伟大成就。"这里有一间很大的阅览室、一条展览长廊、一间电影放映室和一间借阅室。中心里总是挤满了人。德国人似乎非常渴望获得来自外部世界的任何消息,那个世界超出了他们的经验范围。他们还很好奇英国人的生活是什么样的。不过,虽然他们确实乐意了解英国的河流和妇女权益,他们真正想要的是找一个温暖的地方坐着,还能讨来一两张配给券。有常识的德国人都知道:这座桥既是交换文化的地方,也是交换商品的场所。

厄齐把手伸进皮毛大衣柔软的口袋里,确认他的手表还在。那是一块霍德曼·索恩牌手表,不过他很愿意把它换掉。他是从一个死去难民的口袋里拿到这块表的,那人躺在阿尔托那的一个楼梯井里。表的主人已经停止了心脏的跳动,而那只表却还在嘀嘀嗒嗒地走着,这似乎不太合适;就好像灵魂很久以前就飘走了,而指甲还在生长,算是某种形式的背叛。它还会每小时快二十分钟。这个精密的日期计时器告诉他今天是周二,而实际上才周一。按这个速度,这个月结束前就该到1950年了。

中心里全是人挤人散发出的热气,令人窒息。厄齐晕晕乎乎地待了一会儿,感受到了温度的变化。很难看到展览厅里陈列的东西,因为拥挤的人群都在那里,那里可以领取免费报纸,还可以取暖。新成立的英德妇女俱乐部贴了一张海报,宣传某位T·哈利太太将发表一个题为"从开罗到耶路撒冷"的演讲,以及英国伟大诗人 T. S. 艾略特即将来访的消息,"他将用德语和英语举办一个关于欧洲文化共同体的讲座"。厄齐停下来盯着照片上那位有着坚毅下巴的诗人,不太确定他是男是女。在这张海报的旁边,还有一张海报,上面刊登了一部电影的广告,名叫《不列颠能做到》,以及一张幻灯片,上面画着英阿战争前线的普什图人。

霍克还坐在他常坐的位置,读着英文报纸,那些报纸都被装在文件夹里,用拉链锁住了,以免被人们偷拿。霍克大部分时间都待在这里。他足不出户就可以知晓天下事,相比于汉堡的其他黑市商人,他能为更多的非法货物提供渠道。那些赃物如同细流、小溪和泉水源源不断地经过霍克之手进行交易。你想要的东西,霍克都能为你弄到手——只要你付得起钱。

厄齐横冲直撞地挤过人群来到他跟前。霍克穿着一件黑色大衣,还有一顶黑色的毡帽,看上去像一位葬礼司仪。他在埋头看报纸,手指跟着印刷字的方向走。他的帽子放在身边的桌子上,帽檐有一摊化掉的积雪。

"您好,霍克先生!英国佬的家乡发生了什么新鲜事吗?"

霍克没有抬头。他看得津津有味,嘴唇翕动,默默用英语念着上面的内容。

"厄齐·雷特曼,英国佬的家乡可不太平啊。"

"是吗?出什么事了?"

"英国佬不想为占领德国买单。英国佬说为什么德国人有吃的,而我们自己却没有?"

霍克先生喜欢炫耀自己的英语以及翻译水平。做交易之前,厄齐总是会请他读点东西,这样无论他想要换什么,在价格上都能少给几根香烟。

145

"这个冬天不好过啊。"霍克说。

"奥托说冬天会持续一千年，"厄齐小心翼翼地说，"这是在惩罚我们所造的孽。施塔德不再有樱花开放，果园里不会再结苹果。阳光不会照耀在窗帘上。也不能再去阿尔斯特河里裸泳了。只有千年的冰雪皑皑。您怎么看，霍克先生？"

"确实感觉如此。德国的每一条河流都冻住了，连莱茵河也是如此。"

霍克堂而皇之地舔了舔手指，翻动着报纸的页面。"我们可出名了。看这里。我们出现在英国《每日镜报》的第七版：一张汉堡的照片。"

厄齐目瞪口呆。这份英国报纸的正中央是哈姆布鲁克被夷为平地的居民区，也是他曾经的住处。他曾经在这里亲眼看见窗户在熔化，路面在沸腾，一个女人的衣服被一阵看不见的热浪从她的尸体上刮下来。他又听到了那风声——就像有人与此同时正在弹奏教堂风琴上的每个琴键。他能看见红色的灰烬如雪花般地飘落，一条条门廊燃烧了起来，如同马戏团的狮子要跳过的火圈。索布街。中央大道。人们被困在熔化的柏油马路上。妈妈的头发着火了！脑浆从鼻子里和裂开的太阳穴中流出来。尸体如同裁缝店里的人体模型，蜷缩成了他身体一半的大小。他们将其称为"炸弹袭击后肌肉收缩""人体烧焦后肌肉收缩"。

"妈妈……"

"你还好吗，孩子？"

厄齐把双眼闭上再睁开，让那些画面从眼前消失。他又看了一眼照片上已经被炸平的旧街区。叠加在上面的是一幅图，画着一幢崭新的公寓综合楼。

"他们要给我们盖新房？"他问。

"这是给英国佬住的。他们要动员大家建造这房子。标题写着'每年一百六十万英镑。教德国人小看我们'。"

"这是什么？"厄齐指着一幅漫画问道。画上有一对英国夫妇站在一座被毁掉的房子外面，丈夫说："让我们移居德国吧。我听说他们那的房子又宽敞又漂亮。"

"那人说的话是什么意思？"

"他们在开玩笑。他们说德国的条件比英国好。"

"英国佬真有病，他们什么事都能拿来开玩笑。"

"那么，你今天想要换什么，厄齐·雷特曼？"

厄齐把手表放在《每日镜报》的上面，霍克像魔术师一样，让手表消失在他的帽子之下。

"你想要用它换什么？"

"您不先看看它吗？"

"我已经看过了，是块好表。精良的德国制造。"

"我需要一些药，以及一张卡车司机的通行证。"

霍克看着厄齐。"你向我要的这些东西可不好弄啊。"他抬起帽子，看了看那块表。他拿起手表，把它贴在自己耳朵旁边。只要他不听太长时间，就发现不了其中的差别。

"它是我父亲的表。"厄齐说。

霍克怀疑地打量着男孩："哈姆布鲁克没有人能拥有这样一块表。"

"您能帮我弄到通行证吗？"

霍克从牙缝里剔出了什么东西，仔细看了看，像是培根上的肥肉。他心不在焉地把它又塞回了嘴里。

"这块表对于我来说没什么好处可捞。这年头没人想看时间。时钟归零的那一刻起，时间就无关紧要了。一切都被封冻，也没工夫去管时间了。"

"它还有点价值。"

霍克把手伸进他的大衣里,把三张食品券放在他的报纸上。

厄齐摇了摇头。整整一天,英国佬都在拒绝他,现在霍克也这么对他。

"十张。"

霍克笑了,把帽子从手表上挪开,让厄齐可以随时把那块表拿回去。

"三张,爱要不要。"

厄齐看着这几张食品券。一张可以换面包,一张可以换牛奶和鸡蛋,还有一张可以换人造黄油。他得再找个借口,给贝尔蒂一个交代,不过他心里已经开始在做他明天吃的早饭了。

霍克把三张食品券推到他面前。

"拿去吧。手表又不能填肚子。"

刘易斯站在镜子前面刮胡子,为了不吵醒蕾切尔,他用手指甲把刀片上残留的胡茬儿一一清理出来,而没有直接在水池边上把剃须刀碰出响声。这所房子里的所有盥洗室都装上了姜黄色和金色的大理石台板,让他不太适应,每次刮胡子的时候,他都觉得自己是英军驻印度部队里的一位军官,被当地王公富豪的慷慨馈赠所包围。他好心允许德国人留在自己房子里,但即使想到这一点,也不能改变他的心情,他觉得自己只不过是另一个投机取巧的外来占领者。

他刮完胡子,用毛巾把脸擦干,再把一切都收拾妥当。杯子后面放着标配的避孕套,三个月以来只用了一个,就像一本沉闷的日历。刘易斯把它们放在那里,隐约希望蕾切尔自己在洗漱的时候能看到,没准她会想让事情有所进展。这是一个可笑而迂回的求爱手段,既算不上公平,也不太可能产生作用,但他已经失去了信心,也无法对她直接说出口。(实际上,他试着回想以前他什么时候直白地说过这些事,能记起的只有求婚的那段日子,那时他大胆地告诉她,她将在那一年结束之前成为摩根太太。)刘易斯告诉自己,她对亲密关系失去了热情,就和她的头痛与晚起一样,只是她这种状况之下的另一个症状,他将其委婉地总结为她的"战后忧郁",而这种情况到了一定的时间就会有所好转。至少,他希望如此,他只是太忙了,没时间去考虑其他的治疗方法。

蕾切尔躺在她那半边的床上,还在熟睡中,她的舌头和嘴唇发出了轻柔而干燥的吧嗒声,大概是来自睡梦里。梅菲尔德医生指出睡眠既是她目前状况的一种症状,也是缓解这种症状的办法,但刘易斯希望她能采取一些更积极的解决方式。他自有一套处世的哲学,那就是不要让自己闲下来。

好消息是她又开始出门了,她接受了和苏珊·伯纳姆一起再去汉堡逛一逛的邀请。刘易斯于忙乱之中见过一次这位情报部军官的夫人,尽管是个爱管闲事的人,但她活泼风趣,热衷出席各种文化和社交场。对于任何能让蕾切尔走出家门的事情,刘易斯都感激不尽。

他决定穿上他那件俄罗斯前线大衣;这是能够保护他瘦削的身体免受严寒侵袭的少数衣物之一,这个冬天的寒冷已经刷新了历史纪录。有报道称,北海在库克斯港地区已经封冻,人们为了逃离俄国占领区而横跨波罗的海。他看了看抽屉里藏着香烟的地方,多抽几根烟可以弥补他身体上所缺乏的满足感吗?储存的香烟似乎又少了好几包。他和往常一样拿出了六十根,并且提醒自己,到圣诞节前,要把他的抽烟量降低到二十根——哪怕只是为了和外面那些将香烟视为面包的人同甘共苦也好。他又看了一眼蕾切尔，想去亲吻一下她的额头，但还是决定不去了。他悄悄地离开了房间，把她留在梦中，让自己怀揣一个期待，希望他会出现在其中的一个梦里。

即使在大雪中行驶，汽车还是开得非常稳当，就像一艘巡洋战舰在海上乘风破浪。施罗德因为战场上的旧伤复发而退休之后，刘易斯本应该找人代替他，不过他非常乐意亲自开车。这辆梅赛德斯已经成为他每天重要的放松之所，在这个暖和而可移动的修行之地，他可以随心所欲地陷入沉思。一坐在方向盘后面，他心里的混乱不安就被一扫而空，而他又能重拾自信了。

车外的风景给人带来了慰藉：天空中不见了昨日下雪前瓦灰色的云朵，呈现出一片蔚蓝和明净，好像高级护士长的外套。太阳从靠近地平线的位置斜照过来，给一切镀上了一层闪闪发光的色泽，厚厚的积雪像毛毡一样柔软，令人安心，又像医院的亚麻制品一样洁白，还会起球。这景色美丽迷人，却又令人沮丧。它会让部长产生错觉。在这样的天气，初来乍到的访问者若是误以为汉堡正在惊人地恢复起来，也是可以原谅的。大雪掩饰起创伤，用一条毯子毫无差别地遮盖了一切，参差不齐的金属片和破碎的砖块都笼罩在崭新而充满希望的外衣之下。组织这趟行程原本是想展示德国人在废墟中的生活是多么丑陋和灰暗，可这样的天气实在难以达到这个目的。

刘易斯走进大西洋饭店的旋转门，经过了接待区，接待员身后的墙上挂着一幅惠灵顿公爵的画像，把整个建筑变成了白厅[1]的一角，让部长几乎感觉不到他已经离开了英国。

---

1. 道路名，位于英国伦敦市中心。因多个英国政府部门坐落于此条道路，故这个词常用来指代"英国政府"。

乌苏拉站在巨大的壁炉前取暖。她穿着针织羊毛上衣、人字呢裙子和坡跟鞋，看上去优雅而端庄。她的发型中规中矩，非常符合管制委员会译员的身份——全部梳起来，拢在耳后——如果说这副打扮本来是为了淡化她的样貌，那么实际上却起了加强的作用：如狼一般贪婪的眉毛和羚羊一般纤细的脖子。刘易斯发现自己正在笨拙地恭维她。

"……很漂亮。"这不是最恰当的词，但是他还没有来得及想明白自己的用词就已经开了口。"迷人可爱"或许更好一点儿，但是让她自己来翻译对她自己的赞美之词似乎不太合适。

"谢谢。"

"抱歉我来晚了……道路结冰了。这样说对吗？结冰？"

"对。结冰。"

自从艾德蒙清晰而准确地用德语向刘易斯提过一个问题之后，刘易斯就开始坚持尽可能多地与乌苏拉用德语对话。他儿子流利的语言水平让他感到惭愧。

"今天有轨电车不通行。"

"你这趟过来很不容易吧？"

"还好。我的外套很暖和，步行也很愉快。给您——这是您今天的行程安排。"乌苏拉将一张打印的行程表递给刘易斯。他浏览了一下，看见最上方是肖部长头衔的全称。

"您看有什么不妥之处吗？"

"没有……没有，非常完美。不过这里是肯辛顿，不是肯辛镇。"

"啊！"乌苏拉似乎真心对自己的错误感到懊恼。她大声地把这个词重读了一遍："肯——辛——顿。抱歉。"

"没关系。出错是难免的。没人会介意。部长先生已经到了吗？"

"他在会客厅里。"

"希望他是我们的人。"

"我们的人?"

"就是'他们的人'的反义词。我的意思是,希望他和我们站在一边,是正义的一方。"

乌苏拉碰了碰自己的脸,提醒他的脸上有东西。

"您脸上有血迹。"

刘易斯摸了摸那个位置,把血迹抹在了手指上。

"我刮胡子时没用肥皂,这算是给了我一个教训。我想为节约资源贡献自己一点儿微薄之力。"他舔了舔自己的手指,把唾液涂在伤口上,"还在流血吗?"

乌苏拉从大衣口袋里拿出一条方巾,举起来在伤口上轻轻擦拭了一下。她停下来,等他允许自己继续。刘易斯伸出下巴,希望此时此刻不会有哪位将军或者市长从这里经过。

"请吧。"

乌苏拉像母亲一样处理他的伤口,虽然她动作利落,面无表情,但她的专注还是让刘易斯脸红了。她的气味如此靠近,好像新换的床单。

"好了。现在您可以去见来自肯辛顿的部长了。"她感觉到了他的不自在,往后退了一步。

"谢谢你。去战斗吧!"

她点点头:"去战斗!"

两人一起出发,朝主会客厅走去,"去战斗"。

人们三三两两地站在一起抽着烟,他们嘈杂的说话声听上去紧张不安。出席的人物真不少:瑟蒂斯将军来了,还有其他管制委员会的要员;肥胖的市长也在,抽着一根全尺寸的古巴雪茄,活脱脱一副德国版丘吉尔的样子；沃恩·贝里专员也在场，看上去高度紧张，忠于职守。肖在其中非常显眼，他是场上没穿制服的两人之一，他被一个殷勤的请愿群体包围了，每个人都迫切想从这位议员身上捞到一份好处。

刘易斯向乌苏拉快速地介绍了一下这些人。"那个瘦个子的男人就是瑟蒂斯将军。是我的顶头上司，也是你的。"

"我们的人？"

刘易斯笑了。她学得很快。他摇了摇头。

"那个穿着银行家的西装的人是谁？"

"那是专员先生。"

沃恩·贝里是房间里另一个没有穿制服的人。刘易斯很欣赏贝里。他曾经拒绝穿上管制委员会的海军蓝制服，因为那让人联想到空防队员的制服，由此出了名。"他是我们的人。"刘易斯说。

"那个正在和部长说话的人是谁？"

刘易斯觉得自己心里蹿起了怒火。那是伯纳姆少校，而且看样子他已经在说服那位议员听从他的建议了。刘易斯对自己很生气，他没能赶在伯纳姆之前到达这里，所以伯纳姆才有机会向议员灌输那些乌七八糟的想法。肖看上去像个打算一心一意解决难题的人，他沉思着把手放在下巴上，怜悯地歪着脑袋，似乎在努力聆听并且记住对方所说的话。

"伯纳姆少校。情报部的。"

"他们的人。"乌苏拉不用多问就能回答。

早餐的时候，刘易斯发现自己的对面坐着伯纳姆和一个来访的美国人，瑞恩·凯恩将军。他来这里看看英国人是如何治理的，并且介绍一些美国占领区的生活情况。凯恩的头发剪得很短，似乎连美国的三星上将都很喜欢这种发型，它让他看上去硬朗而年轻,而他皮肤上晒出的斑点说明他待的地方阳光充足,生活过得充实滋润。他散发的气息中掺杂着在德国享受人生的逍遥自在和一种低劣的自命不凡,就像是前来探望正在辛苦奋斗的穷亲戚一样。

"你们是不是该把亲善结交的相关法律放宽一点儿?我听说,在你们辖区,跟德国女人说句话都能算勾搭妇女。"

"我认为,在目前这段时间,德国人更愿意保持清晰的距离。"

"要知道,如今在法兰克福,我们已经成立了一个特别行政部门,为美国军人和德国市民之间的婚姻提供服务。目前这是融入当地社会的一个简单途径。"凯恩的目光完全落在乌苏拉身上,"如果你想换到一个更友好的辖区的话,小姐……"

刘易斯很高兴地注意到,乌苏拉保持着温文尔雅的态度,却是一副不为所动的样子。

"英国辖区还有不少问题,将军。"

"是啊,你说的没错。"

一位侍者送来了一盘盘早餐:鸡蛋、香肠、熏肉片、切开的烤西红柿、蘑菇、洋葱、黑布丁和肝脏。

"你们可能钱不多了,不过倒是没有削减热情待客方面的开支,这一点真好。"接着,美国人变得有些严肃,"那你们难道没想过,现在是将治理国家的方向盘还给德国人的好时机吗?我们得赶紧行动了。如果我们太大意的话,他们就要开始考虑为了更美好的未来而投奔苏维埃了。我们要让他们的商业运作起来,把他们需要的资金交给他们。然后把他们的领导人扶上台,给他们工具……有人提过一个计划,给他们——还有全欧洲——提供大量援助。我们这会儿说话的时候,远在华盛顿的人们就正在讨论这件事。我们都需要一个强大的德国。"

"但是首先我们需要一个干干净净的德国,将军。"伯纳姆说。

凯恩把一片肝脏一切为二,用叉子挑起一些塞进嘴里。

"是啊,那是当然。"他说,"先得把那些浑蛋彻底清除掉。请原谅我的用词,小姐。"

乌苏拉微微一笑,表示自己被逗乐了,而并没有感到冒犯。

刘易斯吃掉了半个鸡蛋和一片熏肉,但是这场对话让他的胃一阵紧张,胃口顿时变小了。他很想说点什么。他看了一眼这张桌子。德·比利尔正在和肖尔托元帅聊天,听不见他们在说什么。但是肖就坐在乌苏拉的另一边,此刻正在倾听这场谈话。

"我赞同你之前说的话,少校,'你无法在腐烂的地基之上造房子。'"

刘易斯的心沉了下去。刘易斯从威尔金斯的口中听过同样的话。这句话曾被交头接耳地传来传去,现在又由伯纳姆说了出来,他很可能已经在早餐前的聊天中提到了它。这么一来,毫无根据的偏见变成了强硬的主张,然后形成政策。

"德国人已经度过了蒙昧无知的十二年,"伯纳姆在部长的鼓励下说道,"这段岁月把人变成了动物。等我们建立了法律规则并且重建了基础设施之后,就可以开始重塑他们的心灵了,但是在那之前,我们要保持警惕。仁慈之心是我们承担不起的奢侈品。"

伯纳姆朝刘易斯眨了眨眼。

"你认为存在暴乱的威胁吗?"肖问道,他对这种情况的理解方向正是刘易斯不愿意看到的。

"路面上的混乱状态和流民的大规模迁徙为纳粹提供了最好的掩护,他们先销声匿迹,再卷土重来,将自己改造成了'无辜人士'。"

"你们开展了问卷审查。"凯恩提示道。

"问卷很有帮助,但是我们不得不稍微进行一些改动——我们要更深地挖掘人们的过去经历,才能获得真相。我们需要更多的人手来处理积压的工作。但是我们也需要更准确的情报来找出真正的罪犯。现在的情况不是绵羊与山羊之间的较量,而是内心为绵羊的山羊和披着羊皮的狼之间的较量,或许是狼人。"

这番话吸引了所有人。

"他们就在这里?"凯恩问道。

"上周我们有一支车队被两名叛乱分子袭击,一辆满载杜松子酒的货车被掀翻了。"

"他们可真懂得如何击中你们的要害。"凯恩嘲笑道。

"叛乱分子?"刘易斯问,"还是寻找食物的百姓?"

"我们抓住的那两个人看上去营养状况很好。"伯纳姆回答道,"他们似乎都认为希特勒还活着,还能东山再起击败我们。当我指出他们的元首已经死了的时候,其中的一人让我证明给他看,他说俄国人压根就没有把尸首交出来。"

"给我看他的尸首!"凯恩大声说,"说得跟他们的元首是耶稣本人似的。"

"狼人组织在宣传他们的价值观,但他们实际达到的效果远远不如宣传,部长。"刘易斯说,他决定打破这种谣言,让谈话回到正题上来。

可是伯纳姆还是随心所欲地吸引了所有人的注意。

"他们都有数字 88 的文身,"伯纳姆继续说道,"是在前臂烧出的痕迹。"

"88?"部长问。

"这是一个代码。字母表上的第八个字母。"

肖数了数:"是 H。HH?"

伯纳姆点了点头。他就是要借肖部长之口把它说出来。

"希特勒万岁[1]？"

刘易斯迫切地感觉到自己需要介入到这对话中来。

"这些都是胡说八道。城市中随处可见墙上和废墟上画着数字88，这只说明了这里的情况很糟糕，所以人们随时会考虑回到旧道路上。"

"也许有的德国人还没有吸取教训呢？"凯恩建议道。

"正义一定要伸张，"肖说，"这是国内人民的愿望。"

"当然，最好能将伸张正义落到实处，而不是只怀有伸张正义的愿望。"

"你不是政治家，上校。在我这里，人们的看法就代表了百分之九十的真相。"

"我们的首要任务不是去追捕那几个狂热分子。"刘易斯忍无可忍地说。他发现男人们在讨论乌苏拉的国家时，她一直沉默不语。

"那么你觉得什么才是我们的第一要务？"肖问道。

刘易斯直起背，把双手放在桌子上："我们无法将民主观念介绍给一个忍饥挨饿、支离破碎的民族。如果我们能让百姓有饭吃，有房子住，与分别的爱人团聚，为他们提供工作，那么我们就没什么可担心的。但是现在，成千上万四肢健全的德国人因为'清白审查'的进行而无法工作。很多家庭还在经历离别之苦。千千万万的人还住在收容营地。"

"确实如此。"肖若有所思地点了点头。但是这一串冗长的待办事宜所体现的说服力远远没有狼人组织的故事那么强。

"你对当地百姓怀有真切的同情心，上校。"凯恩将军评价道，

---

1. 原文为 Heil Hitler，首字母为 HH。

"这就是为什么他们会把你称为汉堡的劳伦斯[1]吧?"

这一定是伯纳姆说出来的。

"上校,或许你可以把你家里的特殊安排告诉部长和将军。"伯纳姆提议道。他转身对肖和凯恩说:"摩根上校开创了改善英德关系的一种新方式。"

刘易斯总是很羡慕情报部的小伙子们能与将军和部长们坐在一起侃侃而谈直抒己见,不用顾忌权威,而伯纳姆完全就是在考验刘易斯的平等主义思想。现在伯纳姆正按自己的意愿引导着谈话的走向。

刘易斯很不情愿地向在座的人解释了他是如何与一个德国家庭共用一所房子。他讲完以后,人们陷入了长时间的沉默,沉默中夹杂着轻蔑的情绪。曾经被看作是人道主义的行为此时此刻听上去几乎成了不道德的丑闻。

"这就算是亲善结交了吧,上校。"凯恩说。

"我想知道,这难道没有让憎恨的情绪加重吗?"伯纳姆用相当通情达理的语气说道,"我的意思是,这些德国人难道不是更愿意与他们的同胞住在一起吗?在难民营里?"

在座的所有人都看向刘易斯,等他来回答这个问题。

"住在尼森小屋[2]吗?被冻个半死?"他知道自己在这个问题上推翻了官方的说法,但是应该让肖知道。

"我听说他们住得非常舒适,"肖说,"他们有暖气和食物,比半数的英国人目前所过的生活还要好。"

"我认为,如果能够选择,我们中的大多数人在有机会的情况

---

1. 出自阿拉伯的劳伦斯的传奇故事。故事中的英国陆军情报军官在一战期间土耳其入侵阿拉伯时帮助阿拉伯人对抗外来势力。
2. 加拿大建筑师尼森设计的金属结构半筒形掩蔽棚屋。

下，还是愿意待在自己的房子里。"刘易斯说。

"好吧，希望你的善意不会对你反咬一口，上校。"肖说道。

刘易斯已经说得够多的了，他能看出德·比利尔将军对他非常恼火，因为自己在部长面前批评了英国方面所做的努力。他准备在参观时让议员先生亲眼看看营地里的真实情况。

鲁伯特坐在直接审讯处那飘着酸牛奶味的等候室里，试图回忆起一切——除了德国人身份之外的任何事情——那些有可能让自己在英国情报部眼中成为罪犯的事情。

这个中心建在阿尔斯特湖的后面，原来这里是一所艺术学校。鲁伯特上一次来这里是在1937年，和克劳迪娅一起参观艺术家博科林的作品，他是少数几位正派的德国艺术家之一，没有被当时的政权视为有伤风化。希特勒好像还购买了八幅他的作品。参观完以后，鲁伯特和克劳迪娅为他大吵了一架：她喜欢博科林所传达出的清晰的道德信息；而他说这正是博科林的问题所在。她说鲁伯特"狂妄自大"，不懂得发现艺术原本的样子，而他则说她是民粹主义者。然而这场争吵其实无关艺术或品位，而是关于政权问题。

他告诉自己没什么可怕的。他已经把往事回忆了一遍——回忆——为了确认他们在国家犯下的滔天罪恶中所扮演的角色，所有德国人都被鼓励这样做。他不喜欢集体犯罪这个概念，但他也不是一个沉迷于昨日的人，他不会把德国今日的灾难怪罪于盟军；他更不会为处死纽伦堡审判的被告们而感到一丝悲哀。他填完了自己那份问卷调查——这一百三十三个问题将决定他今后的职业生涯——比他预料的简单。事实上，很难看出他们想怎样从这份问卷中判断出谁是真正的有罪之人。这调查似乎太过客气了，没有诡计和陷阱，也没有任何一针见血的盘问。有一两个古怪的问题甚至让他笑了起来，但是总的来说，他很有信心地填完了问卷，而且问心无愧。他甚至有点享受这个"回忆起自己是谁"的过程。

鲁伯特的名字被叫到了，他朝审问室走过去。走到门口的时候，他深吸一口气，提醒自己不要与人争论，要保持恭谦的态度，要有礼有节。有传闻说英国人之前所找到的"颜色不对"的德国人数量不够多，所以现在会加大审问的力度。

审问他的人都坐在橡木办公桌的后面。其中一个人抽着烟，示意鲁伯特坐下。另外一个没有抬头，还在继续查阅他面前的文件，鲁伯特能看出——从这些文件里绿色的钢笔字和他自己难看的圆圈手写体上判断——这是他做的那份问卷。这个人翻动着案卷，往前翻，再往后翻，往前，再往后，好像对某个前后矛盾的问题感到困惑。有什么东西不合常理，或者被遗漏了。如果这个漫长而戏剧性的停顿是他为了让对方感到不安而故意制造的，那么这做法很管用。鲁伯特没等他们提问就已经被惹恼了。

"鲁伯特先生？"第一个人问道。

"是我。"

"我是唐奈上尉，这位是情报部的部长伯纳姆少校。我们将根据需要用英语和德语进行这次谈话。据我们所知，您的英语很流利。"

"是的。"

那位少校依然没有看鲁伯特一眼，只是继续对着问卷发呆，或者说，对鲁伯特的一些回答感到困惑。当他开口说话时，他的声音低沉温和，他说的德语无可挑剔。

"你很幸运，鲁伯特先生。"

鲁伯特没有否认这一点。他等待着，明白自己的"好运气"

将会被这个睫毛格外长的人拿来分析一番，挖掘出更多细节。

"你毫发无损地活到了战争结束。一战开始时你还太小，二战开始时你的年龄又偏大了。你还住在自己的房子里，你有自己的财产，你还有一个富有同情心的房东。"

关于财产那部分，鲁伯特想辩解一下，但他还是保持了冷静。

伯纳姆抬起了头，鲁伯特看着他。这个人的眼睛很漂亮，不像是审问者的眼睛。他想从那双眼睛中看出一点儿同情。

"我对此很感激。"他用英语回答道，想从语言上找到平衡。

"是吗？"伯纳姆说。他看了看问卷，翻到其中一页，上面似乎有什么东西得罪了他。

"从你的一些回答中，我感觉到了一种忘恩负义的语气，甚至有一点儿瞧不起人。"

这番指责有根有据。他从来就不喜欢回答问题，特别是这种对别人指手画脚的问题。它们会激发他的倔脾气和逆反心理。

"我记得有一个问题是关于玩具士兵的。这……似乎不太相关。"

"我们花了很多精力和时间来设计这些问卷上的问题。"

"是的，可是……我看不出玩具士兵和这些有什么关系。"

"你玩过玩具士兵吗？"

"您会逮捕所有没玩过玩具士兵的人吗？"鲁伯特没忍住。

"鲁伯特先生，你会因为这种不屑一顾的语气而被分到你不愿意被归入的类别里。你有没有玩过玩具士兵？"

"有，我和每个普通的男孩一样。"

"很好。这就是我想知道的。"伯纳姆在空着的方框里打上标记，"然后还有这个……"伯纳姆的手指移到了后面一个问题上，他的脸拧成了一团，露出了困惑的表情。"问题 R 的第三小题。你这个回答是什么意思?我能把它算成是一个回答吗?你似乎……是在以调侃的方式来回答如此严肃的问题。"

鲁伯特知道伯纳姆是聪明人。他知道伯纳姆很清楚他为什么会这样回答这个问题:因为这是一个荒谬的问题。当时他不得不把问题又读了一遍,心想这一定是翻译得不好,或者是为了测试他而特意安插的问题。最后他觉得这可能是白厅或者华盛顿某个考虑不周的职员没动脑子就编出的问题。它不值得认真去回答。

"怎么?"

"任何觉得这是个好问题的人……都是在开玩笑。或者他们根本就不知道什么才是——"

"这是一个非常严肃的问题,鲁伯特先生。'轰炸是否影响了你和你家人的健康?'如果你想重新开始全日制的工作,我们需要确定你没有心理健康问题。以一个感叹号作为回答,这不太像头脑正常的人会有的反应。"

"我认为轰炸影响了我妻子的健康,少校。在 1943 年 7 月,她和其他四万人一起灰飞烟灭了。那一天,英国人在轰炸引发的大火中摧毁了这座城市。"

伯纳姆对此无动于衷,但他似乎很高兴鲁伯特提起了这件事。

"我们来说说你的妻子吧。作为一名住宅建筑师,你住的地方相当显赫。你有不少艺术收藏品,包括莱热和诺尔德的作品。我猜想钱都是她出的吧?"

"她娘家非常富有,是的。"

"那么他们家是如何获得这些财富的呢?"

"做生意。"

"做什么生意?和谁?"

"什么生意都做。他们拥有很多货运码头。"

"这些货运码头曾经运输过纳粹武器吧?"

"自1933年起,上面让他们运什么,他们就运什么。"本来他可以指出,这当中很多船只都是往来于英国的,但是少校肯定对这些情况非常清楚。

"所以这些艺术收藏都是由纳粹交易得到的钱购买的?"

这道数学题非常简单:方程式的最终答案就是"同样有罪"。求解时所用到的数字和小数点都不重要。

鲁伯特摇了摇头。"汉堡有自己的商业,这一切都是纯营利化的行为。我们与纳粹党没有关系。除了克劳迪娅的哥哥——"

"是啊。"伯纳姆看着与之相关的那一页,"马丁·弗洛姆。"

鲁伯特甚至都不想写他这位大舅子的名字,或是他的头衔:纳粹的省党部负责人。问卷上没有位置能说清楚,他在纳粹党中野心勃勃,而他入党后给家里人带来的却是恐慌不安。

"让我们看看另一个问题。问题E的第三小题。'你是否期望过德国的胜利?'你写的是……'我希望战争尽快结束。'"

"当然,人人都希望如此。"

"你想让德国赢得战争吗?"

"我曾经是——我依然是——一个民族主义者,但这并不表示我就是纳粹分子。"

"我认为这是诡辩。在1939年,民族主义者就是纳粹分子。"

"我根本就不想有战争。"

"跟我说说你的女儿。"

这个人很会转移话题。鲁伯特觉得自己心里没了底。

"我女儿怎么了?"

"是这样,我推测她可能受到了轰炸的影响,受到了她妈妈去世的影响?"

"她……依然……对此感到生气。"他第一次流露出有所戒备和不太确定的语气,"而且……她觉得很难与英国家庭在同一所房子里相处。"

"生气?对于占领?"

"对于失去她的妈妈。"

"她曾经是希特勒少女联盟的一员。"

鲁伯特几乎没有写到这个——但这是事实。"那是强制的——自从1936年开始。"

"你没有制止她去?"

"我们……我妻子和我确实……对此有过分歧。我不赞成她参加……但是,最后我们也没得选。我对此深感良心不安。但是拒绝参加就相当于叛国,这对于我们来说很糟糕。"

"可是一个有良知的人就算坐牢也会反抗邪恶的,不是吗?"

"您似乎认定了我是有罪的,少校。"

"对于我来说,你的罪过只是程度轻重的问题,鲁伯特先生。我的工作就是决定它的颜色,它的深浅。所以告诉我……我非常好奇:你是如何忍受与你以前的敌人住在一起的?"

"他们对我们很客气。"

"你女儿是怎么想的?"

"她……对此不太高兴。"

"有什么表现呢?"

"她……嗯……她并不理解……我们还住在自己的房子里是多么幸运。"

"她怎么会理解呢?"伯纳姆说,"在她妈妈出了事之后。她现在都做些什么——学校已经关门了?"

"她在参加废墟清理工作。"

"当你看到那些废墟时,你会怀疑建筑是否还有存在的意义,鲁伯特先生。你确定你想恢复之前的工作吗?"

"我做不了其他事情。我很愿意"——他试图想出那个词——"参与重建工作。我不太适合在工厂做工。"

"你怀念为纳粹军官建造避暑别墅的日子吗?"

他确实接受了不少修建避暑别墅的委托——包括为武器制造商哈罗德·阿姆菲尔德建造一座"小宫殿"——但是那时几乎没有工作是与军队无关的。

"在1933年之后,工作机会稀少。纳粹党看不上我毕业的那所建筑学校,但这也没起什么作用。"

伯纳姆翻到了问卷的另一页。"你怀念过去吗?"

"我对过去所怀念的只有我的妻子,少校。"

"你不怀念那些美好的旧时光吗?"

"我不明白您指的是哪段时光?1933年以后,德国对于我们大多数人来说都是一座监狱。"

伯纳姆往后坐了坐,打开抽屉,拿出了一沓照片。他把照片扔在桌上,将它们像扑克牌一样展开。

"是这样的监狱吗?"

他拿起一张照片,上面有一个被关押的骨瘦如柴的犹太人。然后是另一张照片。一张接着一张。伯纳姆全程都在观察鲁伯特脸上的细微反应。鲁伯特在战争结束的头一个月就看过这些照片,它们被贴在墙上,让所有德国人都能看到。他疲倦地看了一眼照片,然后把目光挪开了。

"不管你遭遇了怎样的麻烦,鲁伯特先生,我建议你不要把你的处境和他们相比。"

伯纳姆拿起问卷,翻到了最后一页上的最后一个问题。问题Y。

"我看见你在'是否有其他要交代的事'这个问题下面留了空白。你现在有什么想说的吗?"

鲁伯特望着少校,尽力拿出悔悟和谦卑的态度,说道:"我没有什么要说的了,少校。"

"你为什么没问我就把这个挂上去了?"

"这里本来有一幅画。它留下了泛黄的痕迹。我以为你会喜欢——"

"好吧,我不喜欢。"

蕾切尔在门厅一边等他,一边在屋里来回踱步。她对他讲话时眼神坚定,姿势生硬,就好像有一个严厉的家庭教师教过她该如何对待倔强的学生。鲁伯特刚刚进门。他又饿又冷,还很生气。谈话之后,他去上班,却发现那家工厂已经关门了。英国人声称这是由于天气原因,但人人都知道这么做是为了压制这里一触即发的矛盾。他的同事朔尔施已经在大门口分发传单了。他们计划组织一场大集会,鼓励所有英国统治区的工人们到工厂抗议停工。"记住你是哪一边的,鲁伯特先生。"他小声说道,递给他一份传单。鲁伯特受够了别人告诉他该做什么。

他看着他一大早让理查德挂上去的那幅画。他在挑选的时候费了一番心思,考虑到摩根一家保守的审美眼光,太逾矩的不行,太深奥的也不行。他开始挑了一幅秀美的利伯曼风景画,但它遮挡不住画像留下的褪色痕迹。他觉得,冯·卡洛斯菲尔德那幅"半裸的女人"倒是非常完美,画风优雅而低调,能盖住之前的痕迹,还能提升整个房间的格调。它是一幅罕见的珍品,值得挂在任何一个地方任何一个客厅的任何一面墙上。只有俗不可耐的人才会拒绝它,除了俗不可耐的人,或许还有一本正经的人。

"他是德国19世纪最伟大的画家之一。"

"我不在乎这是谁画的。"蕾切尔说,她双手交叉放在胸前,拒绝承认她身后那位少女所拥有的那份温和的荣耀。

"你不喜欢它吗?"

"这不是重点。"

是因为画上的裸体吗?鲁伯特想。这幅画可能是带了一抹情欲的色彩,但它非常收敛,也很微妙,不会引人厌恶。他忽然有了一种停不下来的冲动,想在这一刻让蕾切尔感到难堪,想让她羞愧脸红,让她下不来台。

"也许你更喜欢描绘乡村风光的画作。狩猎图?或许是穿上了衣服的人物画?"他说话的时候,觉得自己像一个趾高气扬的哥哥在屈尊教训一个目中无人的妹妹。他此刻情绪激动,却对此毫不在乎。

蕾切尔看向了别处,她觉得自己脸红了。伯纳姆太太是对的,德国人确实傲慢自大,她已经放任面前这个德国人的嚣张气势超过他的正常水平了。

"鲁伯特先生,我实在不喜欢你说话的语气——"

但是鲁伯特没有住口。"我想知道你为什么不喜欢它。这是一幅相当坦率的画作。它一点儿都不——我不知道英文里这个词怎么说……失礼,它只是为了营造一种震撼的感觉。我的意思是,看看画里的她。这是一幅美好的作品。我以为你会欣赏它。你是一个有品位的女人。"他停顿了一下,为下面的话营造氛围,"我肯定是看错人了。"

这话引起了战火。

"你是什么意思?我当然能看出这是幅好画。我讨厌你这种含沙射影的态度。你对于我的品位和我的背景都一无所知。"

"确实如此。"他说。他已经度过了相当漫长和沮丧的一天,再吵一架也不赖。

"你怎么可能了解我的喜好?我的品位——我心目中什么才是好的艺术。你根本不了解我这个人,也不知道我是从哪里来的。"

"这就是问题所在!"他说,不计后果的鲁莽情绪控制了他,"我们都对彼此的过去一无所知,又怎么可能相互理解呢?"

"可给我带来烦恼的是你的过去,鲁伯特先生。"

这句话产生了不同的效果。她看着那幅画——更确切地说是看着新画所占的那个位置。

"这里原来是'他'的照片,对吗?"

鲁伯特惊讶得说不出话来,这个问题在他心中唤起了耻辱和质疑。

沉重的呼吸声从她的鼻孔里发出来,她开始点头。

"就是他,对吗?元首的肖像。"她说,避开了那个可怕的名字。

鲁伯特笑了一声,那笑声听起来比他自己感觉到的还要轻浮。

"怎么?"她问道,她将他逼到了绝境,确信自己把他困住了,"是不是元首的画像?我知道你们大多数人家里都有这种画像,我只是想确认一下。"

他不太相信她会产生这样的怀疑,她似乎生搬硬套地借用了别人的话。

她忍不住发出了最后一击:"我对你很失望,鲁伯特先生。我原以为,在所有人当中,你的品位会更好一些。"

他脑子里的反对意见本来不想发声,可她这番无知的言论激怒了他,让他忍无可忍。

"看看这周围,摩根夫人。看看这里的家具,书本,看看……钢琴凳里的乐谱。门德尔松和肖邦的音乐——这两位作曲家都被纳粹党下了禁令；去藏书室看看，你会发现黑塞的作品，马克思的作品，还有法拉达的作品——这些书本来都该被焚毁。再看看艺术。我要是知道你感兴趣的话，会带你去看的——都是十三年前被禁的艺术品。堕落的艺术。甚至连这幅诺尔德的木版画，"他指着挂在一层楼梯墙上的一幅画作，画中寥寥数笔刻出了一艘拖网渔船，"也被嘲笑为非德国的艺术。犹太人的布尔什维克。艺术家们无法创作，他们的作品也卖不出去，都是因为他们没有迎合元首的品位。"

鲁伯特绕着客厅走来走去，边走边在那些家具和摆设面前激动地发表看法。

"我知道必须有人为此受到谴责，有了谴责对象就会让人觉得好受一些。我相信这对你来说是方便的——赋予它一个具体的面孔。可你觉得我会把这个人摆在第一位……因为他的愚蠢念头，这些东西不是被禁就是被烧？他是艺术品的破坏者。他唯一的……信条就是毁灭——不仅是艺术，还有生命、家庭、民族、城市和国家——甚至上帝自己！他留下的唯一遗产就是死亡和废墟。"鲁伯特不再转圈，他停下来喘了口气。

蕾切尔必须做点什么。她把目光从这幅令人不快的肖像上移开，落在了壁炉上。她拿着拨火棍在烤架附近忙活了一会儿；她的手在颤抖。

"我觉得你说得差不多了，鲁伯特先生。"

"不，我还没讲完。"要说起来，他才刚刚找到他的主题，"你说得对。我们彼此互不了解。你对我一无所知。我的过去。我的现在。我的未来。是的，说得没错。我也怀有对未来的希望。是啊，连我这样的人，一个德国人，都还怀着希望！"

蕾切尔把拨火棍放回装煤炭的盒子里。她用交叉抱臂的姿势来掩饰自己颤抖的手。

"你说你被我的过去所困扰,可实际上我觉得困扰你的是你自己的过去。我对此了解不多,除了艾德蒙告诉我的事情。但至少我努力去想象过,想看清事情的表面之下是什么。"

"艾德蒙跟你说什么了?"

"他把你儿子迈克的事情告诉我了。关于你的……悲痛。他说你以前是幸福的。他说你会说笑,会唱歌。他说我要是那时认识你,会更喜欢你。现在的你和从前的你不太一样了。"

鲁伯特能看出来——从她深深的呼吸中——这些话伤害了她。

"你失去了自己的孩子,离开了家乡,与曾经的敌人和难得见面的丈夫艰难地生活在一个屋檐下,对此我深表同情。这让我更容易相信,你并不是一个满怀偏见的刻薄女人。你有你自己的痛苦。我在你的眼中看到了它,也从你的琴声中听出了它。可还有其他人和你一样。醒醒吧!并非只有你一个人。"

他就站在她面前,毫不退缩。

"你说得够多了,鲁伯特先生。给我停下。"

"你想怎么样?把我赶出去?这就是你一直想要的结果吧?行啊,那么,我帮你把事情变得更简单一点儿。"

鲁伯特忽然按住她的肩膀,然后吻了她。他微微避开了她的嘴唇,这个吻粗鲁而短暂。他直起身,他把脸往前凑了凑,当作靶子,等待对方做出激烈的反抗。

"好了,我已经这么做了。"他说,对自己刚才的行为也不太确信。

预想中的一巴掌并没有打下来。蕾切尔转过身,摸了摸自己的上嘴唇。

他的脑子一片混乱。他的肾上腺素在飞快地上升。他必须在自己做出更糟糕的举动之前离开。他抬起双手,往后退去。

"我这就走,"他说,"我这就去收拾我们的行李。我想这就是你想要的。"他转过身往楼梯走去。

"不,鲁伯特先生,"她说,语气出乎意料地平静,"真的没有这个必要。"

鲁伯特一只手放在楼梯扶手上,一只脚踏上了台阶。"我……不应该说那些指责你的话。我惹你生气了。这是一个误会。我们不要再提它了。"

他没有看她,只是在一个长长的停顿之后,拍了拍楼梯的立柱,以示与她和解,然后继续上楼往他的房间走去。

艾德蒙把他的新玩具车开到了楼梯平台的跑道上,在玩具屋和他的香烟来源地之间,他沿着楼道把车开过去再开回来。他听见楼下传来了几个字——"忘记""过去""画"——隐约觉得说话的语气听起来不妙,但是他全身心投入在自己的事情中,没太明白这些话里是什么意思。对于路过的女仆或者他妈妈来说,艾德蒙正在玩游戏,任何思维正常、身体健康的男孩都爱摆弄新拿到手的玩具汽车。而对于艾德蒙来说,这正是他的策略,用来掩盖一场更大的游戏。

当他把玩具汽车拿回自己的卧室时,他还能闻到他妈妈残留在上面的香水味。她把车送给他的时候就像在进行一场交易:她让他坐在膝上,用双手捧起他的脸,在他的前额吻了一下,然后才把礼物交到他手上。她说这是提前送出的圣诞礼物,还补充说这和圣诞老人送到家里的其他礼物都不冲突。她似乎急着要讨好他,但这让他有点不太自在。

"我知道我没怎么表现过,可我只是想让你知道……妈妈爱你。"她说。

这种表达方式似乎证明不了什么，反而令人心生疑惑。就像对待地球引力或者氧气一样，艾德蒙对此早已习以为常。

不过他对这辆车很满意。虽然型号和大小都不对，可他正在努力把玩具屋打造成鲁伯特别墅的样子，而这辆拉贡达是重要的道具。如果小汽车模型制造商能做出梅赛德斯540K这样的车型，那这座房子的复制品就完美了。他还做了一个代表园丁理查德的玩偶，手里拿着用硬纸壳制成的铲子，一眼就能认出。艾德蒙把汽车放在玩具屋的门口，他让理查德玩偶去搬运从商店买回来的东西，而艾德蒙玩偶则去收集一堆真正的香烟。妈妈玩偶在前厅弹钢琴，鲁伯特玩偶在看着她，格里塔和海克玩偶在厨房里，弗里达玩偶在阁楼上，爸爸玩偶在地毯做的草坪对面拯救德国人，确认了一番之后，艾德蒙玩偶背着两袋大包裹，跑到了宽敞的主卧室。艾德蒙回头盯着门，听了听动静，看是否有人靠近。确定没有人过来之后，他把主卧的家具移到一边，掀起迷你的波斯地毯。地毯下面有八包香烟，再加上两包新拿来的，厄齐所需要的两百根香烟，他都弄到手了。这是一个士兵一个月的配给，也是一个孤儿的一笔财富。是时候越过白雪覆盖的冻土，将这批"赃物"空运到失去了妈妈的男孩子们手中了。

草地上的落雪是新的，艾德蒙欣然在雪上踩出了第一串脚印，他很享受靴子陷入雪中的感觉，他的惠灵顿靴子很高，能把雪都挡在外面，这也令他很满意。他看见前方有燃起的篝火，黑烟标记了天地相连之处，灰云低垂，与大地融为一体，抹去了地平线的痕迹。一条残存下来的黝黑河流打破了一望无际的白色，然而严寒那吞噬一切的力量把它变得越来越窄，冻住了河岸向河中心延伸的几百英尺范围,只留下溪水般的涓涓细流从冰块形成的小岛间淌过。弓形的河湾处已经全部被冻住了,一艘帆船困在冰里,它的船头上翘,船尾后退,被冻在一圈静止而冰冷的水波中。河水流动的力量推动着水中凹凸不平的冰块向前移动:它们让艾德蒙想起了那些照片,上面是斯科特在他的致命之旅中遇到的陌生冰原。在河流的中间,河水还在流动,冰块像灵车一样往下游漂去。其中一块冰面上躺着一群濒死的乌鸦。大自然不会让人为一只乌鸦感到难过,但这些鸟的样子触动了艾德蒙。它们冻得飞不动,胖得张不开翅膀,看上去就像听到了腐肉的召唤,顺从地坐着冰船驶向大海。

艾德蒙走近营地,胳膊下面夹着一个棕色的海陆空军协会购物纸袋,他坚信自己的慷慨之举能让流浪儿们在心中崇拜他,仰视他。厄齐和伙伴们围绕在篝火旁,他们离火堆的距离超出了一般人能做到的最大限度。其中一个男孩将打碎的鸡笼扔进火苗里。周边的屋子比以前少了:小木棚不见了,马厩也不见了。似乎流浪儿们将一半的住所都扔进了火里。厄齐坐在他的箱子上,像一个在等待晚点火车的老头。他一动不动,看上去似乎在他的位子上被冻住了。其中一个孩子用胳膊肘推了一下,他才动了动。

"好心的英国佬。"

厄齐跳了起来,对着火里的什么人敬了个礼,然后转过身,面对正在靠近的艾德蒙,绕着篝火走了过去,整个人依然处于火堆的散热范围内,他的脸上露出了一个半是疯狂半是喜悦的微笑。"艾德——蒙,"他说,对自己的发音很满意,"你拿到了什么?"

艾德蒙来到了泥泞的篝火边缘。热气融化了四周的积雪,在火堆附近三英尺的半径内形成了一圈棕色的堆积物,流浪儿们就站在这个位置,似乎已经适应并且能忍受这种高温了。

"你得到什么了?"厄齐又问了一遍,"你得到什么了?你得到什么了?"他重复道,每说出一个"得到",他的牙齿都会打个战。

"香烟。"

艾德蒙把包交给厄齐,他侧过身,让一边脸避开热浪。一看见这些禁运品,厄齐就从满怀期待的孩子变成了专业的刑侦人员。他把手探进袋子,掏出了一包普莱尔香烟,闻了闻,然后检查了一下包装有没有拆封。很好。它们就像早晨生下的鸡蛋一样新鲜。没有拆封的香烟可以在交换物品时更有底气。厄齐举起这包烟宣布道:"普莱尔牌的,著名的香烟。"包装上的玻璃纸在热气的作用下变成棕色,烫起了气泡。

"拿到香烟了,"艾德蒙说,"普莱尔牌的。"

"真他妈是英国佬的好烟。"厄齐说。

他把烟传递了一圈,大家纷纷发出满意的咒骂声表示赞同。那个被艾德蒙轻松打倒在地的男孩站在较远的后面,一脸漠不关心地看着。艾德蒙决定利用此刻大家对他的极大好感去表示自己并无恶意。他从厄齐怀中的袋子里拿出一包烟,从中取出一根递给这位曾经的对手。男孩抗拒了一秒钟后,上前从艾德蒙手里接过了烟,他的需求战胜了他的骄傲。

火中飘来了和燃烧木头不太一样的味道。有什么东西被烧熟了。一只动物被串起来架在火上烤着。很难看清楚它是什么,它的头和四肢都没了,看上去比猪大一点儿,比牛瘦小一些。不管它是什么,闻起来都很香。厄齐拉着艾德蒙的胳膊把他领到这个热乎乎的美味旁边。他从烤熟的野兽精瘦的腰部切下一块肉递给他。这块肉被烤得焦黑而松脆。

"发生什么事了?"

大家发出了窃笑声,艾德蒙认为他们是在笑话他德语说得不好。

"驴。"厄齐回答。

艾德蒙知道在德语里如何说猪、狗、牛和狮子,但是他不认识这个词。也许这是牛肉的另一种说法。他不想冒犯这位主人,所以他把肉放进嘴里嚼了起来。

"英国佬喜欢吗?"厄齐问。

艾德蒙继续嚼着肉,大家都等着看他的反应。这块肉很硬,有一种说不上来的口感。它的味道像牛肉,但又比牛肉更甜腻一点儿。不过它已经被烤焦了,可能是任何动物。

"我喜欢。"他终于说道,不太确定这是不是他想表达的意思,但是这似乎是正确的答案。

"英国佬喜欢吃驴肉!"厄齐说,大伙儿都笑着欢呼了起来,比画出赞成的手势,还出于某种原因纷纷学起了驴叫。艾德蒙觉得自己已经通过了某种入会仪式。然后他想起来自己还有东西要分享。他把手伸进大衣口袋,拿出了一个用手帕包成的小包袱。艾德蒙想找个地方放下它,厄齐带他来到自己的箱子前,把它放平,变成了一个桌子。

"妈妈住在里面。"他说。

艾德蒙把手帕放在箱子上,男孩们在他身边围成一个圈。他解开包袱上的结,打开来,露出了一大堆闪闪发光的糖块。这景象立刻让所有人都深吸一口气,就好像变了一个魔术一样。艾德蒙不确定他们是不是认识这样的糖,于是拿起最顶上的一块,把它对着光线举起来。糖块里的颗粒闪着光。

"糖。"他说着把这块糖递给厄齐。厄齐直接把它放进了嘴里。

厄齐把糖含在嘴一动不动,然后才用臼齿把糖咬碎。接着他咧了咧嘴。一道带着残渣的红色唾液从他的嘴角流出来。他把手伸进下腭,摸索了一会儿,拔出一颗血淋淋的黄色烂牙。他龇牙咧嘴地对着所有人扮了个鬼脸,然后低头看着又红又黑的手心中那颗滴着血的牙。他合上手掌,把它装进了自己的口袋里。艾德蒙想知道他会如何处理这颗牙。它没法再被补回去,牙仙也不会光临厄齐臭烘烘的嘴巴。就算她真的会去拜访任何德国小孩的话,在她那份受访名单上,他们一定被排得非常靠后——比意大利小孩和日本小孩还要靠后,在队伍的最后面。

厄齐弯下腰,抓了一捧雪,敷在自己还流着血的牙龈上。有人喊道:"河上来人了。"

大家转过身去看,只见有一个人越过河弯处向他们靠近,在这个距离之下看不出他的年龄,但是他的步伐轻快有力,明显是朝他们过来的。他在结了冰的易北河面上走着,他带着某种意图,大老远就传递给了他们,让这群孩子变得焦虑不安。他们虽然不知道来的是什么人,但他们似乎都知道他们不希望谁来。

"嘶。是他吗?"

"不是。"

"认不出来。"

冰上的人继续往前走着,那一刻,透过火堆上让空气变形的热浪,他看上去像是行走在水上。

只有厄齐泰然自若:"那是贝尔蒂,你们这群傻瓜。"

西格弗里德说:"他肯定会不高兴的。我们什么都没偷到。"

那个人影来到岸边,开始往上走,当他从冰面挪到雪地时,他走路的姿势更加挺拔,迈的步子也更大了。当他穿过一片灰暗的草地时,香烟燃起的一点儿橙色光芒照亮了黯淡无色的冬日空气。

"只有贝尔蒂一个人。"厄齐重复道,"我有他想要的东西。"但是很显然,在他故作镇定的外表下,他已经对某件事做好了准备,严阵以待。

艾德蒙因为恐惧而感到恶心。他想飞越这片草地，回到安全的家里，可是已经来不及了。

"艾德——蒙！"

厄齐把头埋在他的行李箱中。他几乎没有抬起箱盖，箱子里装的东西都被挡住了。他找出了一顶俄国哥萨克帽，扔给艾德蒙，指了指他的脑袋。

"别说话。"

艾德蒙戴上帽子，站到了这群人的身后。他的脚在惠灵顿靴子里感觉厚重而麻木，那顶哥萨克的帽子闻起来有股柴油味，被冻得像钢盔一样结实。

走到近处的贝尔蒂看起来没那么吓人——他并没有比其他男孩大多少，个头也不比他们高，他穿着一件特大号的外套，显得身形很小——可当他来到火堆附近的时候，男孩们颤抖地挤作一团，一声不吭。人群不知不觉地往后退，艾德蒙觉得自己快被往后挤到火里去了。只有厄齐维持着故意装出来的冷漠淡定，站在人群之外。贝尔蒂就是冲着厄齐走过去的，他几乎没有注意在场的其他人。他轻轻地对厄齐问了几句话，不想让别人听见。厄齐递给他一张纸，又在对方检查那张纸的时候兴奋地说了很长时间。这个年轻人看上去既不高兴也不生气。他将纸小心地折好，放进大衣里。

"你有什么要给我的？"

对于这个问题，厄齐所能做的就是耸了耸肩，伸出恳求的手，再摇摇头，然后他的拇指越过肩膀指了指某个假想出来的令人失望的同谋者。这种没什么说服力的解释进行到一半——连艾德蒙都觉得厄齐很像一条正在蠕动的狡猾小虫——贝尔蒂伸出一只手揪住了他的脸,打断了他的话。这个充满暴力的举动近在咫尺,让艾德蒙的肾上腺素迅速上升,心里恐惧万分。他觉得自己就要吐出来了。

厄齐从对方的手中挣脱后,似乎立刻就忘记了这次羞辱,马上变成这里的主人,他给贝尔蒂指了指烤架,就好像在指示餐厅中位置最好的餐桌。贝尔蒂朝那只动物走过去。他对着它研究了一会儿,然后转身面对厄齐和其他人,他看上去更加生气了。

"我们在吃驴肉,而英国人在吃蛋糕!"

又是这个词。驴。还有什么英国人吃蛋糕之类的。

厄齐想用接下来的事情转移贝尔蒂的注意力,他把一罐像药一样的东西晃了晃。他就像一个驯狮人,用鞭子赶着他的狮子从椅子上去跳火圈,再赶着它去爬台阶,让狮子没时间去想起它最本质的"兽性"。

"贝尔蒂,看,这是我们为你准备的,柏飞丁[1]!"

贝尔蒂一把夺过药瓶,直接从里面取走了两颗药片。接着,厄齐朝其他人拍拍手,让大家把口袋里的东西都掏出来。奥托拿出了一个教会收藏的托盘,把它放在地上。流浪儿们把他们所有的家当都放在了盘子里,价值微不足道,种类却不少:有治疗性病的药物、有避孕用具,还有方糖。厄齐很不情愿地把艾德蒙带来的大部分东西也交了出来。

最后这样东西吸引了贝尔蒂的目光。

"你们从哪里弄到糖的?"

没人回答。

厄齐提了提旅馆之类的地方,但是贝尔蒂不相信这个答案。

---

[1] 脱氧麻黄碱,一种类似毒品的精神刺激药物。二战时很多德国士兵服用过,以增强战斗力。

他夹住了迪特马尔的脑袋,把香烟闪着橘色火光的一端放到离他眼皮一英寸不到的位置上。香烟烧到他的睫毛时,迪特马尔发出了呻吟。

艾德蒙咽下了从肚子里反上来的酸水。滚烫的尿液顺着他的大腿流淌。他想让贝尔蒂住手,但他太害怕了,一句话也说不出来,即使他知道从某种程度上说自己应该为这场拷问负责。他爸爸会怎样做呢?

"停下!请……住手!"

这几句英文一说出口,对方的攻击立刻就停止了。贝尔蒂放开了迪特马尔,人群分成两边,在贝尔蒂和艾德蒙之间让出一条道来。

"他很好,贝尔蒂,"厄齐说,"他给我们送香烟……他还带来了糖块。他是个好英国佬。"

热乎乎的尿液全部涌了出来,浸湿了艾德蒙的内裤,还渗入了外裤的内侧,一直流到了他的惠灵顿靴子里。这股热量带来了暂时的安慰,但是他的双腿发软,虚弱无力:他就算想跑也跑不了。他又想起了他的爸爸。这不是他设想中的英勇就义。如果他们找到了他,会看见雪地上的黄色痕迹。英雄勋章的获得者不会尿裤子。艾德蒙·摩根:安息于小便里。

然而,出于某种原因,贝尔蒂并没有挪动。他就站在刚才的位置上,盘算着什么。他小声与厄齐说了几句话,不时地看一眼艾德蒙。终于,他谨慎地转向艾德蒙。他向下看了看托盘,拾起一包普莱尔香烟。

"拿香烟来,"他用英文说,"到这里。每个礼拜。"

"好的……"

"否则,我就这样。"他对着他的眼睛举起香烟,"对你。"

厄齐转过去面对艾德蒙："好英国佬,你带香烟来……到这里……明天,然后"——他又向前比画出一个弧形,表示隔了一周时间——"然后下一周。"

艾德蒙猛地点了点头。

贝尔蒂将他的糖块扔进火里。它们落在了鸡笼的铁丝网上,燃烧了起来,厄齐发出了一声抗议,跃到它旁边想去抓住那些糖块。但是热浪太凶猛了,几乎就在同时,他又往回一蹿,像青蛙一样跳了出来,落在了地上,他的衣角都烧着了。他在雪地里滚了几下,把火苗压灭了,大家都对他嘲笑了一番。

贝尔蒂捡起流浪儿们剩下的贡品,指了指艾德蒙,又向后指了指鲁伯特别墅。艾德蒙不需要完全理解这个动作,就能感觉到对方的意图,于是立刻就服从了,他倒退着离开那个人可怕的注视,他的双腿因为害怕而弯曲,他跟跟跄跄地跑走了。

哈姆布鲁克的尼森小屋房顶上落满了积雪,家家户户的窗户里透出煤油灯金色的亮光,给人的感觉是一个村庄坐落于此,过着温馨而满足的生活。

"噢来吧,噢来吧,以马内利。"肖部长说道,他认出了这首歌的旋律。刘易斯正带他沿着扫过了雪的小路从小屋间穿过,朝着救济施舍处的人群走去。

正如刘易斯预计的那样,过去两天来一直下个不停的雪把一切不和谐的迹象都抹去了,人们躲进了屋,游行示威者也从大街上离开了。到目前为止,部长沿途看到的一切都给了他这样的印象,困境在良好的治理下正在扭转:甚至连工厂罢工的人都放下了他们的标语牌,在难民营这里,刘易斯原本希望能让肖(以及《世界报》的随行摄影师)看到无可辩驳的苦难真相,然而慈善之举却在大张旗鼓地进行着。红十字会、贵格会和救世军组织都在场，管铜乐队演奏着圣诞歌曲，他们的同行正在给排成队的难民们分发汤汁和食物包。

"很高兴看到你能让他们填饱肚子，上校。"

"这个月有二十个人饿死了，部长。情况只会越来越糟。没有食物包的话，这些人就会挨饿。德国人靠自己是吃不饱的。"

"可周围到处都有肥沃的农田。"

摄影师正在为肖部长安排位置，准备将他拍进下一张照片中。

"俄罗斯人霸占着产粮区，但他们不愿意共享。"刘易斯回答，他知道肖只是心不在焉地听着，"这座城市的供给一般来自俄国占领区，但是俄罗斯人要求我们关闭更多的工厂，否则就不给我们提供谷物。因此，英国占领区内百分之九十的粮食都是从外面运来的，部长。现在船只已经无法从冰面上穿行了。如果我们关闭工厂，那么德国人将失去工作。在这期间，他们中还有很多人无论如何都无法工作，因为要等他们在去纳粹化进程中被证清白之后才能考虑。这是一个恶性循环。"

肖若有所思地点了点头，但刘易斯觉得自己说得太多了：他采用了毫无针对性的散射，而没有击中靶心。现在那个摄影师介入了谈话。

"部长，我想请您到桌子的支架后面去。我想拍一张您分发食物包的照片。"

对于《世界报》的审查员莱兰先生来说，这篇报道非常简单：向德国民众展现英国人好的一面，他们在艰苦岁月里与德国人并肩奋斗。他手中已经有很多待冲洗的底片能够挽救英国人的名声：肖坐在一把学校座椅上，旁边是三个微笑的德国小姑娘，正在好学地研究一本历史书上描述议会大厦的内容（"德国孩子学习关于民主的基本知识");肖站在《真理报》的印刷间("德国人再次享受出版自由的权利")。不过"部长亲自向心怀感激的德国人分发食物包"肯定会是当日的最佳照片,它达到了一举多得的效果:它向德国人展示了英国人的善心和能力,缓解了人们对于管制委员会的种种批评,还让肖部长看上去是一个行动力很强的人。肖在这方面非常擅长:提提问,握握手,露出关切的表情。

  肖用德语向一位老妇人问好,还弯下腰慷慨地赠送了礼物。老妇人接过礼物时露出了痛苦的表情,一言不发地离开了,并没有被部长装模作样的同情所打动。摄影师按下了快门,可是感激之情去哪里了?他需要捕捉那种感激之情。下一个来到桌前的是一位妈妈,身上还背着一个正在蹒跚学步的孩子。摄影师拉近了镜头,肖本能地伸出戴着手套的手,给那个小姑娘送去了祝福,然后将食物包递给她,仿佛是穿着便装的圣尼古拉斯[1]。摄影师蹲下去,将镜头锁定,把这一幕拍了下来。

  有一个穿戴破烂的年轻人,自从他们到达以后就一直跟在他们身后,这时他向肖喊道:

  "英国佬,多给我们一些吃的,否则我们是不会忘记希特勒的!"

  以前就有人对刘易斯喊过这样的话:一次是达姆门火车站偷煤的女人,还有一次是古斯市场的一个年轻男孩。

  莱兰把这个人赶走了,并为他的粗鲁言辞向肖表示歉意。

  "他刚才说的是什么?"肖看着乌苏拉问道。

  "他说:'英国人,要是不给我们更多的食物,我们就不会忘记希特勒。'"

  肖似乎并没有感到被冒犯,反而很满意。这个挑衅给了他一

---

[1]. 圣诞老人的另一种称呼。

个表现的机会。

"问问他是不是真的这样想?"他对她说。

乌苏拉将肖的问题翻译给那个人听,那人的回答十分坚定,其中的蔑视态度也显而易见。

"他说:'我们那时过得比现在好。生活从来没有如此糟糕过——连战争结束前最后的那段日子都比不上。'"

摄影师肯定一直在担惊受怕地做着自己的这份重要工作,他让那个闹事者不许说这么大声。但是肖对此似乎真的很感兴趣,他又转向乌苏拉。

"问他对于获得自由是否心怀感激。"

那个人回答的时候指了指那边的小屋。乌苏拉又翻译道:

"'这里看起来像是自由吗?战争结束后我在三个难民营待过。在比利时,在科隆,如今在这里。我已经九个月没有见过我的妻子了。为什么?就因为我曾经为我的祖国而战斗过吗?'"

"怎样做才能让情况变好呢?"肖问。

那个人用极低的声音说出了他的回答。

乌苏拉忍住笑,看了看自己的手背。

"他说了什么?"

"他……只是很生气。"乌苏拉回答,她这么说是想要保护这个人,而不是担心肖听了这些话会感觉受到侮辱,"不过是一些自言自语。"

肖想表现自己在竞选中一贯强硬的作风:"他想说什么就说什么,我不会介意的,说吧,他说的是什么?"

乌苏拉犹豫了起来,她看向刘易斯,征求他的许可。

"我认为应该让部长听一听他的说法,这很重要。"刘易斯说。

"他说:'不要再像对待罪犯一样对待我们。'还有……'回英国去吧。'"

"我猜他的语气可能还要强烈一点儿吧……"

刘易斯忍住没有笑,他朝乌苏拉点了点头,让她完整地翻译出来。

"他说的话大致可以翻译为'滚回英国去'。"

刘易斯开车将乌苏拉送回家时,他对路面上的状况没有太在意,他满脑子都是自己本来想对肖说的话。

"谢谢您。"她说。

"为什么谢我?"

"因为您把难以说出口的话讲了出来。"

"我说得还不够多,根本没能把我的意思说明白。我本来有机会做一点儿改变的。现在他要回伦敦了,没人会知道这里的情况是多么糟糕。"

"您对自己的要求太严苛了。"

"我是个傻瓜,我没能抓住机会。"

"您不可能每件事都做到。"

这句话听起来像是一句指责。前方有一辆被遗弃的卡车弯折成两段,倒在路边,它的前部堆在人行道上,事故留下的痕迹已经被刚下的雪覆盖了。他们经过这里时,刘易斯看见有身影正从驾驶室里匆忙向外跑,手里紧紧地抓着什么东西。他假装没有看到。

"您不用一路将我送到这里。"

"我不会让你在这片地方步行的。"

"可是这和您要去的方向是相反的。"

"这是我必须做的。"

车内暖气很足,热乎乎的气流从刘易斯双腿的上方涌出来,暖意向上包围了他的胸膛。他的指尖感到了微微的刺痛，因为血液重新开始循环。温度上升后，潮湿的毛衣味、烟草味和乌苏拉身上亚麻布的味道混合在一起，充斥在车里。

"他们给您取的外号叫什么？汉堡的劳伦斯？这个称号是好的还是坏的？"

"这取决于谁来称呼。"

这个外号是巴克给他取的，当时刘易斯没有反对，它暗地里满足了他的一点儿虚荣心。"这个名字指的是 T. E. 劳伦斯。阿拉伯的劳伦斯。"

乌苏拉没有听说过这个人。

"他是一名与部队生活格格不入的英军中尉。第一次世界大战时期驻守在埃及。他知识渊博，而且懂得与当地人交流——贝都因人。他写了一本书，名叫《智慧七柱》。对我来说，这本书就像是《圣经》，我走到哪里就带到哪里。巴克有时会叫我劳伦斯，办公室里的人一定是无意中听到了他这么叫我。"

"我对这个人物很感兴趣。"

"他总是挑战当权者，捍卫当地人民的权利。军方认为他傲慢无礼。他选择站在当地人那一边，而不是自己人这一边，因此令他们怀恨在心。我可以把我的那本书借给你看。是签名本。我曾经与劳伦斯有过一面之缘。在一场军方的社交聚会上。"

"他是什么样的？"

"他看上去似乎很想离开会场，到别的地方去。"

"所以你也会选择站在当地人这一边？"

"这算是一种常见的评价了，就连我妻子也经常这么说。"

汽车在路上制造出来的噪音由一阵猛烈的晃动变为压抑的碾轧声，刘易斯感觉方向盘的振动柔和了下来。一提到蕾切尔，他抓着方向盘的手就更紧了。

"我觉得她非常勇敢,能与——那家德国人共用这所房子。没有多少人能够做到这一点。"

刘易斯知道这是实话,但他并没有把蕾切尔的做法看成是勇敢的表现。

"她……安顿下来了吗?"

安顿。用到了这个词。

"我觉得她……差不多快适应了。她不是……她还没有……完全恢复。她花了很长时间才承受住了我们的丧子之痛。"

刘易斯了解到乌苏拉也失去了丈夫之后,就将迈克的死原原本本地告诉了她。这感觉像是进行了一场公平的交换——死去的丈夫换死去的儿子——但是他没有说得很详细。他也不愿细说。

"我想我会觉得这么做很为难,和我曾经的敌人住在一起。当我为儿子的死而责怪他们的时候,我的丈夫却在为这帮敌人操心。这太令人为难了。"

她透过这些只言片语就能得出这样的结论。她怎么这么快就看明白了?

"是的。可是……她必须……"刘易斯住了口,他已经说得太多了。

"必须?"

"她……我本来希望时间能……她或许能振作起来。"

"为什么?时间什么都做不了。"

刘易斯对此无言以对。

"儿子的死是无法被治愈的。"乌苏拉说。

刘易斯呼出了长长的一口气,挡风玻璃内侧被蒙上了一层水汽。他向前伸手用手套将它擦干净。

"这天气真是不像话。"他说。

乌苏拉听出了他的言外之意。"对不起,这不是我该插嘴的事情。"

"不,没有,没关系。"

一阵短暂的沉默。

"您还有一个儿子,是吗?"

"是的。"

"他是什么样的?"

一想起艾德蒙,刘易斯露出了微笑。他很喜欢这孩子,想更多地了解他。但是他对他儿子其实是缺乏了解的,这让他无能为力,无法开口。

"他是……一个好孩子……"

方向盘忽然在他手中被猛地扯了一下,先是往顺时针方向一晃,接着又往逆时针方向一晃,就好像有一个喝醉了酒的幽灵司机在控制它一样。等刘易斯重新掌握住方向盘的时候,车已经滑到了路边,看似镇定而优雅地转了一个圈。他没有竭力去阻止它的滑动,而是让它沿路漂移过去,随它自己停下来。他听到自己的声音在某个地方响起:"当心!"他伸出僵硬的右臂,将乌苏拉拦腰护在那里,直到汽车在漂移了很长一段之后平和而悄无声息地停了下来。虽然车已经停了,他的手臂还保持着横在她面前的姿势,在一秒钟不到的瞬间,他抑制住了自己想抽回手的本能。

"我不知道这是怎么回事,"他说,"只不过……这个车轮只是……"

他的手臂还拦在那里,像一道屏障,却不再提供保护了。他盯着那只手,等待她来做些什么。她把自己的左手放在他的前臂上,推开了它。

187

"抱歉，这个……"

"没事的，上校，这种错误难免发生。"

汽车在刚才的漂移中彻底被卡住了。刘易斯决定送乌苏拉回家后，自己到位于处女堤的军官俱乐部去找辆车回家，再让工程兵有空时去把这辆车挖出来。他很想找根烟抽，可是连汽车扶手处的储物箱里都是空的。

"我送你回家。"

"您不用这样，上校。"

"没关系。"

在城市这个古老而完整的街区里，他们沿着荒芜的新石径路往前走，刘易斯因为自己刚才的不当举动而感到十分尴尬，他的脚步也随之变得有些急促。

蕾切尔总是调侃他在异性面前太过忠厚。这是他离开家以后最好的防御：他这种单纯的忠贞能让他在面对其他人都扛不住的诱惑时不为所动。那点风流韵事在他的战友们中间是很常见的，大家对彼此的艳遇都是睁一只眼闭一只眼。这样的诱惑往往会让最为理智的人也深陷其中，有时甚至身败名裂。而他就从来没有为此烦恼过。他曾经怀疑自己是不是这方面有毛病。在不来梅的一个晚上，他当时的副指挥官布莱克摩尔还骂他是"没种的僧人"。那时正是战争结束的头几个星期，各种狂欢活动都变成了一场场纵欲的聚会，全军上下的军人们纷纷和当地的德国女孩结对去鬼混。他不得不把这位刚刚结婚的上尉从一个酒吧女郎的温柔乡里拉出来。"你就是个浑蛋没种的僧人，摩根。你这个没种的僧人。"他骂骂咧咧道，而刘易斯就站在门边等着他这位副指挥穿上衣服。"我是说,你看看她! 你怎么忍得住？你不想要吗？"躺在那里的姑娘一只腿横在床单上，筋疲力尽地陷入沉沉的睡眠中。她浑身洁白而柔软，非常诱人，但是不，他不想要。并不是因为像布莱克摩尔说的那样，他缺乏血性或者自控力过强。他真的只会对他的妻子露出那种渴望的目光。可现在，他看着乌苏拉像羚羊一样跳了几步，想避开比较深的那几片积雪，防止自己陷进去，他担心自己的这层防御是否靠得住。他会注意她的一些细节——细微的动作和细微的表情——他从来没想过会在蕾切尔之外的任何人身上注意到这些。这些观察清晰而敏锐，细致入微。就像一副眼镜暴露了一个长期近视的人。如果蕾切尔正从一个壁龛中注视着这一切，她会看出什么呢？她看到的会是一个英国军官的正派行为，还是一个丈夫正犹豫地想迈开出轨的第一步？他知道布莱克摩尔会怎么想——实际上，总部里有一半人都会这么想——但是他自己是怎么想的呢？他真的只是想送他的翻译回家，还是在用他这种殷勤的决定来掩饰自己不那么绅士的企图？寒冷的天气让他的思维像猴子一样上蹿下跳，而他的理智也变得如同一头野兽一般狂乱。

他们来到一幢六层楼的宅邸门口，对面是一座古老的商贸屋。乌苏拉开始在她的手提包里找钥匙。

"这是我姨妈家的房子。"

当然。她和她姨妈一起住。这就是为什么她逃离俄国人之后会来到汉堡。

"我本来想请您进去喝杯咖啡的，但是我姨妈话太多了。"

"这样……就很好。我也没打算喝咖啡。"

"谢谢您送我回家。明天办公室见。如果天气允许的话。"

"好的。如果天气允许的话。"

蕾切尔躺在床上，一遍又一遍地回想她和鲁伯特的争吵，每句话都记得清清楚楚，一直到他吻她的那一刻。尽管这个吻令她震惊，但她并没有感到被冒犯了。这其中还有些讨人喜欢的地方：他微微避开了她的嘴唇，还有他孩子气地以为自己的脸会挨巴掌。她对自己这么快就决定与他休战而感到惊讶，但是自那以后她心里一直不太平静。她想问他为什么要提关于她的那些事：她的过往，她的失去，她的婚姻。对于她的状况，他的描述基本准确，这让她感到不安。这种被人理解的感觉是她一开始没有意识到的。

"我要是那时认识你，会更喜欢你……现在的你和从前的你不太一样了。""和从前不太一样了。"自从迈克死后，刘易斯也这样对她说过很多次，艾德蒙一定是从他爸爸那里听到了这句话。刘易斯并没有责备的意思——就算有什么想法，他也只是想鼓励她——但这其中也暗含着一种渴求，一种希望，想要她变回过去那个让他爱起来没那么费劲的人。变回轰炸前她曾经的样子，那个"过去的自己"不会去纠结自己是不是真的"自己"，是不是过得快乐，是不是想做爱。但她回不去了。那份纯真已经随风而逝。那枚炸弹让她消失了，她不知道自己是否还能变回原来的那个人。如果刘易斯不明白这一点，那么他就永远都帮不了她。她问过他："你以前爱我哪一点，卢[1]？"而他只是回答："我就是爱你，蕾琪。我说不清楚。"如果她想痊愈，她就需要有人能解释清楚这一切。

她在身旁宽敞的空间里伸展臂膀。这里是冰凉的，空荡荡的，虽然她已经习惯了独自躺在床上，可刘易斯温暖的身体本来应该在这里。然而她的手摸索到他的睡衣整齐地叠放在他的枕头下面，确认了他并不在。她摸到了维耶勒法兰绒和细绳式的领带。他们结婚的第一年都是光着身子上床的，甚至冬天也是如此。那时他们之间没有障碍，也不会害羞。当然，他们拥有年轻的力量，还

---

1. 刘易斯的昵称。

有一尘不染的过去所带来的信心和自由,但是这么多年过去了,岁月一层层地覆盖和堆积了起来。自从穿上厚重的丧服为迈克的死服丧之后,她都不知道自己是不是还能将它们脱下来。

她坐了起来。房子里的某个地方亮着灯,透过窗帘照亮了一小块地板。她打开床头灯,忽然有一种强烈的冲动,想给自己倒一杯热牛奶,这是战争期间刘易斯不在家时她养成的习惯。

她聆听着夜晚。万籁寂静,只有电暖气发出的滴滴答答的声响。她终于还是下了床,走过去,透过窗帘朝外望去。楼下有一盏灯是亮的。也许刘易斯回来了,正在享受夜间小酌。她把脚伸进拖鞋里,披上睡衣外套,准备过去瞧一瞧。

大厅壁炉的炉架上只剩一片橘黄色的余烬在闪烁着。她抬头看了看那幅引发争议的裸体少女画像,想到自己竟然在伯纳姆夫人的精神操控下说出了那样的话,她觉得惭愧而愤怒。要是按她自己的喜好来看,蕾切尔很欣赏这幅画:它非常别致——优美而没有任何恶意,全部都是用最轻盈的笔触完成的。或许她可以问一问鲁伯特先生这幅画背后的故事,以示自己的态度。然后,她还可以问一问他的生平故事。

起居室的灯是亮着的,她进了房间,本以为会看到刘易斯一边喝着威士忌,一边靠在密斯·凡·德·罗的作品上,然而房间里并没有人。

她来到凸窗边俯视后院的草坪,草地微微向下面的河流倾斜。河上闪烁着点点灯光,雪还在下个不停。蕾切尔望着易北河发呆,她看不清整条河,却知道它就在那里,流向英格兰,而这个国家的样子,她发现自己已经越来越想不起来了。

草坪上有什么东西在移动。它的个头接近一头鹿或是一只大狗,但身体伏得很低,又不太像其中的任何一个,而且它有一条打着卷的粗尾巴，足有一只手臂那么长。她关上灯，想看得更清楚些，原来那是一只巨大的黑猫，正在冷漠地散着步，穿过了那片被雪覆盖的草坪——不是狗，也不是鹿，而是一只猫——它这么大的个头，都快赶上一只猎豹，甚至是一头小母狮了，它看上去懒洋洋的，一副漠不关心的样子。它本不该出现在这里，可它却来了，看上去就像在自己家里一样自在，仿佛这就是它天然的栖息之所。

"等等，"蕾切尔说，"回来。"她想让这只猫停下来——想确定一下它是不是那个她自认为看清楚了的动物。她想让它停下来，回应她的注视，想让它转过来，与她的眼睛对视，能给她一个意味深长的眼神，留下一个征兆，但是这动物继续往前走，没有回头看一眼就消失在夜色中了。

第八章

鲁伯特和弗里达晚饭吃了煮鸡蛋和黑面包，面包上抹了彼得森和乔纳森牌人造黄油。鲁伯特对人的适应能力而感到惊讶——其实是对他自己——能够适应恶化的条件，还能相应地调整期待。即使在战时绝望的最后一年，这样一顿饭都堪称难吃，而如今他每一口都吃得津津有味。连彼得森牌人造黄油那滑腻的口感尝起来都不错。

"弗里达？能把黄油递给我吗？"

弗里达把陶瓷罐从桌子上推过去，然后继续用面包蘸了蘸煮鸡蛋稀薄的一端，她坐在那里，缩成一团，她的前额油乎乎的，长出了一两颗青春痘，她的辫子和双手依然沾满了废墟上的灰尘。她在吃饭时保持沉默已经成了常态，于是鲁伯特只好埋头阅读——克劳迪娅讨厌他这样做，这又是一个迹象，说明他已故妻子的影响正在减弱。"斯特凡，你不和我们一起用餐吗？"饭吃到一半时，她常常会这么问，而他则是身在桌边，心思却不在，因为他正在聚精会神地读报纸。"一帮人争吵不休的世界难道比我还有意思吗？"

《世界报》被摊开放在他的饭菜下方，打开的那一页上有一篇报道，是关于英国占领区内难民营里居住的德国人数量的。自从鲁莽地吻了摩根夫人以后，他似乎就在等着让他们离开的通知。虽然她很快就原谅了他，但他能感觉到某种后果正在楼下的房间里酝酿着。也许他和他女儿一样，只是他不愿意承认罢了。他们都任性顽固，不计后果。而且，和她一样，他对自己的行为一点儿也不觉得后悔。

"有一天晚上，我看到有人试图闯入彼得森家的房子，"鲁伯特对弗里达说，想起克劳迪娅总是鼓励他要努力与他女儿沟通，"我本来打算制止他，但后来我一想，不，他们使用这房子也没什么不好。让这些房子全都空着的做法很不像话。毫无意义可言。"

弗里达继续吃饭，压根没有看他。

"可怜的彼得森。"他一边说，一边往黑面包上又抹了一些黄油。如果说他们不得不在格里塔的旧厨房里吃饭是生活质量的下降，那么想想他的邻居正身处某个难民房中艰难度日，就可以换个角度重获生活的希望。那位黄油巨头曾经拥有一辆劳斯莱斯、一匹赛马和一艘巨大的帆船，他常常坐船在易北河上来回兜风，就像冯·施佩将军[1]一样。他的宅邸是易北大道上第一个被征用的，连同他的船、车、马，还有他的自尊心，都被拿走了。他屈辱地住进了位于汉姆的尼森小屋，而他的家在被征用了九个月之后依然是空着的，英国人没有安排入住，或者说他们把这事给忘记了。

"你在废墟那边的工作怎么样？"

"非常艰苦。"

"你妈妈会为你而骄傲的。"

"你忘了吗？她死了。"

"我没忘记这个，弗里迪。我怎么会忘记呢？我知道我找了她

---

[1] 马克西米利安·冯·施佩（Maximilian von Spee，1861—1914），第一次世界大战时著名的德国海军将领。

好几个月,那时我无法接受这个事实。但是我现在接受了。"

他想接近女儿的努力只进行到了这一步就碰了壁。这里有一条他无法再深挖的裂痕,是她全部怒气的坚实基础。再深入挖掘下去也没有任何意义,这时一声敲门声救了场。

"请进。"鲁伯特说,以为来的是海克。

蕾切尔来了。鲁伯特站了起来,与其说是出于礼貌,不如说是因为突然而来的紧张。这一刻肯定要到来了。据他所知,这是蕾切尔第一次上楼来到他们的住处。也许上校正在楼下等着与他说话。他们会先聊聊天气,然后他会向鲁伯特提出决斗。

"摩根夫人。"

蕾切尔很快地——满怀尊敬地——打量了一眼他们周围这个简陋的小厨房,计算了一下和她自己的厨房相比的建筑面积。

"我找到了这个——在一个抽屉里,"她说,"我想我应该把它物归原主。"她拿出克劳迪娅的石榴石项链。

鲁伯特接过它,当他感受到项链的重量,听到清脆的声响时,一抹记忆闪现了出来。这是他在追求克劳迪娅的时候为她买的,他很紧张,担心它配不上她自己家传的华丽衣饰。而她看到它时溢于言表的欣喜之情驱散了他的惶恐不安,也证实了他所抱的希望,那就是她不在乎贫富。

"谢谢你,摩根夫人。弗里达,这个应该属于你。"他把项链递给他的女儿。弗里达接过它,一言不发地把它装在了外衫的口袋里。

蕾切尔又直接对弗里达说道:"我还想问问,弗里达,你愿不愿意打理一下头发。我们……我请了一个发型师明天到家里来。"

蕾切尔看着鲁伯特,希望他能翻译一下。

"弗里迪,"他用德语说道,"摩根夫人非常友好地邀请你打理头发,你愿意吗?"

"我头发有什么不好吗?"

"没有,只是……觉得这样可能会好看一点儿……对于年轻女孩来说。这是……一个好心的邀请。"

蕾切尔似乎感觉到了弗里达的不自在。"如果你愿意的话……"她转身面对鲁伯特,"她不用现在就给我回复。雷内特明天才来,如果她愿意的话,明天下午直接过去就行了。"

蕾切尔今天看上去非常不一样,鲁伯特心想。她已经抛下那副坚硬的外壳了。

"谢谢。弗里达?"

"谢谢。"

这句话虽然说得含糊不清,但也算是道了谢。

骨架先生迟到了。可能是天气的缘故,但以前柯尼格先生从来不会因此受阻。可能是他虚弱的胸腔——他说自己因为肺部易受损伤而没能加入纳粹国防军——虽然最近几周他看上去都还行:不再像平时那样面色苍白了,多了几分红润,不再是与艾德蒙第一次见面时那副衰老的样子了。海克端来的蛋糕和牛奶,还有艾德蒙给他递过去的巧克力让他的体力恢复了起来。他开始在课前把大衣脱掉,他甚至还开始谈论自己的愿望。

艾德蒙像一个警醒的哨兵一样紧盯着门口,等待一个黑色的身影打破白色的风景。他不耐烦地等着他的家庭教师上门。今天是他们圣诞节前的最后一次课,他准备提前给柯尼格一个惊喜的礼物。四百根香烟可以换到一张清白证,然后他就能获得自由,并且与他的兄弟在威斯康星州会合,从此开始崭新的生活,还能开上有着扩音喇叭的别克车。一开始柯尼格先生拒绝了艾德蒙提供的帮助，后来他改变了主意，他说如果这位'汉堡的罗宾汉'能帮助他抵达美国，那他将感激不尽（只要他不对任何人提起）。听到自己被比作了英国最伟大的侠盗，这种恭维对于艾德蒙来说非常受用，他的小偷小摸也变得更加大胆：为流浪儿们拿香烟已经被证明了并非难事，他只完成了两次行动，就得到了他的老师需要的东西。整整四百根——装在他用来放玩具的医务包里被偷运到了楼下——现在就放在柯尼格的空椅子脚下。

海克端着一块蛋糕和一杯牛奶进来了——而柯尼格先生还没有到。

"你好，艾德蒙。"

"你好，海克。"

随着艾德蒙的德语不断进步，他们两个会相互亲昵地说说悄悄话，这样问候始于艾德蒙最初那句有语病的话。

"今天你还好吗？"

"今天我很好。"

"你是个很美味的姑娘。"

"那你就是个很美味的男孩。"

她把盘子放在咖啡桌上。

"柯尼格先生去哪里了？"

艾德蒙耸了耸肩。

海克走到窗帘边，向窗外望过去，她的双脚很危险地靠近了艾德蒙那堆改变人生的礼物。她稍微模仿了一下柯尼格先生的样子，把双手举起来，变成了爪子，又学着老鼠的样子皱起她的嘴和鼻子："也许……他还待在地底下呢！"在任何语境里，这个女仆的样子都很有喜感，艾德蒙咯咯地笑出了声，虽然他感觉这样对他的家庭教师有点不太尊重。海克在房间里到处嗅了嗅，她的目光落在艾德蒙的书上:"这是什么?"

艾德蒙低头看了看这本《格列佛游记》的德语版绘本,那是鲁伯特借给他的,柯尼格先生让他大声朗读出来。他给她展示了自己最喜欢的一张彩图:格列佛被矮人国的人钉在了地上。

海克惊讶地看着它,"读两句给我听听吧……"她提出来。

艾德蒙打开书,随便翻到了一页,然后用自信而流利的德语念道:"这让我想起了我们英国姑娘们漂亮的皮肤,我们觉得她们漂亮,只是因为她们和我们个头一样,我们不会用放大镜去看她们的缺陷,不会通过实验发现那些最为光洁和白皙的皮肤看上去又粗又糙,颜色也很难看。"

"英国姑娘的皮肤最好,"海克说,"看看你妈妈。她的皮肤就很美。"

艾德蒙点点头,虽然他从来没有考虑过他妈妈的皮肤美不美,对于英国女人和德国女人也没有进行过充分比较,所以一无所知。

海克越过壁炉架看着镜子中自己的皮肤,把下巴扭到这边再扭到那边,轻轻拍打着自己的面颊,寻找脸上的瑕疵。"很多男人都赞美过我的皮肤。有的人说它看上去像桃子一样。你觉得它像桃子吗,艾德蒙?"

艾德蒙不太确定"桃子"这个词的意思,但是海克模仿了一个吃水果的动作,他一下子就明白了。

"你喜欢我的皮肤吗?"

艾德蒙耸了耸肩。

"真是个没礼貌的英国男孩,"她说,"你以为我没有追求者吗?"

艾德蒙也不懂这个词:"追求者"。不过海克继续说了下去,分享了更多的秘密。

"我的约瑟夫去东部前线了。他再也没有回来。也许我应该去找个英国人。你觉得我应该嫁个英国人吗?你怎么看,艾德蒙?"

她是在让他去娶她吗?他又耸了耸肩。

海克竖起一根手指,假装警告他:"不许碰柯尼格先生的蛋糕!"她又做了个老鼠鬼脸,然后就离开房间了。

艾德蒙盯着那块蛋糕和那杯牛奶,它们没有勾起他的胃口,只是让他感到难过。每当柯尼格先生喝牛奶吃蛋糕的时候,艾德蒙都会看向别处或者埋头看书。一半是出于尊重——这本就是一个私人时刻,不该被人盯着——不过也是因为他注意到了这位家庭教师的吃相不佳,他咀嚼的时候会发出声音,那种细碎的咯吱咯吱声,他会收集蛋糕屑,会用沾上了牛奶的嘴唇舔来舔去,发出难听的声音,就像把一件粗羊毛套头衫在一面涂了油漆的墙上来回摩擦一样。

时钟嘀嘀嗒嗒地走着,这嘀嗒声被放大成了一个恼人的声音"柯——尼格,柯——尼格,柯——尼格"。几分钟后,艾德蒙放下书,来到窗边。

"柯——尼格,柯——尼格,柯——尼格——你去哪里了?"

还是不见他的人影,不过艾德蒙望着大门的时候,他爸爸的梅赛德斯出现了,它沿着车道驶来,像一艘黑色的船在南极洲的海水里破冰而行。他爸爸从来没有在白天回过家,实际上他每天早饭前就出门了,太阳落山后才回来,他很有可能一直都习惯夜间活动。他这么早回家干什么?也许是他半路捎上了柯尼格先生?

可是从车里出来的只有他爸爸一个人,他弯腰向后探身到车里拿出了他的公文包和一份文件。然后他做了一个古怪的动作,他没有直接爬上通往门口的台阶,而是站在那里看着这座房子,似乎在思考什么重要问题。接着他深吸了一口气,从他呼出的水汽可以明显看出他的一声叹息有多大。他慢慢地走上楼梯,从前门进来,随着他离书房越来越近,他那钉着钢片的鞋跟发出了越来越响的声音。艾德蒙看着那包战利品,来不及将它藏起来了。他爸爸已经站在了门口。

"你好,艾德。"

"你好,爸爸。"

他的爸爸露出了一个微笑,笑意却没有出现在他的眼睛里。他在身后关上门,走到柯尼格先生的椅子旁边,坐了下来。他朝儿子的方向前倾过去,点了一根烟,呼出一口烟雾。他的动作精准而讲究,如此熟练,毫不费力。艾德蒙把这些都看在眼里:他吐出一口烟时就会咬住自己的上唇,他会挠一挠手背,不会用拇指去扶住香烟。他爸爸看起来和蔼可亲,比他妈妈更容易模仿,他妈妈则复杂多了,像一只变色龙。不过今天他爸爸看上去比往常要更严肃一点儿。他是察觉到什么事情了吗?他爸爸很少对他发脾气,因为他长期不在身边,事实上艾德蒙这辈子受到的所有管教都来自他妈妈,也就是说,艾德蒙想不出他爸爸教训过他的先例。尽管如此,他还是很确定,他马上就要挨骂了。

"你还好吗?"他爸爸问。

艾德蒙点了点头。

"好,那就好。"

他爸爸看上去不像是生气了,但是他的表情像是有什么难以开口的事情要说。艾德蒙忽然想起那时候他让自己坐下"谈一谈"迈克的死。那次的交谈是这样的:

"你还好吗?"

点头。

"好,那就好。那么,如果你想……如果你需要谈一谈……任何事情……就告诉我。"

一个耸肩。一个点头。谈话结束。

他爸爸现在看着他的样子几乎和那时一模一样。

"恐怕柯尼格先生今天来不了了，"刘易斯说，"他再也不会来了。他遇到了麻烦。"

"都是我的错……"艾德蒙脱口而出。

"什么？"

"我让他去美国。"

他爸爸看上去很困惑。

"我……想帮助他。开始新生活。"

四百根香烟形成了内疚的巨大包袱，这份心情就要透过医务包燃烧起来了，或者将它变成透明的。他爸爸顺着艾德蒙的目光看过去。

"包里有什么东西吗？是给柯尼格先生的？"

艾德蒙点了点头。

刘易斯探过身，把香烟叼在嘴里，在烟雾中眯起眼睛，打开了包。

"妈妈说你正在戒烟。我以为你不需要那么多。"

刘易斯打量着这些战利品。"我说它们都到哪里去了呢。"

"他需要四百根才能换一张清白证。"

"四百根？"

"四百根换清白证。两百根换通行证。五百根换一辆自行车。"

"你从哪里听来的这些事情，艾德？"他爸爸似乎被逗乐了——几乎被打动了。

"从……我朋友那里。他们住在草场那头，那些没有妈妈的孩子。"

"你也一直在——'帮助'他们吗？"

艾德蒙羞愧地低下了头，声音也变小了。他那句"是的"几乎都听不见了。他定期给厄齐送去补给，在过去的两个月中，差不多已经运去了好几十包香烟。

"我只是在做你以前做过的事情。"

刘易斯把烟按在桌上一个缟玛瑙的烟灰缸里熄灭。"给予是善举。但偷盗不是，艾德。即使你是在帮助他人，这也不是最好的方式。你应该来征求我的意见。"

艾德蒙点了点头。他难过地承受着父亲的失望。他用一只拇指的指甲在另一只的背面上下摩擦，以此来压制自己的情绪。他无法抬眼去看他爸爸，担心自己会哭出来。他可不能哭。

"不管怎么说，幸好你没有把它们交给柯尼格先生。他并非他看上去的那样。他不是校长。他是纳粹特别警察中的一员。"

"可是他无法参战。他的胸部很虚弱。我能听见他呼呼的喘气声。整堂课都会喘。他不喜欢希特勒。他甚至都没有提过他。"

"别说了。"

"可是……我不明白。你确定吗？他看上去不是坏人。"

"人不可貌相，艾德。有时候……人们身上的邪恶……埋得非常深。"

艾德蒙感觉心里出现了一个空洞。不管他的家庭教师犯下了多么穷凶极恶的罪行，他依然对于不能再见到后者而感到伤心，也为对方永远无法在威斯康星州开始新生活而感到难过。这种感觉比被骗的感觉还要糟糕。

"会怎么处置他？"

他爸爸挠了挠手背上深色的汗毛："他会被关进监狱。"

蛋糕和牛奶看上去很寂寞。柯尼格再也不会吃下这块蛋糕，也不会来喝掉这杯牛奶了。艾德蒙开始用指甲去抠那本《格列佛游记》的封面。

"你是大头派还是小头派?"他爸爸问。

艾德蒙耸了耸肩。他知道他爸爸指的书中小人国里两派人之间发生的战争,一派人吃煮鸡蛋时从大头的一端开始,而另一派人则从小头的一端开始,不过他无法轻松地回答这个问题。

"我想我们可以请鲁伯特先生来指导你的功课——至少在我们找到来接替的家庭教师之前。"

艾德蒙正在回忆他与柯尼格相处的每个时刻,想从中看出他以前没发现的蛛丝马迹,这样自己才能在这个可怕的真相之下重新对他做出评价。"他真的不像是一个坏人。"他又说了一遍。

"我也以为他是个好人。我相信了他的话。我错了。但这并不是说你不能信任别人。有时候我们不得不信任坏人,为了帮助他们。即使他们背叛了这份信任。"

"对不起,我拿了那些香烟。"

他爸爸点点头。

"你会怎么处置它们?"艾德蒙问。

"嗯,我会把它们拿来抽掉。"

艾德蒙使劲盯着那个包:"我能把它们……拿给我的朋友们吗?他们可以用这些去换吃的。"

"他们应该去难民营领食物。你的朋友们住在哪里?"

"我也不确定。他们似乎就在附近游荡。"

"都是孤儿?"

艾德蒙点了点头。

"他们一共有多少人?"他爸爸看上去很好奇,并没有生气。

"六七个吧,我觉得。"

他爸爸盯着那个包看了很长时间。他又轻轻地晃起腿了,每当他在思考问题的时候,他都会这么做,接着他把它推过地板送到艾德蒙面前。

"一定让他们不要一次全用光了。"

刘易斯走进餐厅的时候,蕾切尔正在填写最后一张席位卡。她写下名字——伯纳姆少校——用她流畅的连笔字,然后将这张卡对折,放在了她身边的座位上。

"你觉得怎么样?"她问他。

"很漂亮,"刘易斯说,"这个发型和你很配。"

"我问的是桌子——不过还是谢谢了。"她摸了摸自己的卷发,"我让雷内特给好几个人都做了头发。她给我打理好以后,我让她给海克也理了一下,然后她还给弗里达也理了。不过弗里达是劝了半天才答应的。"

"鲁伯特先生会感激你的。"

"是的。"

"这些小事都会有用的。我想弗里达一定会记着的。"

蕾切尔已经被感动了,她看到雷内特把手放在弗里达的肩膀上,还柔声细语地分散她的注意力,然后解开她紧紧缠绕在一起的发辫,抚平她的头发,用梳子往下梳,一直梳到弗里达的腰间。"天哪,天哪,看看这是谁?像维罗妮卡·莱克[1]一样美。"她说。

"看。"蕾切尔说,从桌子前往后退了一步。

刘易斯看了它一眼。这张桌子可以供八个人入座,桌上装备非常齐全:来自皇家部队的灰绿色韦奇伍德陶瓷餐具,他妈妈留下的银色枝状大烛台(他们家唯一的银器),绘有伦敦地标建筑

---

1. 美国电影演员,海报女郎。

的餐具垫,其中鲁伯特家的仿水晶酒杯将这里的所有物品衬托得熠熠生辉。这些高脚杯曾经被用来敬过什么样的酒?它们的表面折射过怎样满怀希望的面孔?令他感到欣慰的是,蕾切尔恢复了她的旧习惯,用白色的卡片做成标了名字的客人席位卡,每位女客的名字旁边都画上了一朵小花图案,各不相同,男客则是交叉的宝剑或者步枪。

"看上去相当不错。"他说,心里却想到几英里外有人在忍饥挨饿,但他压下了这个念头。再说,这个宴会有一部分是他的主意,这是他交给蕾切尔的一个挑战,她已经接受了。有这项任务要完成,她恢复了活力,而刘易斯看着她时,也感受到了往日的兴致。

"苏珊一定要坐在你旁边,所以,为了对称,我会坐在伯纳姆少校旁边。我会把艾略特太太放在中间,在汤普森上尉的旁边,少校的另一边。你觉得他们能相处吗?"

"就像房子着火了一样吧。"

"你不会打算和他有什么争执吧,刘易斯?苏珊说你们两个之间有一些意见不合。"

"我会好好表现的。"

"你们可以随便聊聊:板球,天气,甚至是政治话题。就是别谈工作。别冲动。求你了,卢。就算是为了我?"

她身上有什么东西不一样了:自从那场风暴之后,她已经适应了家中女主人的角色。仆人们也都很尊重她,这样就更好了。她早上去和"船上姐妹"一起享受了咖啡时光,那些在"帝国哈拉戴尔"号上相识的女人就是这样称呼自己的。闺密之间的亲密称呼又重新流行了起来。

"这样合适吗?看上去不太好。"

蕾切尔开始往配菜盘上放席位卡,她围着桌子放了一半又停了下来。"名字放在配菜盘上还是放在餐具垫上呢?"

"不会有人在意这些的。"

"这些都是总督夫人应该知道的事情。不然西莉亚就会有话说了。她说我什么来着……在早上喝咖啡的时候?噢对了,我说'请再说一遍',她说,'你该说"什么?"而不是"请再说一遍"。'"蕾切尔模仿汤普森夫人响亮地哼了一声。"然后她还提到了晚宴上绿叶菜的事情。'那不叫绿叶菜,'她说,'那叫蔬菜,亲爱的。'"

蕾切尔原路折回,把席位卡从配菜盘里移到了餐具垫上。刘易斯把他自己的席位卡从盘子里移到垫子上时,发现她把他最喜欢的那张给了他,上面画着在林荫路上前行的部队。他看着这张手工制作的卡片和上面精心绘制的两支交叉的步枪。

"你把枪交给我了。"

"难道你更喜欢花吗?"

她这个调侃的问句和随之而展露的神态意外地带上了一些调情的意味。

"好了。现在,你觉得怎么样?说实话?"

"我觉得"——这回他想找一个比"相当不错"更好的词——"这看上去棒极了。"

他碰了碰她的肩膀,惊讶地发现自己的手被握住了。他可能永远也无法透彻地解读蕾切尔这样的女人,但他不需要布莱切利庄园[1]的解码员来破译这个密码。

"我们要不要?"

"那就快一点儿。"

"艾德怎么办?"

---

1. 位于英国布莱切利小镇内的宅邸,第二次世界大战期间,曾是英国政府进行密码解读的主要场所。

"我不理他了,以示惩罚。"

"为什么?"

"他最近总是很晚回家,和当地的小孩一起玩耍。没关系的,我们已经谈过了,这一个礼拜他都得早早睡觉。"

海克走进房间,行了一个屈膝礼,眼睛一直朝下盯着地板,她知道自己打扰了两人的亲密时刻。

"请您接电话,摩根先生。"

"谢谢,海克。"刘易斯等着女仆离开。

"会是谁打来的?"蕾切尔问。

刘易斯叹了一口气。他知道这个电话接的是军用交换机的分机,它收到的电话只可能来自一个地方:他的总部。而且只可能有一种来电:紧急来电。

"你要去接这个电话吗?"

这种感觉就像被两匹马拉着:一边是任劳任怨的驮马,代表着责任,另一边则是跳脱善变的阿拉伯马,代表着欲望。

"你继续收拾,我马上就回来。"

几分钟后,他看到蕾切尔站在浴室的镜子前,只穿着短衬裤,她正在裸露的胸前试戴一条项链。"你最好把门锁上。"她说。

他关上了门,但是没有上锁。

"出了什么事吗?"她看着他,问道。

"工厂里发生了暴动。"

"噢。"

"有人被枪击了。"

"可是……刘易斯,你现在不能离开。还有一小时左右,客人们就到了。"

"亲爱的,对不起。我会尽可能赶回来的……在今天晚上结束之前。"

她把沉重的项链扔在水池上,用右手挡在了胸前。

"你走吧。去拯救德国吧。"她说这话的时候,又露出了以前那种疲惫的神情,她没有生气,只是感到无可奈何。接着,她依然将右手臂挡在胸前,冷漠地朝他挥了挥手,让他离开,自己转过身去。

蕾切尔穿着缀有亮片的孔雀蓝低领晚礼服在前门迎接客人。她在战前受邀出席任何晚间聚会的时候,这套衣服从来没有被超越过。她把头发盘了起来,衬托出脖子和下巴的轮廓,那条青金石项链让她的其他优点也变得引人注目。她这么打扮就是为了消灭脑海里的声音,向客人们展示自己充满活力,即使丈夫不在身边,也完全有能力办好这场宴会。她才三十九岁。她还没有被打败。

苏珊·伯纳姆还没有脱下大衣,就承认自己被打败了。

"蕾切尔·摩根,你为我们准备得太丰盛了!"她拿过一份乳脂松糕,装在一个厚重的雕花玻璃碗中。"这里的雪利酒都足够再单独开一场酒会了。别让我忘记之后还要喝一杯。"

"你看上去……很有托尔斯泰的风格。"

"这话我听了很受用,帕梅拉。你看上去也很美,你们两个都是。"

客人们把外套都交给了理查德以后,她轻快地宣布:"刚才出了点状况,刘易斯向大家致歉,希望他能及时赶回来吃甜点。我是不是该用'布丁'这个词,西莉亚?"

"一直用的是'布丁'。'甜点'是其他级别的人们之间才会用的。"汤普森太太对于自己礼仪部长这一角色非常有信心,她并没有听出其中的玩笑之意。

蕾切尔打定主意不让刘易斯缺席这件事占用太长的时间。她等他们做出一圈反应之后——"太可惜了""真是令人失望啊""可怜的人"——便挥手将他们聚到壁炉边，海克端着酒水等候在那里。艾略特、汤普森和伯纳姆和他们的太太喝着粉红杜松子酒，一起举杯庆祝"帝国哈拉戴尔号船上姐妹"的团聚，这时刘易斯已经被大家抛到脑后去了。

"好啦，我们又一次在此团聚，"蕾切尔说着举起了酒杯，"敬船上姐妹。"

"敬船上姐妹。"女人们纷纷附和道。

"有意思的是，我现在回想起那一切还挺愉快的，"艾略特太太说，"当时我简直难受死了。"

"好在你现在没有坐在那条船上，"艾略特上尉说，"海水都冻住了。"

"这是官方记录上最寒冷的12月。"汤普森上尉说，"在坎伯利，人人都说他们想不起来有哪一年像今年这样。肯特郡的积雪有十英尺厚。德文郡的气温已经到了零下二十摄氏度。"

"至少他们还有供暖和食物。"艾略特太太一直是在"船上姐妹"中爱抱怨但心肠不坏的存在，她不负众望地把话题从北海彼岸拉回了汉堡艰苦残酷的现实沉疴之中。"在我们所住的学校宿舍，我们发现墨水池里的墨水都冻住了。昨天我看见一个男孩在我们的垃圾箱之间走来走去，还试着舔了舔大米布丁的空罐子。他穿着一件睡衣长袍，脚上包着纸袋。真是可怜。"

伯纳姆太太叹了口气道："帕梅拉，难道就不能让我们有一个晚上放下这些世间的苦难吗？"

"我相信你能做到的，苏珊。"蕾切尔边看了她一眼边说道，那眼神的意思是今晚聊天的内容由我来定，然后她马上又鼓励艾略特太太继续说下去,"你参加的那个团体怎么样,帕梅拉?那个讨论会?"

艾略特太太在众多的女性团体中参加了一个,为她那操不完的心找到了自然宣泄的地方,而蕾切尔一直在小心翼翼地避免参与其中。这是一个由地区牧师赫顿上校创办的英德团体,旨在鼓励德国人开展自由辩论。

"它很受欢迎。不过我怀疑大多数来的人都是冲着免费的饼干和温暖的屋子而来的。她们一开始只是僵硬地坐在周围,喝过茶之后,她们很快就不再拘束了。我们开展了很多不错的讨论——甚至是辩论。其中一个有趣话题是关于英国人和德国人的性格差异。上周我们辩论的内容是:'女性的位置是否仅限在家庭中?'"

"这取决于不同的家庭。"苏珊插嘴说道,丝毫不想掩饰自己对于这种"人道主义立场下的宽容行为"抱有明显的不耐烦态度。

可是蕾切尔却很感兴趣。艾略特太太凭着自己那份无畏的认真去做了一些实事,她也因此而看上去神采奕奕。"继续说。"

"她们完全不习惯进行辩论——也不习惯当众表达与大多数人不同的意见。但她们正在慢慢地熟悉这一切。对于年轻人来说会更难一点儿。她们对做游戏没有问题,但是讨论却是一种挑战。她们中的大多数人都失去了理想,怀有戒心,而且似乎没有任何希望。"蕾切尔想到了弗里达。"赫顿上校想让她们明白,她们是有未来的。人生是有意义的,也是有目标的。"

"比如说要吃好喝好,不要没完没了地讲人生的意义。"苏珊说。她今晚一直处于抬杠的情绪中。

"别管她,帕梅拉。"蕾切尔说,然后她从海克手中接过杜松子酒壶,转向男士们问道,"先生们,再来点杜松子酒吗?"

刘易斯在给人添酒的时机上总是相当有眼力的,蕾切尔特意提醒自己，要让每个人的酒杯一直都是满的。那几位上尉军官相处得不错，正在投入地讨论刚刚结束的板球季度赛中埃德里奇和康普顿的精彩表现。然而少校却站在离他们稍远一点儿的地方，转动着酒杯，杯子里几乎是空的。蕾切尔走过去，没开口问就往杯子里倒上了酒。

"很高兴终于见到您了，少校。苏珊总是说起您。"

说实话，他和蕾切尔之前想象的不一样：她从刘易斯的说法和伯纳姆太太的故事中勾勒出的这个人冷漠而野心勃勃，只会空谈理论，一心要在统治区内无情地扫除所有纳粹毒害，是个一本正经且令人讨厌的家伙。她没想到这个肤色偏深、有着地中海地区样貌的人竟然十分害羞，几乎有些胆怯。他所表现出来的谦逊——也可能是一种刻意的自我贬低——打破了他一贯严厉的名声。也许刘易斯误会他了。

"我发现你把那块痕迹遮住了。"苏珊·伯纳姆的目光果然落在了壁炉上方那幅新挂上的画上。

"是的。"

"对于这里之前挂着的东西，这是一个进步。"

"事情不是……我们所想的那样。"

"你问过他了？"

"他感到受了……极大的冒犯。"

"那你相信他吗？"

"我相信。"

蕾切尔不想在这里逗留太久，她拍拍手，引来客人们的注意："我们入座吧？"

伯纳姆太太眯起了眼睛："摩根太太，你今晚看上去大不一样了。"

海克端上了第一道菜,这是一份清爽的洋葱汤,越喝越鲜,大家喝完第三勺之后纷纷把厨师夸了一番。大家一边吃一边隔着桌子相互闲聊,等到主菜上桌的时候,蕾切尔决定要跟伯纳姆少校说说话,他被她安排在了自己旁边。如果说他在众人的谈笑中表现出的是安静而模糊的态度,那么在一对一的聊天中他则显得非常专注。

"事情一定很严重。要是刘易斯到了早晨都还没离开的话。"

蕾切尔不确定她对此应该了解多少,又该说些什么。就像大部分军人家属一样,她已经习惯不去谈论任何行动和任务,她很自然地把话说得非常含糊。"他对于自己辖区里发生的事情总是尽职尽责。"她回答道。

"他为了我们的明天而奉献了自己的今天?"伯纳姆说。

这句话里包含了微妙的嘲讽,不过它也引出了她的回击:"他为和平付出的努力当然和他在战场上的英勇表现是一样的。"

"从某种程度上说,和平更难守护。敌人更难被发现。"

"刘易斯不喜欢'敌人'这个词。他不会这么用。不过他宽恕起来比我快。"

"也许是因为他要宽恕的东西不如你多。"

刘易斯曾经说宽恕是他们的武器库中最为强大的武器。虽然蕾切尔认为这个说法从理论上说是对的,但伯纳姆说出了她心中认可却说不出口的想法:刘易斯之所以能更容易地去宽恕,是因为他没有经历过她所遭受的损失。那一切对于他来说太遥远了,而她却身在其中。她引用自己的话说:"我不确定这是您能评判的。"不过他的话确实说中了她一直想避开的痛处。

"苏珊提醒过我,说您是一位优秀的审讯官。整个问卷调查的过程是怎样的?你们在排除犯罪分子吗?"

"要想蒙混过关很容易。这就是为什么我强调要尽可能多地对人们进行面试。最后，直视他们的眼睛才是无可替代的办法。"

"您能讲一讲吗？怎么直视他们的眼睛？"

伯纳姆注视着蕾切尔的双眼。他自己的眼睛——有着长长的睫毛和棕黄色的眼珠——看上去非常漂亮，能让人放松戒备。

"你根据他们的行为或历史背景判断可能有罪的那些人，通常都没有罪。我这周审问过一个前陆军上校，他想做生意。从外表上看，他是个典型的普鲁士人，专横而好斗，顽固不化。憎恨南方人，习惯什么事都按自己的意思来做。但他非常看不起希特勒和纳粹党。很多普鲁士军人都是这样的。他是清白的。我真正想审问的人——需要去审问的人——通常会全盘避开填调查表的环节。大人物都会有门路——或者资源——他们不需要工作，所以他们用不着为填表而费心。"

"您抓到人了吗？"

"没有多少。我们已经关押了大约三千人。"

"似乎不少了。"

"考虑到已经填了一百万份问卷，这个数目不算多。"

"抓多少人能让您满意？"

伯纳姆在蜡烛的火苗前将自己的水晶酒杯倒满，杯子折射出光亮。"这与数字多少无关，摩根太太。"

这一刻蕾切尔感受到了他的审问对象在他审视之下的感觉。无论伯纳姆的动机是什么，他似乎并没有仅限于完成自己的分内工作。尽管他自制力很强，能将感情和理性分开，但他身上有某种被过度操控的东西。她觉得他的动机可能不像他所表现出来的那么理智。

"您为什么会要做审问工作？"

伯纳姆放下刀叉，用餐巾擦了擦嘴。

"现在是您在审问我，摩根太太。"

蕾切尔笑了。"对不起。我只是……很好奇是什么让您选择了这份工作。"

伯纳姆给自己倒了一杯酒。对于一个惯于控制聊天节奏和交谈方向的人来说，这个下意识的反应表示他正要结束这个话题。

"真是好酒。"他说。

蕾切尔也没再提起这个话题，在余下的正餐时间里，他们一直谈论着德国食物相比英国食物的优点，这个话题很快就被汤普森太太垄断了。当海克开始收盘子的时候，艾略特太太指出刘易斯还没出现。她表示希望他一切都顺利，并且提议敬酒一杯："敬皮讷贝格总督大人。"

蕾切尔忘记了自己曾说过刘易斯能赶回来的时间。她之所以那么说，是为了维护他，也为了不让客人们扫兴，但她压根不相信他真的会赶回来。实际上，她现在才意识到，整个晚上她一次都没有想起他来。她觉得由自己来主导一切是一种解放，甚至还想到了自己的良好发挥可能正得益于他的不在场。他不在的时候她是不是做得更好了？当她举起酒杯时，她觉得自己不是在向她的丈夫敬酒，而是在向某个她从没见过也看不清脸的军官敬酒。

"再敬女主人，"艾略特上尉补充道，"我想说，这真是一流的盛宴，摩根太太。敬蕾切尔。"

"敬蕾切尔。"

"这都是厨娘格里塔做的，不是我。"

"那我也向她致意。"

"我一定转告给她——不过她是否'接受'是另一回事了。我对她礼貌有加，不过她对此非常抗拒。"

"我们的厨娘非常吓人,"伯纳姆太太说,"总是一副装腔作势的样子,'我爸爸是贵族出身[1]!'结果发现她不是胡编乱造的。我本来一个字都不信,然后她给我看了看她的首饰。我的天啊。"伯纳姆太太将她的披肩向后拽了拽,露出了胸前的胸针,上面有一块胡桃大小的黄玉。"三百根香烟和一瓶杰彼斯酒换来的。"

汤普森太太吸了一口气表示赞赏:"天哪,真是精致。"

"是啊,基思已经戒烟了。我们手头还算宽裕。能帮忙的地方我们一定会帮。我想她是很乐意的。"

蕾切尔看着这块被典当的半宝石,想到那位不得不将祖传之物卖掉的厨娘,整个人都畏缩了一下。今晚的苏珊·伯纳姆太过傲慢了。她似乎被什么东西激怒了:是因为她没有成为这个小小太阳系中心的那个太阳吗?

"'贵族'这个词通常是武器制造商的代号吧,是吗?"艾略特上尉看着那位致力于消灭纳粹分子的军官问,想向他证实一下。

伯纳姆喝了一大口酒:"要是这么简单的话,我们就得把德国所有的贵族都抓起来了。"

"你家那位'贵族'怎么样了,蕾切尔?"苏珊问道,"他表现得规矩吗?"

她发问的声音很大,大家都能听见,蕾切尔不得不回答。

"尴尬的时候当然有,但我觉得一切事情的发展都在预料之中。"

"跟我们说说那些尴尬的时候吧。"

"都是一些日常琐碎,真的。"蕾切尔抗拒地说,"比如哪些盘子是共用的,谁从侧门进出,都是这样的事情。"

---

1. 原文是德国人不太流利的英文表达,在单词拼写上有误。

"我想象不出该如何在同一个屋檐下相处，"汤普森太太说，"你是怎么做到的?"她发问的语气就好像是在问候一位身患绝症的病人，"这会让我非常不安的。"

"我们尽量维持。正如你说的，帕梅拉，我们非常幸运。"她挥了挥餐巾，宣告当晚的活动进入下一个阶段。

"我想现在我们该去唱唱歌了。"

大家一起聚在了钢琴边。圣诞歌集已经摆在了乐谱架上，蕾切尔坐在她的座位上，开始演奏一曲活泼喧闹的《我看见了三艘船》，接下来弹的是《上帝赐予你们快乐，先生们》。每次合唱时，伯纳姆少校都会摊开手掌，在贝森朵夫钢琴的一侧用手制造出一串欢快的节拍，他敲打的节奏不太协调，大嗓门的歌声也不怎么合拍。他有了些醉意，虽然在这群醉醺醺的同伴中可能没有那么明显，但蕾切尔对此还是感到不安。他的酒劲上来得很快，这位文雅敏感的先生刚刚还在餐桌上与她侃侃而谈，现在却变得粗野无礼。她用一首《在那冷冽的隆冬》稳住了全场，又试着弹了一首《平安夜》，让大家的心情都平静下来。伯纳姆坚持让大家用德语来唱这首歌，大家可笑而生硬的发音吐词产生了讽刺的效果，把整首歌都破坏了。

"唱几首吉尔伯特和苏利文的歌怎么样?"汤普森上尉问。他在钢琴后面找到了皮质封面版的作品全集，翻开其中一卷，找到了《彭赞斯的海盗》。"这首歌适合你，少校。"

伯纳姆放下酒杯，站得笔直。蕾切尔能闻到他含着酒气的呼吸，还能感觉到一股被压制的怒气正在沸腾。他开口唱时没有跑调，气势汹汹，毫不拘谨。

"我就是当今少将的榜样。

蔬菜、动物和矿产，我了如指掌。

> 我熟知英格兰的历代国王，我能列举历史上每一场
> 大仗。
> 从马拉松到滑铁卢，按照年代排成行……"

蕾切尔放慢节拍，让他能跟上，但那些歌词机智诙谐，而且语速很快，对于他来说太难了。他只能唱出每小节的第一句，剩下的歌词就全部用"啦啦啦"代替，而他的手也更加剧烈地敲打着钢琴顶端。最后一个小节唱到一半的时候，钢琴后面的花瓶在振动中被晃到了地上，摔碎了。

"哎呀！"伯纳姆说。

蕾切尔停下演奏，站起身去查看受损情况：花瓶干净利落地碎成了四块。

"基思！"苏珊喊道。

"对不起，"伯纳姆说，"我相信这个是能修好的。"

"这不是我的花瓶，少校。它属于这所房子。"

"噢。好吧。那就没事了！"他笑了起来，让蕾切尔感到惊慌的是，其他人也都笑了。她正在收拾残片的时候，门开了。那一瞬间她以为刘易斯回来了，但来的人是鲁伯特先生。

鲁伯特看上去好像刚经历了吓人的事情，又像是正准备去做可怕的事：他前额的一边眉毛上方被严重划伤了，渗出的血闪闪发亮，他整个身体都随着沉重的呼吸而起伏。他站在那里盯着他们，仿佛是某位神圣先知撞见了一场纵欲狂欢。

"鲁伯特先生？"蕾切尔说，这句话向宾客们介绍了他的身份，也是在确认他接下来想做什么，"你还好吗？你在流血。"

鲁伯特看了看花瓶，然后看向伯纳姆。他的鼻孔张大了，他的胸膛和肩膀不断起伏，让他看上去似乎就要冲过去抬起钢琴，

砸到少校身上。

"花瓶的事情，对不起了，哥们儿，"伯纳姆说，"我相信有了……国王全部的马[1]……摩根太太会把它再拼回去的……"

蕾切尔看了苏珊·伯纳姆一眼，用眼神示意她赶快去制止他。

"好了，基思。"苏珊终于开了口，"我觉得你喝得够多的了。"

"什么？我们再唱首歌吧。鲁伯特先生也许能和我们一起唱？"他把自己脑海中依旧在飞快跳跃的旋律按节拍敲打了出来。

"请你不要这样拍打这架钢琴。"鲁伯特说。他正盯着伯纳姆，丝毫不掩饰目光中的威胁态度，他的手攥成了拳头。自从进门起，他就一直看着伯纳姆。伯纳姆那还算清醒的头脑被激怒了，他更加用力地击打着钢琴，琴弦被震得嗡嗡作响。

"我想你将会发现，这架钢琴被征用了，鲁伯特先生。就是说，它是管制委员会的财产，也就是说——实际上——它是我的。"

蕾切尔认定鲁伯特就要动手去揍少校了，她站起身，把花瓶的碎片放在钢琴上，自己拦在两个男人之间。她面对鲁伯特温和地说："我们都喝得有点多。"

鲁伯特看着她，松开了他的拳头。他又看了伯纳姆一眼，然后转身从房间离开了，口中低声抱怨道："这群人真令人恶心！"

"哈！"伯纳姆喊了起来，"你们听见了吗？'你们令我恶心！'他说我们让他恶心。我们让他恶心！"他朝蕾切尔转过来，要求她立刻让对方道歉，并且要对他施予惩罚。

"我想他指的是你，基思。"伯纳姆太太说，这次她抓住了她丈夫的手臂，领着他往门口走去，以免之后造成更多破坏，"该去

---

1. 来自童谣"Humpty Dumpty sat on the wall, Humpty Dumpty had a great fall; All the king's horses and all the king's men Couldn't put Humpty together again"，大意是：从墙上摔下来的矮胖子蛋先生跌得粉碎，国王的人马都无法修复。伯纳姆在这里使用这个典故非常不友好。

休息了。"

"可我是当今少将的榜样……"他抗议道。

这个夜晚就这样结束了。这不是蕾切尔计划中的结束方式——本来他们还要在壁炉边打牌猜字谜的——但她希望大家赶紧离开,越快越好。她此刻唯一的念头就是找到鲁伯特。客人们礼貌地退场了,还说了不少赞美之词,表达了感谢和歉意。十分钟后,她在心烦意乱的艾略特太太面前关上了门。这位太太希望一切都会好起来,还希望蕾切尔能参加那个英德小团体,或许也能带着鲁伯特先生一起去。

蕾切尔正准备上楼去顶层房间的时候,她听到了一声呻吟。那里有人坐在炉火前的手扶椅中,身体前倾,头靠在手里,双手盖在眼睛上,正是鲁伯特先生。他沉重的呼吸从牙缝中钻出来,发出的声音如同潮水拍打在鹅卵石沙滩上。

"斯特凡?"

鲁伯特睁开那只未受伤的眼睛——另一只眼睛此刻正被捂着——透过指缝看过来。他能看到蕾切尔臀部的轮廓,她裙子上的亮片在火光中一闪一闪。

"你还好吗?"她问道。

他感觉到她把手放在他的肩膀上,他把自己遮挡在受伤部位的手放了下来,抬头向上看,好让她能凑近一点儿检查伤口。她看到那道裂口的时候畏缩了一下。

"这是怎么弄的?"

他想:我差点被一块写着"让德国活下去"的标语牌给砸死。但他不知道该如何开口,而且说什么都让人难受,所以他只是呻吟了一声。

"我去拿点药,"她说,"一会儿就回来。"蕾切尔上楼去取处理伤口的材料了,她那条镶着小亮片的裙子随着她的走动叮当作响。

鲁伯特把胳膊肘撑在大腿上,他的头又埋进了手里,他闻着手掌中伤口的味道,品尝着血的金属气息。晚上发生的事情生动而混乱地重现眼前,令人晕眩。他还记得那些抗议标语牌上写着:"我们要工作!""贝文[1],停止去工业化!""让德国活下去!"他在工友的胁迫下也参与其中,不太情愿地成了示威者中的一员。他害怕这会危及他的政审清白,而且他也讨厌乌合之众。他们有实施暴行的能力,却从不计较后果,他们让他感到紧张,想躲得离他们远远的。然而这群人虽然困顿潦倒地挤在一起,却让人觉得安心可靠,他忽然就确定了一点,和这些兄弟姐妹一起在严寒中挨冻比在自己家里舒适地妥协更好。他们听朔尔施发表了精彩演讲,呼吁英国人的公平意识,也唤醒他们的幽默感,让德国人知道,他们可以放声大笑,也可以蔑视权威——这是多年来他们一直没有信心去做的事情。他们甚至还高唱了一曲德国国歌,歌声冷静而隐忍,不带任何挑衅的态度,也没有近年来那股疯狂的热情。这声音来自一个终于能够发声的民族。就在那时,忽然传来了汽车喇叭的鸣响和发动机的轰鸣,打破了这和谐的一幕,一辆英国指挥车正试图往工厂门口开。人们纷纷往两边移动。有一两个人开始敲打车顶表达不满。然后其中一人把双手抵在车身一侧,把车推得摇晃了起来。其他人也加入了进来,都认为这是一个勇敢之举。他们猛烈地晃动这辆车,车轮都离开了地面。鲁伯特看见了坐在车里的军官,他的表情由恼怒变成了害怕。接着,小伙子们似乎没有意识到他们的力气有多大,直接将车往一侧掀翻了,那位军官贴着车顶倒在一旁,他的脸被挤压在玻璃窗上,像一条

---

1. 贝文为当时英国的外交大臣。

挣扎呼吸的金鱼。这个样子有点好笑，但鲁伯特察觉到了即将发生的可怕事情。这时步枪响了几声。第一声把所有人都吓得不敢动弹。第二声让他们转身蜂拥奔逃，像一群掉转了方向的羊，被无形的子弹牵引着乱跑。鲁伯特跟着人群一起跑，感觉自己被裹挟在其中，有东西击中了他的眉毛，但他继续往前走，不用迈腿就已经移动了好几米。然后他眼前冒起火花，耳朵里响起叮当一声，他感觉到有膝盖顶在了他的太阳穴上。他双手撑地，跪在那里，过了好一阵才反应过来，那片白色上面星星点点的红色，是他自己的血洒在了雪地上。

蕾切尔回到客厅，拿来了纱布、绷带和碘酒。

"让我看看。"

她俯身站在鲁伯特旁边，用手指轻轻抬起他的下巴，查看了一下伤口。"你的伤口里可能混进沙粒了。"她把脚凳挪过来，坐在他面前。她将纱布浸在碘酒中，白布染成了黄色。"会有点疼。"她说。

鲁伯特皱了皱眉，随着刺痛颤抖了一下。

"出什么事了？"

鲁伯特回忆起那场景，却无法开口解释。他的脑袋一阵阵地痛得厉害。

"他们……啊！"

"没事的。"

蕾切尔按住纱布，用手覆在上面，她身体的重心前倾，这样更顺手一点儿。消毒的动作带来了深深的痛感，鲁伯特随之发出一声呻吟，抓住了她的手臂，寻求安慰。一段时间过去了，他们还保持着这个姿势，虽然很疼——或者说，正是因为很疼——他一直抓着她的手臂不放，而她也并没有介意。过了一会儿，她把纱布拿开，看了看伤口。

"看上去已经干净了。行了。我来用这个包扎一下……"

她展开绷带,将它包裹在一片干净的纱布外面,蘸上了更多的酒精,然后绕着他走了一圈,要把绷带缠到他的后脑勺位置,经过他面前时,她的肚子离他的鼻子只有几英寸的距离。她走完一圈,将绷带用别针固定住。

"好啦。这是从女童子军学到的。感觉怎么样?"

"有点疼。还是多谢你了。"

"少校的事情我很抱歉。他喝醉了。"

"谢谢你打断了他。不然我想这可能会成为一场国际冲突。"

他的脸和她离得很近。蕾切尔注意到了他眼睛周围的线条,还看到了他眼中的伤感,在他们之前的几次会面中,她都没有发现。她想象着亲吻他,就在那一刻,她意识到自己想吻他,而且也能这样做。她一只手拿着纱布,另一只手拂过他的面颊,然后她温柔地吻住了他的嘴唇,这个举动像一块可以将原来文字抹去的羊皮纸,将她的意图掩盖了起来。她的嘴唇在那里停留了很久,直到他们的呼吸交汇在一起。她等待着绊线和电网的出现,等待着警铃和探照灯的动静,然而这些阻碍都没有降临。她踏入了一个崭新的领地,却没有人阻止她。如此轻而易举。

"和上次的吻相比,我更喜欢这一个。"鲁伯特说。

蕾切尔低下头,重新意识到自己身在何处。

"这是……你要把我赶出这座房子的计划中的一部分吗?"他问。

"这是……对你的感谢。"她说。

"谢我什么?"

"谢谢你将我唤醒。"

第九章

工厂的探照灯照亮了一片狼藉的雪地,标语牌东倒西歪地散落一地,如同鹳鸟的尸体。被掀翻的指挥车周围用警戒线进行了隔离,成了犯罪现场的核心地带。黑暗里有一些德国警察站在附近,看上去还不太明白他们在整个事件中该处的位置。刘易斯查看了暴乱留下的满地碎片,感到他原本就尚未稳定控制的局面正在逐渐失控,对此他有些不知所措。

下令开枪的宪兵——蒙塔古少校——向他汇报了事情的经过,但是过程和原因都无法改变结果。一场大规模的暴乱发生了——而且就在他眼皮底下。

"那名军官正准备开车到大门口,这时他被一伙愤怒的暴民围住了。他们开始袭击汽车。我们开枪示警,但他们继续推车,直到把车掀翻在地。幸运的是,车侧翻了以后,他们无法接近他。"

蒙塔古对这次事件的描述机械死板而不带任何感情。刘易斯等着他结束汇报,但蒙塔古却停了下来。

"然后你们就朝那些手无寸铁的市民开枪了。"刘易斯说。

"我们别无选择,长官。"

"死去的人才没有选择,少校。死了三个人,见鬼!"

刘易斯走到汽车周围,那里的雪地上还沾着血迹。侧翻在地上的大众汽车看上去更像一只昆虫了。

"如果我们没有介入的话,他们会对他动用私刑的。"

"你能肯定这一点吗?"

"非常肯定,长官。他们当时已经成了……一伙没有感情的暴民。我们相信人群中混入了颠覆势力,"他继续说,"那些人就是来制造混乱的。很有可能是狼人组织,长官。"

"噢,看在上帝的分上。你们有没有抓到其中的任何人?"

蒙塔古让自己振作起来,简短地低声回答道:"我们抓了六个人来审问。"

"他们是孩子吗?"

宪兵队最近刚刚因为逮捕了一百个偷煤的孩子而备受责难。媒体报道了这件事,但是事实——孩子的年龄——却被篡改了。

刘易斯捡起一块标语牌,上面写着:"把工具给我们,我们就能完成工作!"他把牌子举起来让蒙塔古看,"你知道他们引用的是谁的话吗?"

蒙塔古在一连串问题的轰炸下变得有些恼火。"您也会这样做的——如果您在场的话。"

刘易斯将标语牌扔向一边。"我们把民主带给他们,然后却因为他们行使了民主而惩罚他们。"

巴克开车送刘易斯去参加他的上司德·比利尔将军召开的紧急会议。

"那位少校说得对,"刘易斯说,"我应该在场。或者至少应该派更多的人手前去支援他们。"

"本来这只是一次和平示威,长官。工会向我们保证过。是那些推车的鲁莽之徒恐慌了。这不是您的错。"巴克回答。

"我可能就要被撤职了。"

"我不这么认为，长官。"

"不然为什么会大半夜的叫我去和德·比利尔开会呢?"

"大概是他得到了一瓶新的单一麦芽威士忌，想听听您的见解，长官。"

刘易斯挤出了一个微笑。将军酷爱威士忌，众所周知，他挑人时要看他们能不能区分调和型威士忌和单一麦芽威士忌。

"他们不会把您撤职的，"巴克继续说，"您是少数明白他们在做什么的人之一。我猜他们有别的事情要安排。"

"我离你心目中那种必不可少的人物还差远了，巴克。"

如果说刘易斯表面上拒绝了这份恭维，他在内心里还是接受了它，将它留下用来克服他悄然而生的自我怀疑。在军队里，人们很少直白地说"做得好"。表扬的话被说出来时总是伴随着几句辱骂作为调和。这种疏于表达鼓励和赞扬的做法不仅是军队中令人苦恼的恶习，他觉得这也算是一种英国特色。它源自含蓄和务实的结合，刘易斯意识到自己身上也有这样的特点，还源自一种担忧，担心让对方得意忘形。这就是为什么——英国人喜欢说——他们绝对无法像他们的欧洲邻居那样轻易地容忍独裁者。

"我快要完成登记工作了，长官。"巴克继续说。

"登记?"

"失踪人口登记。是您要求做的。"

刘易斯听见了陶瓷餐具破碎的声音：还有多少餐盘被他转动了起来随后又忘记了?他曾想整理一份"失踪死亡人口"名单——那些轰炸中下落不明的人——再把它与当地医院里、诊所里、修道院和疗养院里所有人的名字进行核对，这是他发起的众多计划之一，但都半途而废了，因为有了更紧急的事情要处理。

"我彻底忘了。希望这没有耽误你太多时间。"

"噢,它占据了我的全部生活,长官。不过我就要开始把这份名单和病人登记簿进行匹配了。再给我几周时间。"

"另一份材料——贵重物品报告怎么样了?"

"这事触怒了一些达官贵人。他们不喜欢这个想法。好在我暂时不打算晋升。"

"很好。"

刘易斯说的是实话。首先,他需要巴克。但他也真心相信很多人身居高位时就会失去当初引领他们走到那里的动机,就会发现自己的能力配不上所处的地位,他们的才华也从此荒废了。最好留在"办公桌的另一边",这是他一直以来的座右铭。

刘易斯进办公室的时候,德·比利尔斜倚在办公桌上,而并没有坐在办公桌后。将军立刻请他坐下,并递给他一瓶威士忌和一根烟——这不太像是要将他革职的开场白。特派员贝里先生也在场,这说明巴克可能说对了:他们有别的事情要安排他去做,而不是将他撤职。

"你见过特派员先生吧?"

"是的,长官。我们有过一面之缘——在部长来巡视的时候。"刘易斯对贝里很有好感,他的工作艰巨棘手而且不受欢迎,他却能将它处理得体面又不失尊严。

贝里热情地握了握刘易斯的手。"又见面了,上校先生。他把自己的房子与人共用。"

"不是我的房子,长官,不过,确实是共用。"

"德国的议员们非常赞赏你。"

"这就是为何"——德·比利尔停下来为刘易斯点烟——"今

晚会请你过来。你能够看到事情的另一面。"

刘易斯坐了下来,他想起来,即使是囚犯也能在执行死刑之前抽根烟。他们说了这么多好话,显然是为他安排了某个糟糕透顶的任务。从他的椅子上,刘易斯可以透过将军身后的窗户看到一轮满月,月亮坑坑洼洼的表面都清晰可见。或许他们要把他送上月球吧。

"我所积攒的所有好感都留在了蔡司工厂里了,长官。"

"今晚发生的事情非常不幸,"德·比利尔开始了,"但它只是一个更大的难题中的一部分。去工业化已经成为我们辖区内真正的大患。在科隆、汉诺威和不来梅,在鲁尔区,都出现了多起抗议事件,引发了高度紧张的气氛——恶劣的天气和食物短缺也造成了情况的恶化。德国人开始憎恨我们了。他们依然认为我们想把这个国家变成一个巨型农场,认为我们要摧毁他们的海运业,从而让贝尔法斯特和克莱德一跃领先。"

"我们确实炸毁了一个功能齐全、世界一流的造船厂。"

"布洛姆-福斯公司被毁是一个错误。我们现在已经意识到了这一点。但各个目标都在快速变化,几乎是一月一换。一年前,我们的目的是让德国去军事化。然后就是去纳粹化。接下来是降低其工业生产力。再就是让这些倒霉的民众吃饱肚子。现在大家都很清楚——除了法国人和俄国人——我们需要一个强大的德国。我们的辖区与美国人的辖区合并一事已经达成了共识。在新年到来时,我们将成为美英共治区。而且,等法国对他们在世界上所处的位置有了更好的认识之后,或许就会出现三国共治区。可以清楚地看到,俄国人把他们的辖区交出来的可能性越来越小。我们若是继续削弱德国的重工业,时间拖得越长,可能性就越小。"

将军几乎没有提到当晚的悲剧事件,而且显然也不准备再提。

在他看来，相比于发生在各国之间动荡的格局变换，这只不过是当地掀起的一阵小波澜。刘易斯几乎有些失望了。他在来的路上一直觉得自己即将被撤职，这个想法现在变得相当不合时宜。

"我们还有机会避免与俄国关系的全面破裂。避免措施的第一步就是要履行《波茨坦协定》中关于赔偿的内容。除非我们这么做，否则俄国人就会控制面包的流通。同盟国国际赔偿机构便会向我们施加无法承受的制裁，除非我们立刻开展拆除行动。美国人将不得不出钱喂饱百万民众，而丘吉尔一直在宣扬的铁幕政策就会成为现实。"

德·比利尔把一份文件递给刘易斯。文件的抬头写着"拆除清单。第一类选址。机密"。

"这个区域有四个一类选址。俄国人派来了一个小组与同盟国国际赔偿机构共同确保它们全部被拆除。我们想让你来担任我们这边的特派员。我们需要你立刻动身。"

刘易斯看着文件，翻阅了一下那几个选址的位置。

"在黑尔戈兰岛？"

这和到月球去也差不多了。

"他们准备把所有弹药武器集中在一处统一炸毁。我们需要一位受德国人喜爱的人选，能传达这些指令，天生有同情心。你在这方面很出名，上校。市长对你的评价非常高。"

在外人看来，这些话听起来都是溢美之词，但刘易斯知道这是他们把碍事的人赶走又不想脏了手的惯用伎俩。他们不想让他在部长们和媒体面前发表看法。他已经当着肖部长的面批评了他们的全部努力。他们要给他一点儿教训——以一种积极的方式。

"这不是我……所擅长的领域。"

"事关民众，上校，"德·比利尔说，"你是我们中间亲民的代表。"

"您的意思是您想要一个人既能体恤民心又能把一切都炸掉？"

德·比利尔清了清嗓子，发出了不耐烦的一声低吼。他已经用完了所有的说服手段。他不打算对刘易斯说更多冠冕堂皇的话了。

"上校，我看不起俄国人，我也讨厌这些赔款。但是如果我们想阻止另一场战争的发生，就必须这么做。在冬天结束之前。"

这场试探性的谈话变成了一道命令。"你将陪同库托夫和他的观察员们。全程会有一名法国观察员和一名美国观察员与你同行。我知道你的翻译会说俄语。如果一切顺利，你只需离开几周时间。你的属下会负责处理你辖区内的事务，直到你回来。"

整个谈话过程中，刘易斯都想象着蕾切尔和他一起在房间里。她会如何看待这次委派？这会是压垮他们关系的最后一根稻草吗？

"我能等到圣诞节以后吗？"

"俄国人不过圣诞节，上校。而且，现在正是行动的最佳时机，"德·比利尔回答，"当我们大家都在唱圣诞颂歌的时候，你们可以在无人听见的情况下实施爆破。"

将军从来不会感情用事地为站在他办公桌对面的人着想。就连迈克去世时，刘易斯都没有获得准许——他也没有提出申请——在葬礼之后多休几天事假。

"长官，我和我的家人只相聚了几个月的时间——而且这期间我也很少花时间陪伴他们。这会在我们之间造成巨大的压力……"

"上校，我管理的是一个国家，而不是婚姻民政局。"

"摩根先生提出在起居室见您，先生。"

"他看上去……生气吗?"

海克不得不思索了一下:"不,我认为没有,先生。"

没生气。当然没有。上校从来不生气。就算他发现自己的妻子亲吻了另一个男人,他大概也只会聊聊天气,然后还提出拿车送他走。

"谢谢,海克。我会下楼去的。"

鲁伯特放下画笔,把墨水池封好。他用手整理了一下头发,重新想了想,又把它拨乱了,让它回到自然状态。

他发现刘易斯站在钢琴旁,沉思着眺望河的那一头。他身上穿着全套军装,手套和大衣都没脱,似乎正要去什么地方——又是这样。刘易斯歪了歪嘴角,挤出一个勉强的笑容。

"鲁伯特先生。进来吧,请坐。"

鲁伯特走过去,坐在了窗边的椅子上。

"你的头怎么样了?"刘易斯问道,摸了摸他自己的太阳穴。

鲁伯特受伤的眉毛露出了像龟壳一样难看的颜色,但伤口正在愈合。"我恢复得很快。"

"听说那天晚上真是惊心动魄。"

鲁伯特在等刘易斯把话说完,然后又纳闷上校是不是也在等他先开口。这些英国人总是故意欲言又止,仿佛在忍受情绪上的便秘一样。或许鲁伯特应该开口道歉,用这一剂泻药化解难堪。告诉他这不是摩根太太的错,而是他的错。当时他的脑袋上刚挨过揍,还不太清醒,一切就顺理成章地发生了。

"对于那件事我很抱歉。"

刘易斯疑惑地看着他,然后伸手表示制止。

"要道歉的不是你,鲁伯特先生。我都替你感到尴尬。为了那个花瓶。为了这些受到损害的财物。还有那天晚上某位客人的行为。"

刘易斯拍了拍贝森朵夫钢琴的背面,为它曾受到来自伯纳姆双手的蛮横敲打而表示安抚。"蕾切尔告诉我,你以令人敬佩的克制力稳住了自己,面对当时那种情况。"

于是鲁伯特结结巴巴地收回了自己鲁莽的坦白。

"嗯……那个……我不怪任何人。只不过是喝醉了。那个花瓶。没关系。我对此并不在意。"

"不,这样也不能为那天发生的事情开脱。正如你自己所说,鲁伯特先生,那是你的财产。"

"是的。"上校再次给一切都下了定论。

"而且我也很抱歉,你被迫卷入了蔡司工厂的事件中。"

"我记得不太清楚了。我当时正在听演说。然后枪击就开始了。"

刘易斯的脸沉了下来。"在工厂发生的事情是不可原谅的。正当我们以为自己有了一些进展的时候,却出了这样的事。有的人惊慌失措了,于是全盘皆输。我们的全部工作都处于非常微妙的阶段。一切都悬于一线。不管怎样,我很庆幸你没事。"

"您的工作可真不容易,上校。我一点儿也不羡慕您。"

"你用不着羡慕。话说回来,我想找你谈一谈的真正原因——除了为那天晚上的事情道歉——就是想请你帮我一个忙。我们想为艾德蒙找一位新家教。我知道你这段时间不能去工厂上班了。所以我想如果你愿意教艾德蒙的话,还有蕾切尔……教他们德语。我出差期间无法再找到合适的替代人选了。这会是蕾切尔学会这门语言的好机会。我知道她为自己不会德语而感到苦恼——特别是在面对家里的仆人时。"

"当然可以,"鲁伯特说,"您要出差?"

"要去几周,到黑尔戈兰岛去。"

"那……您就不能在这里过圣诞节了?"

"很遗憾,军队有自己的过节方式,鲁伯特先生。如果你能替我照顾好家里,我将感激不尽。我希望你在这里能比之前感觉更加自在。我知道……万事开头难。你可能也猜到了,蕾切尔……刚来的时候状态很不好……但我看到了一些迹象,过去那个蕾切尔回来了。我想她愿意更多地参与社交了,或许她可以带弗里达去逛逛街。陪伴对她有益。独处对她来说并不好。特别是在一年中的这段时间。而且,正如我一直所说的,如果要让这里的工作继续开展下去,我们大家之间需要和睦相处,应该彼此了解。我认为,鲁伯特先生,我想说的就是:不要断绝你自己与别人的交往。请随意一些,让自己过得更自在一些。"

"谢谢您,上校。"

鲁伯特喜欢刘易斯。他尊重对方的慷慨大方。他对此感激不尽。他欣赏对方从不盛气凌人的态度。但他在听刘易斯说这一番话的时候,很难不把对方当作一个瞎子。刘易斯要么是一个彻头彻尾的老实人,要么就是完全心不在焉。无论是哪一种情况,这个人把事情的轻重缓急完全搞错了。

"我有坏消息要告诉你,蕾切尔。"

蕾切尔正在读她的下一本阿加莎·克里斯蒂,她沉迷在它引人入胜的情节和布局中,此时正读到故事里即将真相大白的关键时刻。她放下书时,两个互相抵触又不合时宜的念头在她的头脑中交锋:我想知道谁是凶手,我希望刘易斯现在不要告诉我斯特凡也是"不清白的",和柯尼格先生一样。

"怎么了?"她问。

刘易斯摆出了有正事要说的表情。她以前就见过他这个样子——记得最清楚的是他刚回家参加了迈克的葬礼，就宣布自己要直接回基地。

"我被任命去监督拆除工作。他们让我明天就上任。这就意味着我要离开几周的时间。"

"噢。"她回答。

"我知道。这是让人难以忍受的最后一根稻草。"他说。他误会了她的意思，自己来到更衣室找行李箱。

在她心中的某个地方装着一位尽职的妻子常用的那一套说辞；每当休假被缩短或取消时，军人的妻子们都不得不把这些准备好的话说一遍。但她的心思并不在这上面，而且她感觉刘易斯也并不指望她会说出这样的话。"这就是军队，琼斯太太。[1]"她说。刘易斯看着她，点了点头。

"我很抱歉，蕾切尔。"

当他开始翻找装备的时候，她回去接着看书。她实在不想帮刘易斯收拾行李。这一次不行。或许这是她的责任所在，可她受够了这种责任。她只想读完这段该死的故事，然后找出谁是凶手。然而刘易斯笨手笨脚的样子实在太碍眼了。她还是放下了书，从海克早上送来的那一篮刚洗好的衣服中，帮他找袜子。

"要多少？"

"五六双就可以了。"

她把叠成团的袜子一个一个扔给他，他把双手拢在一起，像板球守门员一样，连续将每团袜子接住再放进包里。看到他那堆杂乱的行李，她开始重新为他收拾他的包。

"这算是某种晋升吗？"她问。

---

1. 这句话来自二战时期描述军队生活的歌曲"This Is The Army, Mr. Jones"，蕾切尔把"琼斯先生"改成了"琼斯太太"。

"我想这是惩罚,因为我在部长面前没有遵守规矩。显然,我说得太多了。"

"这听起来不像你。以后谁来负责这片区域?"

"巴克。我让他常来看看。把信件带来。你和艾德两个人能行吗?"

"你觉得呢?"

他点点头。愚蠢的问题。

"等我回来,我想……或许……我们能出去一趟。就我们两个。等天气暖和一点儿。可以去特拉弗明德[1]。或者去一个波罗的海上的度假胜地。"

"好,那也不错。"

"只是……短时间内还不行。"

"不……"

刘易斯说不出话来,而她也没有话要对他说。

"好吧,我得出发了。"他说。他关上行李箱,转身与她告别。为了避免一切沉重的情绪,她在道别时吻了吻他的脸颊,仿佛只是在亲吻一位即将离开的客人或者路过的朋友。

---

1. 位于德国吕贝克的海边度假地。

第十章

马尼拉纸质的文件被紧身裤的松紧带勒住了，紧贴着弗里达的肚子，她走路的时候还会戳在她的肋骨上。她并不完全确定里面的内容是什么——那些都是用英文写的——但是"保密"的字样，红色的镶边，还有很多工厂和军事用地的照片，这些都让她相信她从上校的公文包里拿到的东西一定会让艾伯特非常满意的。一想到自己要把它交给他，她就快骄傲得忘乎所以了。

征用命令中黑色镶边的字母"R"松松垮垮地挂在黄油大亨家的围栏上。弗里达朝左右看了看，检查有没有车辆往来，一旦完全确认海岸上空无一人，她就从矮墙的特定位置翻了过去，艾伯特在那里摆了一个木质雪橇，就横架在彼得森以前为了防贼而放置的碎玻璃上。即使被雪覆盖，那些参差不齐的鳍状尖角还是穿过顶上的白雪露了出来。在战争爆发前，彼得森家的安保措施就曾在邻居中引起恐慌。弗里达的妈妈认为彼得森不过是一个想方设法挤入上流社会的小人物，她说任何有自尊心的贼都不会从这种暴发户家里偷东西的：他们家的挣钱方式草率而低劣——先是在东非殖民地买卖剑麻，然后又是制造假冒黄油——"钱来得快去得也快。"弗里达那时还太小，不懂得传统豪门与富商新贵之间微妙的阶级差异，但如今当她朝易北大道上最大的宅邸走去的时候,她看到了她妈妈的预言变成了现实,彼得森家浩大的立方体形豪宅矗立在那里,悲伤而寂静,空荡荡的。

她按照艾伯特的吩咐,从较低的厨房窗户钻进了房子。当她沿着后面的楼梯爬到一层的时候,她能闻到燃烧的木头和蜡油的气味,还能听到小男孩断断续续的说话声。她循声来到房子后部的起居室,看到了疯狂的一幕:被蜡烛照亮的房间里装饰着非洲工艺品——盾牌、长矛、动物皮和面具。四个男孩围坐在一个孩子身边,听他说话。那孩子站在台球桌上,举着一个盒子,里面装满了像是方糖夹一样的东西。他头戴一顶遮阳帽,肩膀上披着一块斑马皮,像圣保利地区的鱼贩子一样大声吆喝着。

"刚从火车站运来的!"男孩喊道。他摇了摇盒子,取出一只夹子,将两片夹板上下一碰。烛光在他身后的墙上投下了古怪的影子,把他变成了一个巨型矮人,把夹子变成了一只金属做的大龙虾。

"它们有什么用?我们又没有方糖。"其中一个男孩高声说。

"看好了,学着点,奥托。它们对于你来说只是方糖夹,但是对于一位美丽的小姐来说,她需要这样用它……"男孩把盒子放下,拿起一只夹子,开始他的展示,他像使用小镊子一样摆弄着夹子,做出了修眉的动作。

"或者……"他张开嘴,假装取了东西出来,把夹子当作了拔牙钳。

"又或者……"他用夹子夹住自己的鼻子,模仿鼓起气的样子。

"还可以……"他弯腰假装从地上拾起了什么东西。

"再或者……"他伸进口袋,掏出一根香烟。他用夹子夹住烟的一端,送到嘴边,像花花公子一样吐了一口烟圈。"女人们会为之疯狂的。"

流浪儿们似乎对此毫无兴趣。一个拿着长矛的男孩带头掀起了一片反对之声：

"人们不需要方糖夹。大家要的是土豆。"

"这简直是浪费香烟，厄齐。"

"你这次让我们亏大了。"

男孩举起双手。"别激动。我还有非常特别的东西。多亏了那个英国男孩。非常特别。"他把手伸到斑马皮下面，拿出了一个香烟形状的管子。弗里达认出这就是艾伯特服用的药，名叫柏飞丁，这种药曾被派发给年轻的士兵，让他们在战争最后的艰难日子里保持"高亢"。

"吃一颗就让你强壮有力。它能给你带来温暖，你再也不会感到饥饿。贝尔蒂拿了一盒。不过我给我们每个人都留了一管。"男孩停下来，看着门口，"哎呀，看看谁来了。"

"小孩子不能吃这个。"弗里达说道，一只手扶在门上，以免自己随时需要跑走。

拿着长矛的流浪儿将它扛在到肩上，它的细杆抖动了一下："小姐，你是什么人？"

戴着遮阳帽的男孩从台球桌上跳下来；"没事——他是贝尔蒂的女朋友。"

他的伙伴放下了长矛。

"你怎么知道我是谁？"弗里达问那个孩子。

"我看见你了。"

"在哪里看见我的？"

"我看见你……"男孩把左手的食指和拇指弯曲成一个圈，用右手食指从中穿过。伸进去，抽出来；进去，再出来。他的伙伴们窃笑了起来。

鉴于他这种无礼的行为，她应该揍他一顿。他怎么会看见他们的？在白沙屿的房子里吗？还是在这里？

"他在哪里？"

"他在楼上，和朋友一起。"

"什么朋友？"

男孩举起一管柏飞丁。

艾伯特正在主卧室里，不过他没有在床上。一台便携式留声机上放着一张唱片，他正在伴着音乐跳舞。那是一首粗俗的美国乐曲，海克在汉堡电台上听过，充满杂乱的鼓点和尖锐的管铜乐器声，一片混乱。看到艾伯特在这种伴奏中起舞，她觉得非常不安。他光着上半身，挪动的时候摇晃着柔软灵活的四肢，仿佛一个木偶被喝醉的木偶师操纵着。他的舞步凌乱，就好像在踩地板上的蚂蚁。他沉浸在舞蹈中，没有注意到她的到来。她尴尬地看着他，这个上蹿下跳、左右摇摆的年轻人不是她所认识的那个时髦而冷酷、自我克制的艾伯特了，他似乎暂时被迷住了心窍。

"艾伯特？你在干什么？"

他转过来，但看上去一点儿都不惊讶。他继续跟着音乐跳舞。"我真正的德国美人儿……"他朝她迈步走来，他的动作夸张，显得鬼鬼祟祟，踩着音乐的节拍，朝她缓慢地靠近再靠近，向她伸出一只手，让她加入自己。他的皮肤闪闪发光，他的眼睛睁得很大，眼珠凸起，让人难以产生信任的感觉。

她从裙子里抽出偷来的文件递给他。

"我有重要的东西。"

"我的天哪，"他说，还在跳着舞，"我的天哪。跳起来吧！"他朝她伸出手，坚持要她一起跳。那只手发着光，却又湿又黏。手臂上那个数字88的伤疤在颤动。她想让他高兴，但她不会跳舞。

"我不会。"她说。

"你会的……我真正的德国美人儿。"

他把一只手放在她的后腰上,另一只手牵着她。弗里达将文件贴在胸前,敷衍地左右移动着双脚,可她却无法让自己放松下来。这首变了调的音乐毫无章法,实在是太难掌握了。她想要的艾伯特……唉……不是这个样子!他的身体每扭动一下,他对于她来说就变得更陌生了一点儿。

"我跳不了!"

艾伯特往后退去,舞步却没有停下。他走到留声机旁,把唱针从光盘上抬起。

"好。好。好。这位姑娘不愿意跳舞。一个士兵应该知道何时要放松自己。来吧,我这位焦急的朋友。给我看看你拿来了什么。"

她把文件递给他。他虽然关上了音乐,却还跟着脑子里的曲调跳着舞。艾伯特接过文件,在上面摩挲着。"'机密'……"他读道,"这可是好东西。"他解开文件上的橡皮带,打开了文件。他不紧不慢地读着那些文字,嘴唇翕动着将它们翻译过来。过了一会儿,他开始赞赏地点头。

"你从哪里得到的?"

"上校那里。"

艾伯特继续读下去,不时满意地哼几声。

"这个有用吗?"她问。

他放下了文件,看着她,这次的目光里满是欲望。他把滚烫的手放在她的手臂上。她能看清他脖子上的脉搏在跳动,快速而有力,还能感觉到他下身的反应抵住了她。她想起了自己之前对他的吸引力,于是开始解他的皮带。他又低低地哼了一声,将自己贴在她身上。他掀起了她的裙子,她脱下了自己的内衣。她向后靠在床架上。他进入她身体的时候发出了愉悦的声音，这让她再次感到了骄傲和强大。为了取悦他，她也回应地发出了声音，接着她发现自己的呻吟变得情不自禁，不仅为了他，也是为了她自己。这一次他用了很长时间才达到最后的高潮，也给了她更多的时间体会新的快感。结束的时候，他还靠在她身上，浑身瘫软而懒散。然后他后退一步，穿上了裤子。她觉得自己仿佛能听见和看见房间里的一切，以及房子外的一切。

"你能标记我吗？"

他笑了起来，又拧开了一管柏飞丁。

"好吧。"

他从床头柜的烟盒中取出一根香烟。他点上烟，抽了一口，然后朝她靠过来。

"会疼的。"

"我不怕。"

"你想标记在哪里？"

"这里。"她伸出百合花一般洁白的前臂，在皮肤上柔软的位置画了个圈。

"你可以吃一片这个药——就不会觉得疼了。"

她摇了摇头。"我想感觉到疼。"

他牢牢抓住她的手腕，将香烟压在她的胳膊上，这样按着直到熄灭。她忍住没有叫出声，只是从紧咬的牙关中发出了一声呻吟。他再次将烟点燃，在这个烧痕的上方又烫了一个"O"形，完成了一个数字8。她看着这个新伤疤，它已经变得红肿而刺痛。烧焦的皮肤闻起来很特别。她在这一刻想起了她的妈妈，在大火中，她的整个身体都被打上了烙印，于是她点头示意艾伯特继续。他试着再将香烟点燃，但刚才他压得太用力，这根烟被折弯了，无法点着。

他点了另一根，烫了下一个"0"，第一个"8"留下的刺痛和烫第二个时产生的痛感相互抵消了。烫最后一个"0"的时候，她发现自己发出了愉悦的声音，和几分钟前她发出的声音不一样。标记完成时，她用手捧住了艾伯特的脸，这个姿势在她看来是成年人的样子——因为她现在已经长大了——然后她注视着他的眼睛。在药物的作用下，他的目光闪烁而迷离，她想让它们落在她身上。她再次托着他的脸，用手挡住他眼睛的两侧，让他只能直视前方。

"你为什么要服那些药？"

"我必须保持警惕。有很多事情要考虑。它们有助于我完成任务。"

"你没有跟我讲过你的任务，或者你的计划。"

"在适当的时候会的……"

"你总是这么说。你不信任我吗？"

"我当然信任你。但是……你最好不要知道。你一直……很有帮助。"

她想要的更多。

"你总是说做一名士兵。可是……我没看见你去打仗。我只看见了你在跳舞，还在服用这些药，你什么也没做。"

艾伯特僵住了，他从她面前偏开头。

"别着急，我的德国姑娘。我知道自己在做什么。"他露出了居高临下的微笑。

"是吗？你说过有一支军队，可他们在哪里？我所看到的就只有那些流浪儿。"

艾伯特看着她，努力让目光聚焦。

"我真正的德国小姐……你就像一大波英国佬的轰炸机，像砰砰响的高射炮。别担心。我知道我必须要做的事情。我已经看见了。我全部都看见了。"他拍了拍自己的脑袋,表示他看见的东西在这里,"而且我要干一件大事。"

*

米老鼠站在十字路口,头顶只有一把伞遮挡。他需要有个落脚的地方,于是他来到一座房子前敲门,走廊的门直接倒塌了,露出了另一扇打开的门。风把房子刮得东倒西歪,几乎就要被连底掀翻。米老鼠走进房子,门在他身后猛地关上了,还自己加了挂锁。房间里满是蝙蝠,米老鼠被吓坏了,先是跳进了一个壶里,然后又逃离了这个房间,一边大叫着"妈咪!"。

房子里的每个人,除了格里塔拒绝了蕾切尔的邀请之外,都聚在百代牌投影机旁观看当晚的最后一部影片《米老鼠和闹鬼的房子》。这个投影机是蕾切尔送给刘易斯的结婚十周年礼物(是锡婚也是铝婚),不过她相当于把它送给了艾德蒙,因为他才是从中获得快乐最多的人,也是用得最多的人。他现在正得心应手地扮演着放映员、糖果售货员、外交官和译员的角色,四处分发棒棒糖、雕了花的姜糖和肉桂甜姜饼干,把电影里他能想到的每个笑点都提前剧透出来("这一段很搞笑;你会喜欢这一段的"),自己哈哈大笑时还要忙着确认其他人也都笑了。在这些傻乎乎的小短片极具感染力的光芒下,全家人其乐融融。海克先是有点犹豫,后来就爆发出一阵傻笑;理查德的注意力放在了这种放映电影的方式上,不过当大力水手在展示自己的肌肉时,他也咯咯地笑出了声;在看到巴斯特·基顿[1]那些玩命的特技表演之后,弗里达僵硬的脸上露出了惊讶的波澜,她终于笑了起来,那笑声简直是她爸爸的年轻版。

---

1. 巴斯特·基顿(Buster Keaton,1895—1966),美国默片时代的著名戏剧演员及导演。

鲁伯特也在纵声大笑，仿佛一个老于世故的人享受着简单的快乐。蕾切尔想知道他是真的沉浸在电影中，还是为了不破坏大家的兴致而故意摆出了一副乐在其中的夸张模样。他有没有感觉到——像她一样感觉到——这一切开启了某种更有意思的事情？当电影放映完，他们的目光相遇了，她觉得自己能从他身上看到同样的期待。

"结束了！"鲁伯特先生姿势夸张地说道，还热烈地鼓了鼓掌。

艾德蒙重新把大灯打开，大家在突如其来的亮光中眨着眼。

"谢谢你，艾德蒙。你的未来在这里。我想，有一天你会去拍电影的。摩根太太，您觉得呢？"

艾德蒙以前只考虑过要像他爸爸那样成为一名士兵，他看着妈妈，想知道她是否会同意这样一个非同寻常的职业选择。

"我想他会的。"蕾切尔说，艾德蒙在双重支持下感到非常得意。

理查德对艾德蒙放的电影表示了感谢。"大力水手。"他一边说，一边鼓起了自己的肱二头肌，暗自笑了起来。海克什么都没有说，她将手放在胸前表达谢意，还微微行了一个屈膝礼。蕾切尔确信自己听到她对艾德蒙说了一句"很美味"。

弗里达的头发在身后扎成了一束——现在成了单个麻花辫——她保持着沉默。

"向艾德蒙和摩根太太表示感谢，弗里达。"

"谢谢。"她说，她看着蕾切尔挤出一个微笑，"我要去睡觉了。"她用英语说。

"去睡吧，弗里达。"蕾切尔说，"圣诞快乐。"

"我们能再看一遍米老鼠吗，妈妈？求你。"艾德蒙已经把底片再次装在了卷轴上。

"我觉得现在已经差不多了,艾德。你早点睡觉,就能早点拆礼物。"

"我们不能现在就拆吗?就像德国人那样?"

"我以为我们一直是在按英国人的方式行事。"鲁伯特一边说一边朝他眨了眨眼。

艾德蒙在为了未来的奖励而推迟眼前的愉悦这个想法中挣扎了一下,还是接受了鲁伯特的话。"那好吧。"他回答。然后他去吻了吻妈妈:"晚安,妈妈。"

"晚安,亲爱的。"

海克开始收拾盘子。

"你可以把它们留在那里,海克。"蕾切尔说,"真的,让我来吧。"

海克不知该怎么办,于是看向鲁伯特求助。

"今晚就休息一下吧,海克。"鲁伯特说,毫不费力地担任起曾经一家之主的职责。

"晚安。"她说完鞠了一躬,红着脸离开了。

蕾切尔和鲁伯特等待着所有人都消失在楼上各自的房间里。鲁伯特假装在检查放映机的镜头,而蕾切尔把盘子摞了起来。终于,地板发出的嘎吱声停止了,炉火的噼啪声成了房间里唯一的动静。

"嗯,今晚过得非常愉快。"蕾切尔说,"看到大家都开怀大笑,真是令人高兴。"

"这就是米老鼠带来的奇迹,"鲁伯特说,"也许他能为我们所有人带来世界和平。"

"你想来点夜酒吗?"

鲁伯特不太明白这是什么意思。

"我们把睡前最后小酌一杯叫作夜酒,"她解释道,"有助于睡眠的。"

"和英国人喝一杯可不仅仅是喝一杯。"

"什么？"

"请吧。"

蕾切尔倒了两杯军用威士忌，往每杯中各加了一点儿水。她将一杯递给鲁伯特先生，拉过一个脚凳，坐在壁炉前，邀请他也坐过来。他们相隔几英寸的距离，并肩坐着，静静地注视着炉火。每个壁炉都像一个独立的剧院，这一个的气氛喧闹而热烈，上演着引人入胜的故事主线和支线。蕾切尔的目光盯着最上方的那块煤，它正逐渐变成橘色。

"我喜欢你们对圣诞前夜的重视，"她说，"相比于圣诞节当天，我总是更喜欢前夜。"

"你是一位虔诚的信徒吗？"

蕾切尔缓缓地摇了摇头，但有些迟疑。

"我一直都很喜欢宗教的外在形式。"

"但是它本身呢？在剥离了它的所有外在之后？"

"我觉得我的信仰——就是这个样子——在我身上已经找不到了。"

"也许我们不该谈论这种事情。"

"不，我们该谈，"蕾切尔说，她觉得自己很需要将更深刻的决心表达出来，"我们很少谈论那些重要的事情。我们总是对它们绕道而行。我觉得这就是时代的精神，是维多利亚时代遗留下来的态度。或者因为太多的战争。我不知道。如果要勾勒未来的样子，我希望到时人们都能畅谈真正重要的事。"

书房的钟发出了午夜时分的鸣响。

"圣诞快乐。"她说。

"干杯。"鲁伯特说,举起酒杯碰了碰她的酒杯。

"干杯。"

"敬一个能够畅谈要事的时代。"鲁伯特说出祝酒词。

不过眼下真正重要的事情还没有提到。

"你呢?"她问,还没准备好说出来,"你相信吗?"

鲁伯特将酒杯伸到炉火的光亮中,让威士忌闪耀着火焰的光芒。

"相信一个后来变成婴儿的上帝?太难了。"他将杯中的液体倾斜了一点儿,透明的杯身折射出一片金光,"相信强大的人类比相信弱小的上帝更容易。"

这场对话像是一支舞蹈,两人都没有主动领舞。蕾切尔看到鲁伯特眉毛上的伤口愈合得很快。

"上校说他要去黑尔戈兰岛,"鲁伯特说,"那是一座神圣之岛,过去是圣人们前往的地方。"

"看来他在那里会找到归属感的。"这句话在她还没来得及修饰时就脱口而出。她又低下头看着炉中火苗。刚才她盯着看的那个煤块已经把周边的煤块都照亮了。

"当上校告诉我他要离开时,我感到……高兴。"鲁伯特说。

蕾切尔在玻璃杯中摇晃着威士忌和水。她感到自己的心中涌起了微妙而不可告人的心思:"我也是。"

边线。界线。底线。她已经跨过去了一些,但这三个词就像是她所迈出的最大一步。

鲁伯特抓起了她的手,他的手掌比她的更加温暖,然后他温柔地吻着那只手。蕾切尔握住他的手,将它拉过来,让他的唇贴上了自己的唇,歪过头吻住了他。他立刻有了回应,与她深深地吻在一起。蕾切尔再次惊讶地发现,两人之间很快就产生了舒适的亲密感。

当他们分开时，鲁伯特想说点什么，但她用另一个吻阻止了他的话。如果他们要讨论此刻发生了什么，如果她要被迫去考虑这一切，那么她可能会停下来。他们再次分开时，她还想吻他，但这一次他拒绝了，他像鸟儿一样把头向后仰，让她亲到了空气。

"……我先回我的房间，"他说，"等我把灯打开——你能从大窗看到，我会给你留着门的。"

他的指示很确切，他一定也经过了深思熟虑。他站起身，放开她的手，但目光还留在她身上，他举起一根手指放在嘴唇上，然后朝上指了指自己要去的地方，表示这其中的间隔时间不会太长。

蕾切尔数到了六十，像一个在玩捉迷藏的小姑娘，闭上眼睛，听着地板发出的吱呀声。她等着那些声音——来自理智，来自判断力，来自良心——来告诉她不要朝他走去。然而这些声音并没有出现，她所能听到的只有自己欲望的轰鸣。现在只有意外发生才能阻止她——巨大变故，地震，或者诸如一只大猫穿过草坪这样的异常情况。

数到六十的时候她睁开了眼睛，看见鲁伯特房间的灯光透过大窗照了进来。她出发了，小心翼翼地爬上楼梯，让自己的脚步落在地毯上，避开了露在外面还会发出响声的木头边，还要留心嘎吱声、偷听的女仆和没睡着的孩子。除了狡黠的心思和隐秘的行动，偷情还需要孩童般天真的胆量和创造力。这就是现在她所做的事情吗？偷情？感觉并不像。可偷情的人自己能感觉到吗？这又如何来定义？动动念头就算是吗？接吻呢？还是说她将自己剩下的一切都交给鲁伯特，才正式成了偷情的人？

她经过自己卧室敞开的门。站在第二段楼梯的脚下，她看了一眼艾德蒙的房间。她迈上第一级台阶，侧耳倾听最细微的动静。

一切都升高了，也变缓慢了。她注意到了新的细节：楼梯地毯压条的两端有浮雕花纹；她的耳朵里有尖锐的鸣响；房子顶层的空气更加温暖。鲁伯特卧室的门微微半开着，露出一段等边长的灯光。她一只脚踏进光线里。她看着自己的鞋子，她曾穿着这只鞋毫无愧疚地穿梭在各个房间里，漫不经心地处理着家务琐事；它看上去并不像一个偷情者的鞋。她推开他的门，庆幸它没有发出一点儿声音，然后踏进了一个崭新的国度。

鲁伯特站在窗前，背对着她。她关上门，倚门而站，双手还留在门把手上，所有的疑问都被关在了身后。门把手抵在她的后腰上。鲁伯特转过身，对快乐的期待——或者也可能是惶恐？——扭曲了他的面容；有一瞬间他看上去似乎不太确定，似乎想结束这一切。接着他一步跨到她面前，吻住了她，他们一边接吻一边将衣服脱掉。脱衣服的动作相当不理智，他们简直就像在跳一支滑稽的芭蕾舞。她不得不把手伸到背后自己拉开拉链，而他脱衬衣的时候把它从里翻到了外，然后卡在了袖口处。最终两人赤裸相对时，他似乎想停下来好好看看她，但她却牵着他来到了床上。

一开始，她几乎没有注意他，他的气味，他的味道，他的不一样；她想要的并不是他的特别之处，她避免直视他的眼睛，也没有睁开自己的双眼。她不需要温柔。她也不需要体贴。高潮到来时她大声叫了出来，声音比她所意识到的还要响，足以冲淡他的兴奋情绪。他只好用手捂住她的嘴，让她安静下来。

"他们会听见我们的。"

她并不在乎。

她躺在那里，呼吸着欢爱的气味，感受着它留在她身体里的痕迹，从她的腹部蔓延开来，传递到了四肢之间。

"你还好吗？"他问道。

"很好。"她回答。

"我想象过你是这个样子。这么……激烈。"

她没有回答。她就这样睁着眼睛躺着。他们的双手握在一起，手臂和大腿也相互交缠着。她非常愿意接纳这一刻的点滴细节，还有他这个人和这个房间：他的侧身上有一块六便士大小的胎记，她的脉搏随着肚子的一起一伏清晰可见，他的臀部瘦削，胸膛上露出了细小的青筋。赤裸的鲁伯特似乎更加修长纤瘦，他的皮肤苍白，比她的肤色要浅很多。

这间临时房间的模样一览无余。她看到的家具物品是从楼下匆忙搬上来的，存放在这里以便她的入住：有他的建筑设计案台和绘图用具，还有堆在地板上的书。一张巨幅油画斜靠在墙边，没有被挂起来，画的正面朝里放着。它的大小和客厅墙上的那块痕迹差不多。

鲁伯特抚摸着她的肩膀。

"这是那幅画吗？"她问。

鲁伯特没有回答。

"斯特凡？"

"是的。"

"我现在能看看吗？"

他的沉默让她更想看了。

"看吧。"他终于开口了。

蕾切尔抬腿下了床，扯过床单围在身上，主要是为了保暖，而不是保持端庄。她跪在地板上，将那幅画转过来。不用问，她就知道这是谁。和她自己想象出来的模样相差不多，那些家族特有的相似之处非常明显，不会被认错。

"克劳迪娅。"

鲁伯特点了点头。

"她真美。我能从她身上看到弗里达的模样。你为什么要把她的画像取下来？"

"我不愿让她再看着我了，蕾切尔。回来吧。"他拍拍床，不想多谈这个话题。

她的好奇心战胜了他的不自在："为什么你不告诉我——当我指责你的时候？为什么不说那是她的画像？"

鲁伯特看上去非常矛盾。"因为……我在试图忘记。因为，如果我对你说了，我可能就不会吻你了。然后你就会为我感到惋惜。你会觉得我依然爱着我的妻子。"

"你还爱着她吗？"

"请你把它转过去吧。"

"还爱吗？"

"我无法去爱一段回忆。我想要的不止这个。"

蕾切尔又看了看这幅画，然后将它转过去，面朝墙放好，回到了鲁伯特的床上。

刘易斯和乌苏拉以及来自同盟国国际赔偿机构的三位代表躲在起保护作用的防爆墙后面，等待他们本次拆除之行的第一轮控制爆破。俄方代表库托夫上校正在大声嚷嚷着什么，可刘易斯一个字也没听见。他拿下自己的消音耳塞，转向乌苏拉。

"他说了什么？"

"关于给您的辖区送小麦的事情。"

刘易斯重新戴上耳塞："这个浑蛋就爱玩这一套。"

他回想起这个制衡局面的荒谬逻辑：他们要炸掉一座肥皂厂，这个工厂能养活两千个德国人，能制造人人都需要的用品，还没有任何军事价值,然后作为回报,俄国人就为德国人提供面包。简直就是在算一笔糊涂账。

一些抗议者聚集在亨克尔肥皂厂的大门前,十几个穿黑披风的德国警察就足以对付他们。将军说得对:圣诞节确实是拆除工作的理想时间。

机构已经计算过爆破的响声能传到三十至五十公里远的地方。爆炸发生的时候并不剧烈,还有一种古怪的美感:浓烟在建筑物的两侧呈对称状翻滚,然后就像一个跪倒在地上的人挺直脊梁努力维持尊严一样,整个建筑轰然倒塌,消失在碎石块扬起的烟尘中,那烟雾翻滚着,变成了粉尘中一棵绽开的花椰菜。烟尘几乎飘到了防爆墙周围,差点就将代表们包围起来了。倒塌的砖石发出的动静在很远的地方都能感受到,可能会被误认为是大规模的阵阵雷声,也可能被当作附近有大型火车通行。或许还有人会把它当作最后一批幽灵般的失联空军前来完成他们未尽的任务。

一个高大的烟囱倒塌了,形成了最后一击,之后库托夫站起身来,为这次爆破鼓起了掌,仿佛他正在参加一场私人烟花展览。他确实应该感到满意,从技术上说,这任务完成得非常出色:皇家工程兵对于这种控制爆破非常在行。代表团中的法国人让·波隆和美国人齐格尔中校也纷纷站起身鼓掌。

刘易斯望着尘埃散去,下面一堆堆砖石和碎块露了出来,他忽然看见迈克困在纳伯斯那所房子的房梁、污泥和黏土之间。虽然蕾切尔给他描述过这个场景,但他从未将它完整地想象出来,只是勾勒了一个他可以忍受的画面——画面中只有一堆整齐的砖石瓦砾,不像此时此刻在他面前展开的这一幕,也从来不会出现他儿子的尸体。

库托夫对代表们又喊了一些别的话,反复说了好几遍,还指着他的手表。

"他现在又说了什么?"刘易斯问。

"午夜到了,"乌苏拉说,"他说'圣诞快乐'——用俄语说的。"

代表团被临时安排在一家小旅馆中,位于通往库克斯港的路上。他们到达旅馆时已经是凌晨一点了,但库托夫把这次出行看成了度假,他不打算轻易放他们回去睡觉。于是他们五个人来到酒馆,庆祝当天顺利完成了任务,还致敬了人类的救世主。将军拿出了一瓶伏特加。

"这酒让我们打了胜仗。"将军一边说一边举起了那瓶烈酒,"你们英国人有杜松子酒。"库托夫说着转向了刘易斯。

"这酒帮我们忘记战争。"刘易斯说。

"你呢,法国的先生?"

"茴香酒,"波隆回答,"这酒是为那些避开战争的人准备的。"

"而我们的酒则赢得和平,"齐格尔说,"马提尼:美国所有发明中最伟大的一项。可不要小瞧它。我能喝两杯。"他说,"喝三杯就倒桌子底下了,喝四杯的话,就倒在女招待的裙底了。不过,这玩意儿,嗯——"他拿起伏特加的酒杯,"我大概没有留意到它。"

"你呢,保罗斯小姐?"库托夫问道,"你们国家有什么好酒?"

乌苏拉一直在默默地观察着,刘易斯感觉她对于俄国人似乎有某种过敏反应。

"我觉得是啤酒,上校。不过你们把我们的啤酒花和小麦都拿走了。"

乌苏拉盯着库托夫,没有丝毫迹象表明这句话本意是个玩笑。库托夫也回瞪了过去,目光中带着警惕和威胁。乌苏拉与他对视着,直到他移开了目光。接着库托夫把手往桌上一拍,大笑了起来,仿佛自己是一个完全不会被冒犯的人。他身材矮胖,看不到脖子,体格强壮。他拍打桌子的时候,整张桌子都晃动了起来。

"你很幽默,保罗斯小姐。我喜欢这样。你让我想起了我们在红军中玩的一种喝酒游戏。"

在这个游戏中,当有人在你眼睛前方拍手时,你必须保持不眨眼,坚持越久越好。库托夫来拍手,十秒钟就淘汰了波隆,三十秒钟淘汰了齐格尔。刘易斯差点就坚持到了一分钟,但还是因为太疲劳而失败了,不是缺乏技巧;乌苏拉轻松地赢得了游戏,三分钟之后她才眨了眼睛,而且是在库托夫忽然对她大喊了一声"哈"的时候。

接下来,库托夫又唱了一首忧伤的俄罗斯民谣,刘易斯拿不准他到底是一个善解人意的人还是一个多愁善感的讨厌鬼。刘易斯准备回去睡觉时,齐格尔提议再玩一个游戏。

"我们在登陆前打发时光的时候会玩一个游戏,名叫假如没有战争。它可以帮助我们了解新兵。你们知道这个游戏吗?很简单。你只要说说如果没打仗的话,你现在会在做什么。美好的事,糟糕的事,都可以。不过必须是真话。如果其他人不相信你或者想了解更多的事,就会打断你的话,或者向你提出质疑。"

库托夫敲了敲桌子表示赞同。"好主意!"他说,"我没听过这个游戏,不过我已经很喜欢它了!"

刘易斯对上了乌苏拉的目光。他瞪大了眼睛表示警告。本来他已经准备离开了,但责任感和某种好奇心让他留在了座位上。

齐格尔继续说:"我面前放着一瓶酒,就表示我在发言。我们从我左手边开始传。我先说。非常容易。那我说了。假如没有战争,我……就还在费城卖人身保险。假如没有战争,我将永远不会见到埃菲尔铁塔。假如没有战争,我可能有四个孩子,而不是两个。假如没有战争,我的体重会比现在再重几磅。就是这样。现在可以开始了。你们随时可以将酒瓶往下传。时刻做好准备。"

他将酒瓶递给了库托夫。

库托夫把它拿在手里。俄国人的手指很粗,伤痕累累。他用另一只手敲打了一下酒瓶,房间里的气氛变得肃穆起来。"如果没有战争。"他用悲哀的声音说道,然后他停顿了好几秒。大家都做好了准备,以为会听到一个充满暴行的故事,因为大家都想起俄国人为这场战争付出了最大的人员伤亡。"如果没有战争,那么这个晚上,我将会和我的妻子一起待在列宁格勒。"又是一阵沉默。没人知道这句话意味着什么。他看上去孤苦伶仃,几乎整个人都垮了;他透过张大的鼻孔夸张地吸了一口气。

"我很抱歉,瓦西里。"齐格尔说,他伸手去碰了碰那双粗蛮的手。

库托夫忽然露出了笑容。一个蓄谋已久的大大的笑容出现在他光秃秃的脑袋上。"于是每天我都感谢老天,我没和那婆娘在一起!"

大家都松了一口气,笑声变得更响了。

"所以,如果没有战争,"库托夫又想到了一些,"如果没有战争,我还和我妻子在一起,还有三个孩子:我的玛莎,我的索尼娅,还有我的彼得。我会是一个大吼大叫的坏爸爸。我会在通讯局上班。周末会从冰窟窿里钓鱼。如果没有战争,我就没有借口了。"他又停了下来。

"借口?"波隆问。

他又喝下一杯伏特加,将自己的杯子再次倒满。然后他忽然站起身:"如果没有战争……"他掀起自己的衬衣,露出了宽阔的胸膛,他的肚子上布满了黑色的伤疤。

"这个是因为偷了牛。波尔青的一个农民干的。"

"那个农民现在去哪里了？"波隆问。

库托夫指了指地。

"喔！"齐格尔说，"好故事，上校！好故事。"

库托夫接着把酒瓶递给了波隆。

刘易斯完全无法给这个法国人归类。他肯定不是军人。是一位公务员吗？也许是一名学者？

"如果没有战争……我就不会经历这种跨越了国界的同志般的情谊……"他开口了。

库托夫对他的用词表示赞同，他与各位代表碰了四次杯，还祝了酒，"同志们！"

"如果没有战争……"波隆接着说，"我当然不会在这里，而是还在波恩工作。如果没有战争，我会继续完成博士学位。如果没有战争，我会……依然与昂日尔在一起。如果没有战争，我就永远不会遇到我的妻子。"

"上帝既赐予也夺去。"齐格尔说。

"那个叫昂日尔的姑娘怎么了？"库托夫问道。

"德国入侵的时候我正在巴黎。我无法赶回波恩。昂日尔是系里的秘书，她没有地方可以去……"

"我们大概明白了，让……我们大概明白了。"齐格尔说。

到目前为止齐格尔的醉意最明显，但刘易斯感觉自己也喝醉了，他确信自己动一动肯定会摔倒。尽管如此，他还是接过了俄国人递来的又一杯酒。酒能有效地遏制涌动的心潮。

"那么这位昂日尔现在又在哪里呢？"库托夫想知道。

"她被抓起来了。我的教授向德国当局揭发了她。她是犹太人。自那以后我就离开了那所大学。然而……我遇见了我的妻子朱丽叶。于是，就这样[1]……就说这么多吧。"

波隆把瓶子递给刘易斯。"摩根上校，我看你是一个有故事的人。"

是的。刘易斯有很多故事——他的人生也和别人一样，因为战争的结局而染上了色彩——但他并不准备告诉他们。在这张桌子前，或是任何桌子前，他都不想提。他对于争相揭开伤疤这种事毫无兴趣。在刚才的一小时里，他几乎一直在边抽烟边走神，想把自己藏在烟幕的雾气之后。

"上校？"

他将瓶子递给乌苏拉。"抱歉，我脑袋里一片空白。你来吧，小姐。"

"你一定得讲一个，上校，讲什么都行。"

"我之后再讲吧。"他说，"你先讲。"

乌苏拉把手环绕在瓶子上。

"如果没有战争……我就还是一个结了婚的人，"她说，"我会有孩子。我想生四个孩子。我还会在吕根岛教书。我不会失去一个哥哥……在那个政权的统治下。如果没有战争，我永远不会穿越那片冰冻的海。"

"你是从我们那里逃走的？"库托夫打断道。

乌苏拉点了点头。

他笑了。"你以为那些英国人会待你更好！"

乌苏拉看着俄国人说："是的。"

"他们不用面对我们所遭遇的情况。"他回答道。直到现在，他才终于露出了那份苦难深重的人所拥有的骄傲。

---

1. 原文为法语。

"有些事情是无法用战争来做借口的,上校。无论你们遭遇的是什么。"

"继续说吧,保罗斯小姐。"齐格尔说。

"如果没有战争……我不会从吕根岛一路走到汉堡。不会在沿途看到人类能如此残忍,也能如此……善良。"

"细节,小姐!说细节!"库托夫要求道。

乌苏拉紧盯着这个俄国人。他从早到晚都在试探她。他似乎为激起了她对他的愤怒而感到非常得意。

"如果没有战争,我不会见识到俄国士兵的残忍,他们强奸了一位老妇人,还将她殴打致死。如果没有战争,我也不会看到他们上司的善良,他说服手下不要碰我,还把我放走了。"

库托夫立刻挥手打断她的话:"算你走运。"

乌苏拉和库托夫之间又开始了目光的较量,这一次库托夫赢了,他对她微微一笑,接着又开心地大笑起来。不过这一次大家没有随他一起笑。刘易斯很庆幸自己推荐了乌苏拉去伦敦任职,而且她也接受了。如果她和库托夫这样近距离地在一起待一个月,大概会酿成一起国际外交事故。

齐格尔试图让游戏继续。"那么,上校,你现在可是占了我们大家的便宜。我们对你还一无所知呢。"

刘易斯用手指在桌上敲打出一串鼓点声。"我想回去了。大家明天还要早起。"

"快说吧。你的故事有多糟糕呢,上校?"齐格尔劝道。

"我实在玩不了这个游戏,先生们。"

乌苏拉正为她与库托夫的对话而生气,现在这股怒火落在了刘易斯身上。"你已经听每个人都讲过了。你也要分享一下才公平。"

"对呀,"齐格尔拍着桌子表示赞同,"你得拿点东西出来,上校。大家都把心里话掏出来了。一切为了公平起见嘛。"

乌苏拉伸手把酒瓶拿过来,放在了刘易斯面前。他看着它,却没有去拿。乌苏拉不耐烦地将它一把夺回来,在自己面前举着它。

"那好吧。作为你的翻译,我来帮你说。我想我知道上校想要说什么。"

乌苏拉看着刘易斯,他忽然想把酒瓶从她手里拿过来。

"如果没有战争,摩根上校就不会在这里给予我这份工作。我也不会去伦敦。为此我很感谢你。如果没有战争,摩根上校会在英格兰或者威尔士过着舒适的生活。我也不知道。如果没有战争,摩根上校会有更多的时间陪伴他的家人。如果没有战争,他就不会失去一个儿子,然后一直忙忙碌碌拼命工作,这样就不用被迫去想这件事。虽然它一直挥之不去,就在他心里。"

说完这些话,乌苏拉将酒瓶从刘易斯面前移到桌子中间。

库托夫鼓起了掌。齐格尔点头表示赞同。

刘易斯感到身体里有什么东西膨胀了起来,在他的鼻子里,还有胸膛里。他卖力地工作就是为了让这个幽灵无法靠近,但是现在它正逼近过来,要找他算账。泪水涌了上来,他只好做出吞咽的动作才能忍住不哭。他站起身。伏特加带来了甜腻的麻木感,似乎都聚集到了他的大腿后部,他让自己站稳。他伸手搭在乌苏拉的手上——动作很轻——然后拍了拍它。"说得很好。"他向男士们鞠了一躬,"我要回去了,先生们,保罗斯小姐,晚安。晚安。晚安。晚安。[1]"

---

1. 原文中后三个"晚安"分别用俄语、法语和德语说出。

第十一章

理查德缓缓地在伯纳姆家门口停下车让蕾切尔下去。停车时，他关掉了奥斯汀汽车的引擎，车的猛烈震动迫使她把手扶在了仪表盘上。

"这辆英国车真破！"他低声说道，接着又为自己脱口而出的话感到非常尴尬："请您见谅！"

即使没有每日的德语课，她也完全能听懂这些话。

"别担心，理查德，只是天冷的缘故。我也觉得，这算不上世界上最好的车。谢谢你开车送我。这里比我想象的要近多了。"她说这些话的时候还用手比画了一番作补充：用于指表示走路，手掌表示距离很短，还碰了碰他的胳膊表示安慰。

"您是一位好太太。"他用英语说。

当她走在伯纳姆家的车道上时，蕾切尔觉得理查德的赞扬让她既高兴又不安。她认为自己不是一位"好太太"。过去几周里的不当行为已经让她没有资格再接受这样的称赞了。

要是有人能看透这一切，那此人非苏珊·伯纳姆莫属。这个茶会的邀请现在看起来更像是一场鸿门宴。蕾切尔质朴的感情和她的处境，正是苏珊最喜欢享用的话题。当她们坐在苏珊·伯纳姆令人惊叹的前厅里品茶的时候，蕾切尔决定主动转移话题。

"我猜你已经听说柯尼格先生的事情了吧?艾德蒙的家庭教师。"

"是啊,基思说的。秘密警察。我估计他会被枪毙。"

蕾切尔点了点头。

"你们没有调查他的背景吗?"

"调查过了。可是显然他没有对我们说实话,"蕾切尔说,"他和其他人一样填了表。他避开了犯罪类别的相关内容。他说自己曾经是基尔的一名校长。刘易斯觉得他很不错。"

"他们怎么抓到他的?"

"他认识的人揭发了他。"

"好吧。你丈夫的筛查流程还有待提高。"

蕾切尔没有为刘易斯辩解,她把茶杯举到嘴边,被烫了一下。她对着茶的表面吹了吹,在水面上掀起了微小的波澜,然后她打量着这个茶杯。蕾切尔非常喜爱陶制餐具。她懂瓷器,这一套极其好看,装饰有精致的蓝洋葱[1]花纹。她托起茶杯,看向它底部的制作者标志,是一个交叉的蓝色宝剑符号,这代表了德累斯顿附近的易北河畔小镇,那里出产的是世界上最好的瓷器。多么稀奇,就在几百码之外同一条河流沿岸的小镇上,这个杯子诞生了。4月份是她和刘易斯二十周年的结婚纪念日,而她每次送给他的礼物总是用合适的材料制成。二十周年是瓷婚。

"迈森出产的。"她说。

"这所房子里本来就有的,这个地方到处都是这些玩意儿。"

伯纳姆的房子比苏珊自己所说的还要奢华。她把鲁伯特别墅

---

[1]. 蓝色洋葱图案是18世纪30年代德国迈森瓷器的一款经典植物主题花纹,源于中国青花瓷,所描绘的图案原本是石榴和桃子,但被欧洲人误认为是洋葱,所以该系列瓷器被称为"蓝洋葱系列"。

吹嘘得太过华丽,让蕾切尔以为她住的环境远没有眼前这些那么体面。这里虽然没有鲁伯特的房子那么宽敞,但其完美的显赫气度也自成风格,不过或许它精致得有些过头,对于苏珊·伯纳特这样的人来说过于讲究了。不过蕾切尔不会这样说。她们都是没教养的斑鸠,占据了其他鸟儿华美的巢。

"我本来想邀请你来过圣诞节的,但是我们对于过节没什么兴致——基思不太受得了这个。"

"你真好,能这么说。我们的圣诞节过得非常好。"

"你男人总是不在。自从到了这里,我想我只见过他一次。"

"我觉得他多少也是乐意出远门的吧。"

蕾切尔原本并不想这么说,苏珊·伯纳姆闻到了血腥味:"他带着秘书一起去的吗?"

"他没有说,我猜是的。"

"基思说他有一天见过她,在午饭的时候。他说刘易斯有一位'女神般的翻译',我男人对这种事情一般是不太关注的,所以她一定是很美。你没去查过,是吗?"

"没有。"

"这难道没有让你……有那么一点点怀疑吗?你听说过杰克逊上尉的事情吗?"

蕾切尔没听说过——也并不想听——关于杰克逊上尉的事,但苏珊还是告诉她了。

"他和他的翻译私奔到瑞典去了。留下了三个孩子,却连张字条都没留。"

"你为什么要跟我说这个,苏珊?"

"因为我看着你们两个人,就想知道你该如何应付,我为你担心。"

261

蕾切尔不知道自己是不是相信她的话。她的朋友是怀着好心还是想看好戏？

"你呢？基思怎么样？我一直没见过他，自从……那天晚上以后。"

"老天。我觉得他不会记得这事的。"她笑了起来，不过提到这件事时，她还是顿了一顿，"他喝醉了以后脾气相当恶劣。我担心自从我们来到这里以后他的脾气更差了。"

"他似乎很生气。"

"那是他的工作。基思有任务在身。他不想让他们逃脱惩罚。"

"他们？"

"纳粹分子。"

"是啊，我们大家都不想。"

"唉，他被集中营里的照片深深震撼了。那些照片被公布的那一周，他主动要求调到去纳粹化项目组。他觉得自己有责任铲除邪恶。"

蕾切尔的目光停在了墙边一排装茶叶的箱子上。她估计这是刚刚从英国运过来的。

"你的行李还没收拾完？"

"我们在往回寄东西。"

"可你们有足够的空间……"

"我们……你知道……会运一点儿零碎东西。"

"零碎东西？"

"噢，拜托，蕾切尔，就是战利品。反正这本来也都是赃物。你家里的那些画——你以为鲁伯特先生的手上没沾过血？"

我多么笨啊，蕾切尔想。

"我没有……这样想过。"

"你当然没想过。"

"为什么这么说?"

"你们家道殷实,能继承祖传家产和上好的古董。而我们却是白手起家。"

"不是这样的。我和刘易斯都不是权势家族出身。"

一位女仆端着一盘甜果馅饼走了进来。

"不!天哪!"苏珊·伯纳姆说着把她领到了餐具柜那边。她忽然变得非常慌乱。

蕾切尔用餐巾擦了擦嘴。她打算离开这座房子了。

"他彻底赢得你的心了,是吗?"苏珊说。

"谁?"

"你那位英俊的建筑师。"

蕾切尔无法阻止血液在道德心的作用下涌上她的面颊:"你……是什么意思?"

"我看到你在花瓶被打碎时立刻站出来为他说话。"

"这是他的房子,苏珊。我们打碎的是他的物品——他的东西!"

"你明白我的意思。"

"不。我不明白你是什么意思。"

"当你朝他走过去的时候——阻止他去揍基思的时候——你们互相看着对方的样子——"

"苏珊!别说了。"

"好吧,你要小心。他们不像我们。他们是不一样的。非常不一样。我不是在责怪他。"

"什么?"

"想占便宜。"

"求你了,苏珊。"

"你很有魅力。而且几乎没有人管束你。我这么说只是因为我羡慕你。"

"我?"

"说起来一言难尽。"她说。她的皮肤忽然泛起了疙瘩,出现在她的眼睛和鼻子周围,是她情感爆发的标志。"我讨厌待在这里。"

"我以为你喜欢这里。"

"我装出了一副无畏的样子。如果你嫁给了一个酒鬼,你也会很擅长这么做的。"她发出了一声轻浮而神经质的笑声,想表现得轻松一点儿,可话已说出了口。

军队里到处都是秘密的酗酒者,但蕾切尔并没有把伯纳姆少校看作其中的一员。"我不知道他的情况这么严重。"

苏珊·伯纳姆忽然把一只手搭在蕾切尔的手上:"你不会告诉任何人吧?别告诉任何人。"

"不会的。"

"那件事也是。"

"哪件事?"

苏珊·伯纳姆看着那些被塞满了的茶叶箱子,它们即将被运走。"关于瓷器之类的东西。"

艾德蒙把一副扑克牌面朝下铺展在他卧室的空地上,弗里达侧身躺在一边,她在地毯上舒展开身体,把裙子边提到了大腿的位置。她在检查卡斯伯特脖子上的针脚。自从圣诞节的电影放映活动之后,弗里达对艾德蒙的态度变得友好一些了,而他正试图放下他的布偶士兵,也不做其他那些令她觉得幼稚的游戏了。他不再让迷你小汽车沿着楼梯拐角跑来跑去,也不再在花园里捕猎想象出来的怪兽了。现在只剩下看电影和玩牌。

"英国士兵缝好了,"弗里达说,她的英文比艾德蒙想象中的好多了,"他是国王的士兵吗?"

"他是一名近卫步兵。"

艾德蒙想继续玩扑克牌记忆游戏,但弗里达用手指沿着卡斯伯特的针脚划过去,向上拂过他的熊皮外套,暗自笑了起来。也许她要把一切都告诉他。

"你妈妈把他缝好了,从自动升降机上拿来的。"

艾德蒙漠不关心地耸了耸肩,表示他已经不再关心玩具士兵和自动升降机了。他正打量着她露在外面的双腿,还给自己找了一个方便偷看它们的位置。他被弗里达所吸引,但他自己没有感觉到,也不是十分明白。晚上他难以入睡,他的思绪总是回到她那次体操表演上,他会回想起她白色的短衬裤深深地藏在她大腿的凹陷处,会回想起夜壶中她的尿液所散发出的刺鼻气味。在这些瞬间中,他萌生出了许多新的幻想。

他假装把牌更均匀地摊在地毯上,用手轻轻触碰到她的身体,并且停在了那里。他在自己丰富的头脑历险中已经摸过她了。但在现实生活中……这是他想玩的游戏。他想轻轻抚摸她的皮肤,就是膝盖上的那一圈,就像从窗户上擦去水蒸气一样在那里揉搓。这个念头似乎和他腰间的感觉连在了一起,在那里他感到一阵汹涌的情绪。他想让自己的手继续往上移动,朝那条白得不可思议的短衬裤摸过去,直到触到那块布料。然后怎么办呢?她会不会夹紧大腿,把他的手困在她的腿间?

弗里达没有流露出任何迹象表明她注意到了他的触碰。她放下卡斯伯特,把注意力转移到玩具屋上,她爬起来跪在地上,看了看玩具娃娃的摆放位置。她指着卧室里一个男孩玩偶。

"这是你。这个"——她指着钢琴旁边的玩偶——"是摩根太太。这个"——她指着顶层上的玩偶们——"我爸爸和我。"

艾德蒙点了点头。他想回到另一个游戏中去,但弗里达似乎对他重新搭建的场景非常感兴趣。她把弗里达玩偶和蕾切尔玩偶换了个位置,将弗里达和艾德蒙放在了一楼,而艾德蒙的妈妈则和鲁伯特先生在顶层。然后她把两个大人一起放在了主卧里。她似乎被这样的重新布置逗乐了。于是艾德蒙也笑了起来,虽然他实在不知道这有什么好笑的。鲁伯特玩偶和妈妈玩偶一起待在卧室里的场景让他产生了一种奇怪的感觉。

"艾德蒙的爸爸去哪里了?"

艾德蒙指着一辆小车,停在一堆衣服搭成的小岛上,就在摇摆木马的旁边。"黑尔戈兰岛。"

她站起来,朝木马走过去,拍了拍它光滑的脊背,然后把她的脚放在小车上。她用脚抵着小车在地毯上蹭来蹭去。

"你可以把他送回来。"艾德蒙说。

"现在吗?"

"现在。"

弗里达用脚往回推着小车穿过地毯,她使了足够大的力气,玩具屋的一边都随之摇晃了起来,小车也翻倒在一侧。

蕾切尔看见树林中有什么动静:有人跟着他们并排前行,从一棵树蹿到另一棵树后,在它们的掩护之下移动。她一边盯着一边放慢了脚步,拉住了鲁伯特的胳膊,叫他也往那边看。"我觉得我们被跟踪了。"

鲁伯特望着那些树:"是流浪儿。"

那些身影停了下来,躲在一棵树后窥视着。其中一人似乎扛着一根像长矛一样的棍子。他大概和艾德蒙差不多大。

"别担心他们。他们只是把我们当成了难民,或者是在公园里散步的情人。"

"情人"这个词在蕾切尔看来太过逍遥自在了。她发现,成为情人的时候,相比于写浪漫故事的人爱用的桥段,要承受更多的秘密和诡计,要经历更多的谋划和布局。很多个夜晚,他们都在炉火前促膝长谈,可房子里到处都是别人的耳目,而且大家在寒冷的季节里都不会出门,所以没有地方能让他们放心地亲昵一下。甚至这次短暂的外出,也需要她先从家出发,而他随后跟过来:她想"出去透透气",他要"出门找点木头"。刘易斯已经离开两个月了,这还是他们自圣诞夜之后第一次有机会完全独处。

他们穿过杰尼斯公园的空地时,她想,冬天是发生私情的最佳季节。偷偷摸摸的人能够轻而易举地掩藏自己的身份,因为这种天气下一切尽在层层包裹之下。从远处看,人人都一样,而今天她和鲁伯特都裹得非常严实——她穿着橡胶套鞋和黑色的羊毛大衣;鲁伯特戴着滑雪帽,背着帆布包,里面装满了燃料,要带到猎场看守人的小屋去——他们很容易被当作两个赶往附近营地的难民。

公园离家只有十五分钟的脚程,可它就像是另一个国度。无人踏过的雪地上只有鹿留下的脚印。公园中心那所大房子的屋檐下挂着冰柱。他们一边走,鲁伯特一边讲起了这个公园的历史。"这个公园是由一个名叫卡斯珀·贝克的人设计的。他非常有才华,但却是一个悲剧人物。他想让自己的作品被所有人所理解,但是他失败了。他陷入绝望,亲手夺去了自己的生命。"他们来到猎场看守人的小屋,他解释说因为克劳迪娅娘家的关系,他们拥有在公园狩猎的许可证,并且可以私自进出。这房子是一座装饰性建筑,模仿美国风格而建造的木屋,向外俯瞰有一个池塘,到了夏天就是私人游泳池。在皑皑大雪和环绕于四周的松林之中,它很像一个避难所,坐落在一条荒僻的边界线上。鲁伯特拿出钥匙,擦掉锁上的雪和冰,打开了门。

小屋里布置着厚实的木质椅子和地毯;壁炉上方的墙上挂着一个枪架和一只鹿头做装饰,壁炉里摆着炉灶。鲁伯特从他的包里取出了引火的材料——一个破茶叶盒和一份《世界报》——准备将它点燃。地上布满了风干的虫子尸体,在他们的脚下被踩碎时发出嘎吱的声响。蕾切尔用一条杉树枝将它们扫到门下面,在壁炉前清理出了一片空地,把所有的毯子都铺在上面,做成了一张床。然后她坐下来,看着鲁伯特生火。他等引火物上的火苗逐渐熄灭后,往上添了一点儿煤炭,小心地把它们一一围着燃烧的树枝排放好。然后他来到她身边,在毯子堆成的床上像童子军在宿营时那样坐着,一起看着火苗燃烧起来。虽然她——他们——所做的事意义非凡,蕾切尔忍不住想,但这份私情终究还是感觉像一场孩子之间的游戏。

他们身上的雪开始蒸发了。鲁伯特脱掉了帽子和围巾,蕾切尔也照做了。然后他开始吻她,一只手抱着她的头,让她平躺下去。他们亲吻了很长时间,接着就开始了欢爱,这一次他们几乎没有脱衣服。这和第一次的晚上很不一样。这种温度下他们的动作仓促,手忙脚乱。虽然穿着衣服,但比起第一次与他光着身子躺在一起,蕾切尔却感觉此时的自己更加暴露。这一次她充分感受到了自我,也充分意识到了时间和生命力的注入。结束之后,他们躺回床上,看着顶梁结的蜘蛛网。她不知道他们还能让现实世界远离多久。

"等我重新开始做建筑设计的时候,我要设计一些美国西部风格的房子。"鲁伯特站起来,用食指在小屋蒙上雾气的窗户上涂涂画画,"这是所有人真正需要的。"

"你什么时候才能拿到你的清白证明?"

"快了。不过少校似乎下定决心要找碴儿,他想找出任何能证明我不清白的东西。你猜如果他现在看到我们……"

"别说了。"她说。他们都已不再清白,但一想到要是让伯纳姆发现了他们的私情,蕾切尔就觉得格外肮脏。

鲁伯特继续用手指在窗玻璃上画着。"只有一个房间,但要有一个音乐廊厅,还有一个更大一点儿的阳台。我想这就是我们所要的一切。"

她怀着发自内心的喜悦望着他。他在想象这些时所展现出来的是他最好的样子。最初那种被她误会为傲慢无礼的态度其实是一股充满鉴赏力和创造力的热情。他什么都愿意聊,也想让她一起聊——宗教、婚姻、艺术、悲伤、失去和死亡——聊起来就不知疲倦。感觉他们在过去几周中所说的话比她与刘易斯二十年来的交流还要多。"我不会再设计百万富翁住的别墅了,也不会再接受那些汉堡商人的委托了,他们吃撑了肚子,却对什么都漠不关心,一心只想把他们的邻居比下去。从现在起,我要为更伟大的利益而设计建筑。"他画完了,往后退了一步,让她能看到。"看,你觉得怎么样?"他问道,"你愿意住在里面吗?"

蕾切尔在窗户的水汽上完成的图画,寥寥数笔就把整个房子描绘了出来。不过事实上,它只是存在于平面的画,不可能成真,因为它没有回答那些逐渐逼近的现实问题——关于艾德蒙,关于刘易斯。

"我愿意。"

"和我一起吗?"他问这句话时流露出更为严肃的意味。

一个英国士兵的头盔忽然出现在窗户上,落在那幅设计图的正中央。蕾切尔坐起来,拿过她的衣服裹在身上。那个人影敲了敲窗户，把脸贴在玻璃上。那是一副小恶棍的面孔。流浪儿中的一个。

"走开！"鲁伯特喊了一句，也敲了敲玻璃作为回应。

男孩用一根手指和拇指做了一个下流的手势，继续盯着他们，露出了开心的微笑。鲁伯特走到门口去把他赶走。一阵寒风刺破了闷热的暖意，蕾切尔把大衣裹得更紧了。她站起来，走到窗边看了看。鲁伯特追着他跑了几码远，还奋力地往他身后扔了一个雪球。男孩连蹦带跳地逃进树林，喊了几句她听不懂的话。

鲁伯特回来的时候笑着说："小野狗。至少他没看到。"

蕾切尔把大衣扣起来，想到他们的亲密活动被人看到，就觉得不太自在。

"好啦，"鲁伯特掸掉了手上的冰，说道，"我们该野餐了。"

他把手伸进背包里，取出一块奶酪、一罐腌菜、半片面包和装在瓷罐里的人造黄油，以及一小瓶水蜜桃杜松子酒。鲁伯特带了一张方格棉桌布、一些餐具还有两个白镴高脚杯。他将每样东西都摆在恰当的位置上，就像以前也这么做过。

"你和克劳迪娅也来过这里吗？"

他的脸上闪过一丝不快："当然，怎么了？"

"抱歉。她……我只是好奇，想知道她是什么样的，没别的意思。"

"你想听我说什么？"他听起来有些戒备。

"我不知道。实话实说吧。"

鲁伯特叹了口气。显然，追忆往事不包括在他的计划之内。

"她很骄傲。对于愚蠢的行为毫不留情。讲究格调，到了令人厌烦的地步。她善于挖掘别人的优点。很倔强。她活跃在社交场合，却性格内向。她看书，可读过的书并不多。她喜欢音乐，却五音不全。

她是一个比我更好的人。"

"为什么是更好的?"

"她会……更有自制力,如果她身处我现在的处境中。"

"那她是不是也比我更好?"

"不,我的意思是她一开始就不会把房子让出来。"

"你依然很想她吧,是吗?"这其实算不上一个问题。

"有一段时间——在你到来之前——我无法去想别的任何事。在那场大火之后,我用了好几个月的时间寻找她。我忘记了其他一切事情和所有人。特别是弗里达。弗里达因此受了苦。我想我在那时就失去了与她的联系,至今也没有重新建立起来。但是你来了……你的到来改变了这一切。"他看着她,想让她相信这是真话,"可现在我觉得你有点多虑了。"

"抱歉。我想是因为那个古怪的男孩。"

那个男孩如同滴水怪兽一样的脸把她吓坏了,也戳破了他们平静而愉快的泡沫。

鲁伯特往高脚杯里倒了一点儿杜松子酒,递给她。

"你在想事情,在考虑目前的处境,在想我们所做的事情。"

直到今天,她都没有让自己看清自己的所作所为,这个想法才刚潜入她的视线范围内,就足以引起他的注意了。

"我也有过这些顾虑,"鲁伯特说,"你丈夫一直对我很好,而且他信任我。"他握住她的手,"但是我们所拥有的经历非常珍贵,不是吗?我们彼此了解。你让我重新找到了感觉。我认为我也帮你做到了这一点。"

她靠过去温柔地亲吻他。在这里,在这间小屋,考虑这些事情变得更加容易。现在,就在此时此刻。

"我觉得我大概要离开这里才能思考。离开那座房子和它所有不散的阴魂。找一个地方,在那里我们不用担心被人听到或者被人看到。"

"那我可以带你去一个地方。我带你去德国最美的城市。吕贝克。那是我出生的地方。在那里待几天。我们去火车总站坐火车。我知道一个我们能住的地方。一所不错的旅馆。海克和格里塔可以照看孩子们。我们可以去,蕾切尔。我们明天出发,就在下周。"

她无法想象更远的事情。这样做意味着要考虑其他责任。

"蕾切尔?"

"好的。好的。但我们现在先不说这个。"

第十二章

厄齐付给霍克一千根香烟,然后去一个名叫格绿的人那里取枪,他住在阿尔托那的一所公寓里。格绿这人和他的名字几乎是一个颜色:他的脸色和廉价茶杯一样苍白发青,穿着一件双排扣外套,戴着一顶和霍克一样的帽子。他镶了两颗金牙,为了炫耀,他特意让自己被厄齐说的每一句话逗乐,顺便频频露出闪亮的牙齿。那支枪像婴儿一样被包裹在毛毯里,放在破屋角落里的一张行军床上,屋里的气味很难闻。格绿掀开毛毯,给厄齐验货。

"91/30式莫辛-纳甘步枪,配有四倍蔡司瞄准镜。俄国的实用性配上德国的精准度。还有两箱弹药。"

这支枪令人印象深刻,看上去也货真价实。厄齐抚摸着它,从冰冷的枪管摸到枪口,很有见识地点了点头,假装是这方面的内行。

"看着不错。"他说。

格绿对男孩笑着说:"那是当然。这支枪帮俄罗斯赢得了这场战争呢。有小费吗?"

霍克告诉过厄齐,一定要给格绿一些金子或珠宝作为小费。贝尔蒂给了厄齐一条石榴石项链,现在他从口袋里把它掏出来,递给格绿,他对着光秃秃的灯泡把它举了起来。

"不是红宝石。"他咬了咬其中一颗石头,"不过这就可以了。"他满意地将它装进口袋。然后他用毯子将枪裹起来,交给厄齐。"要用它做什么?"

贝尔蒂严格地交代过厄齐,就说这枪是用来打猎的。

"我准备用它来打兔子。可能也会去打河面上飞过的肥乌鸦。凭什么让这些浑蛋活着,而我们却在忍饥挨饿?"

格绿怀疑地打量着厄齐:"你不是应该去上学之类的吗?"

"我的学校只剩一堆砖头了。不过我去听英国佬讲课了。你可以问我任何关于英国生活方式的事情,还有温莎国王,我都知道。"

"你的确知道,不是吗?"

厄齐为这个任务带来了他的行李箱。他打开箱子,将枪斜放在最上面的隔层里。他把两盒弹药塞进角落,然后关上了箱子。

"好了,希望你能用这支枪打下几只肥美的野鸡。你看上去确实得吃点肉。"

厄齐乘坐电车来到易北大道的顶部,然后沿着大路朝彼得森的房子走去。他一边走一边在琢磨这支枪的真正用途是什么,他越想就觉得箱子变得越重。他每走几百码,就不得不停下来换一次手,揉搓一下被手柄勒出来的红色印痕。贝尔蒂正在策划一次袭击英国佬的行动。他说不上来是什么,只知道是一件大事。厄齐试着向他解释,英国佬也没有那么坏,但贝尔蒂的想法很难被改变,就像石头一样固执。他们的妈妈不就是这么说的?当你无法忘记罪过的时候,就会变成这个样子:你就变成了石头。贝尔蒂无法忘记那些夜袭中发生的事情,他亲眼看见自己的朋友格哈特被炸得血肉模糊。他为此无法原谅英国佬,还为在大火中他们的母亲、兄弟姐妹、叔叔阿姨和所有其他人的遭遇,他无法原谅。药物对他有所帮助,但他依然会做噩梦。他睡眠不足。或许更强效的药才能管用。

厄齐一边提着箱子继续沿着路往前走,一边争辩着:

"我可以把枪扔进河里,然后告诉贝尔蒂有英国佬追我。"

"贝尔蒂会发现的。"

"我可以去提醒艾德蒙。趁没人注意的时候走到他家大门口去。"

"太危险了。如果贝尔蒂知道了的话……"

"谁能阻止他?

"只有一个人能阻止他。"

"谁?"

"我。"

"他听不见你。你知道我是唯一能听见你说话的人,妈妈。"

"他会认出我的声音的。如果他看到了我,他会再考虑一下的……让我去跟他说。"

"是啊。他会听你的。对于你来说,他还是那个小贝尔蒂,会在半夜哭鼻子,会在水底下唱歌,把我们都逗笑了。那个贝尔蒂得知自己要挨打的时候,会把漫画书藏在裤子里。他曾经有着刘·艾尔斯[1]一样的笑容。我已经好几个冬天都没有见过哥哥的笑容了,但是他会为你微笑的,妈妈。"

厄齐看到贝尔蒂在餐厅火堆前的扶手椅上打着盹。从他手臂的位置和他冷漠的微笑上可以判断,他刚给自己注射了新药剂。

"嘿,贝尔蒂。"

贝尔蒂不知道厄齐进来了。厄齐更喜欢使用旧药剂时的贝尔

---

1. 美国演员,在1930年的电影《西线无战事》中担任主演。

蒂：至少那种药还能让他与这个世界相融；新药剂把他带去了很远的地方。

"他还没准备好，我们下次再说吧。"

"必须是现在。"

"可是看看他。他这副昏昏沉沉的样子。相信我，妈妈，你不想在他这个样子的时候和他说话。"

"必须是现在！"

艾伯特睁开一只眼睛，坐直了身子。

"拿到了？"

"拿到了，贝尔蒂。结合了俄国人的实用性和德国人的精准度。"

"你说了这是打猎用的吧。"

"我说这是用来打猎的，就按你告诉我的那样。"

"东西呢？"

厄齐打开了箱子，拿出裹在毯子里的枪，将它放在哥哥的脚下。艾伯特从椅子里俯身看着它，他的手在颤抖，他的脸上闪着光芒。他一把掀开毯子，抓住枪托将枪拿起来，把枪的尾部抵在自己的肩膀上。他用枪管对着墙和天花板练习瞄准，然后又指向了厄齐。

他不会和你谈的，现在他手里还有枪，厄齐心里想。

"相信我。"

"有人看到你过来了吗？"艾伯特问道。

"他连我都听不见，妈妈。他怎么会听见你？"

"让他看见我。"

"你在和谁叽叽喳喳地说话呢？"艾伯特问道。

"没有人。"

"是啊，你在自言自语。你还在和我们的妈妈说话吗？"

"没有。"

"你刚才就说了。我听到你喊她名字了。"

"让他现在就看到我。"

艾伯特站起来,朝厄齐走过去,手里的枪还对着他,边走边调整瞄准镜。

"她想和你说话,贝尔蒂。她说她还记得你依然是那个爱笑的孩子,会在哈姆布鲁克收集所有的瓶子。她说她知道你看到了不好的事情……但她觉得这个袭击英国佬的计划行不通。会遇到俄国人,或者法国人,或者一个来自西里西亚的邋里邋遢的难民。"

"她是这么说的,是吗?"

"是的,来吧,贝尔蒂。"厄齐把他唤到手提箱旁边,"过来看看。"

艾伯特朝它走过去。

"在顶部隔层的下面。"

艾伯特用枪挑开了夹层之间的间隔物,箱子底层里装着的东西露了出来。

箱子里是一具身体的头部和胸腔,一半化作了白骨,一半已经腐烂。这具木乃伊般干枯的尸体在那场大火中被烧了一部分,穿着女孩子那种带花边的洗礼长袍,因为时间太久,又处于密闭空间,所以泛着黄色。头骨是棕灰色的,上面还留着烧焦变皱的黑色头发。它也是干枯的,仿佛是猎头人的战利品。

"炸弹袭击后肌肉收缩?"艾伯特说,"你从哪里弄来这种东西的?"

"这是妈妈。看,贝尔蒂。这是我们的妈妈。我在文登大街的咖啡工厂外面找到她的。就在那场大火发生的三天后。我给她穿了这件衣服。她当时是光着身子的。我觉得很难过。她身上有些地方都断了。英国佬的炸弹把她变小了。"

艾伯特盯着这个骷髅娃娃。

"这只是一具放久了的尸体而已。"

"就是她。看,看她脖子周围。"厄齐指着银色的链条和十字架,已经熔化得变了形,"她想看看你,贝尔蒂。我相信如果你去听,就能听见她说话……你能听见她的。你知道她在说什么吗?我能听见。她说:'放下你的枪,忘掉那份罪过吧!'她一直是这么说的。你听不见她吗,贝尔蒂?"

艾伯特看着这具可怕的尸体,他的嘴开始愤怒而厌恶地抽动着。

"你听见了吗?"厄齐说,"她真的说话了。"

"你这个发疯的傻瓜,"艾伯特说,"你这个疯狂的、该死的、烧坏了脑子的怪胎!"

他揪住了厄齐那件男式便服的衣领,把他的弟弟拽到跟前,四目相对:"你发疯了。大火把你的脑子烤坏了!她死了。死了!死了!死了!死了!死了!"

厄齐继续反驳:"可你知道她是对的。"

"不!她是错的,因为她已经死了。她什么都不知道,因为她死了。她不会说话,因为她死了。没了。永别了。死了!"

"可是她会说……她会……这么说的。"

"不,她不会。她会让我去做这件事的。格哈特会让我去的,我所有的朋友也会让我去的,还有我们的兄弟姐妹们。我们的阿姨和叔叔们。她会听我的……而不是你的。她总是听我的。我是她最喜欢的孩子。你是个怪物。出生在胎膜中!"

"她说这是好运气。"

"她甚至都不想要你!我听见她对爸爸这么说的。你是一个错误。你是失败的计划……"

艾伯特把他从那只灵柩一般的行李箱旁边推开。然后他把那具尸体抬起来——它很轻，而且易碎，像一个柳条编的鸟笼——从箱子里搬到壁炉那边。他托着她的时候，一根肋骨掉到了地上。厄齐爬过地板，一把抓过来，将它塞进了自己的皮带里。

"你在干什么，贝尔蒂？不要把她弄坏了。"

艾伯特将那具尸体高高举起，抛进了火堆中。那件洗礼服上干燥的布料就像夏天的易燃物，很快就燃烧起来了。厄齐想打断这场火葬，但艾伯特再次把他推开，他就像炉边的护栏一样站在火焰旁，看着那些骨头散了架，看着他们的妈妈化成灰烬。

"你会好好待在这里……在我去基尔看望巴克曼一家的时候？"

"是的，妈妈。你今天早上已经问我三遍了。"

蕾切尔发现维持一段私情需要很多谎言做脚手架来支撑，直到——她猜测——这段关系的构建已经足够牢固，能自己站得住脚了。她似乎每天都要往上面添一块十字木板。她和艾德蒙的交流最能检验这段关系的基础是否牢固。

"如果你不想让我去，我就不去了。"

"我会很好的。"

"你会很乖的吧？不要跑太远。听格里塔和海克的话，可以吗？"

"好的。"

她忍不住去抚摸他的脸，他脸颊上可爱而柔软的绒毛总有一天会变成坚硬的胡茬儿。

"我可以再给弗里达放电影吗？"他问，"她说她最喜欢巴斯特·基顿。"

"当然可以。我很高兴她现在的态度友好多了。"

"以前她是在嫉妒。我觉得那是因为她没有妈妈。"

听到艾德蒙认为妈妈依然是值得拥有的,蕾切尔感到很宽慰。

"妈妈,他们所说的是真的吗?又要打仗了?"

"我相信不会的。"

"爸爸是不是在阻止战争发生?"

"是的,说起来也算是吧。"

"你介意爸爸总是出远门吗?"

这个问题本来很单纯,但蕾切尔想到了层层支撑的谎言。

"我介意,非常介意。"她说这话的时候,它听起来并非完全是撒谎,"你为什么这么问我?"

"你似乎不再生气了。"

蕾切尔相信艾德蒙这种可怕的洞察力并不只是一种孩子们都具备的天赋,而是由她的分心和失职所导致的反常结果,是他迅速习得的技能,因为他不得不这么做。于是她想,不知道自己的疏忽是否也让他有所获益。

"妈妈?"

"怎么了?"

"你觉得鲁伯特先生是清白的吗?"

"是的,我相信如此。"

"不像柯尼格先生一样?"

前门的门铃响了。"不,不像柯尼格先生。"

"我很喜欢鲁伯特先生,可以吗?"

"……当然可以。我得去开门了。"

蕾切尔打开前门,门口站着一位面容天真的上尉,捧着一个文件夹和一个包裹,上面堆着几封信。他的大众汽车还停在车道上,发动机轰轰作响。其实她之前并没有见过他,不过从刘易斯对这位副手的多次描述中,她还是猜出了来人是谁。

"摩根太太?"

"是的。"

"巴克中尉。"他伸出手,"我接替了您丈夫的工作,或者说我在为他工作,看是对谁说了。"

"很高兴见到您。刘易斯对您评价很高。"

"他要看到我对他的部门做了什么,就不会夸我了。对了,他让我把这个消息传达给您。"这位中尉看上去喜气洋洋,一点儿也不像是来预报坏消息的,可当他对着放在那堆文件顶上的一张电报开始读的时候,一股肾上腺素涌起,让她的心开始震颤起来。"这是今天早上在皇家海军岸边基地由人口述的。'在黑尔戈兰岛延期。句号。后勤命令驻扎。句号。预期三月一日返。句号。'"

不久之前,她会为这句加了密的情话欢呼雀跃,日期在三月一日——圣大卫日[1]——刘易斯在这一天总是会送给她一束水仙;而现在,她所能听见的就只有句里行间的结束符号:结束你正在做的事情吧。趁时间还来得及就结束吧。在为时已晚之前结束吧。

刘易斯几天之后就要回来了?他已经离开两个月了,可对于蕾切尔来说,这段时间感觉更长。这份电报粗鲁地将她推回了真实的时空里。

"谢谢您。"

"我本来应该早点把这些送过来。它们一直堆在办公室里。已经耽误两个月了,但是迟送总比不送好……"

巴克把信和那个棕色的包裹递给她,收信人写着艾德蒙。这是来自刘易斯的姐姐凯特,从柔软的触感和重量上判断,她给他织了一件板球运动衫,是她之前答应要做的。想到她的小姑子,

---

1. 圣大卫日是威尔士的国庆节,为了纪念其守护神圣徒大卫。

她觉得既宽慰又内疚。她很喜欢她。

"这个要等上校回来以后由他过目。"他拍了拍文件夹的外壳，然后将它递给她。

"这是什么？"

"这只是他发起的又一个绝妙的项目。我不希望它被埋没了。"

他往前迈了一步，帮她把包裹重新堆到最上面。"要我帮您把它们拿进去吗？"

"不用了，谢谢，我能拿。"

蕾切尔不知道巴克是不是能一眼看透这位模范上校夫人的外表——笃定而忠贞，对丈夫的工作有那么一丝兴趣——发现她内心的慌乱不堪。

"很抱歉之前没有登门拜访。那些坏家伙一直没消停。我看这里一切都挺好的。您看上去还能应付得了。"

"我们……都在努力。你们的事情怎么样……在部里？"

"说正经的吧，我其实还能在所有倒霉的事情彻底崩溃之前撑到您丈夫回来。他就像是那种极其重要的齿轮，只有被挪走的时候，才发现它们不可或缺。"

这句赞扬听起来不怎么样，但巴克温暖的话语让她意外地生出了一点儿自豪感。

"好了，我要走了。"巴克说。

他走下楼梯来到车前，举起一只手，表达了一下对天气的赞美："终于出太阳了。"

蕾切尔看着他离开，觉得皮肤上暖洋洋的。风从西边吹过来，而不是东边，它掀开了好几个星期以来笼罩在他们头顶的那片灰色，让天空蓝得如同迈森的瓷器一样。

她回到房子里，把邮寄来的东西拿到了书房。她把文件夹放在刘易斯的书桌上，打开了那些信：两张圣诞贺卡——一张来自刘易斯的妈妈，一张来自他的姐姐。她婆婆寄来的贺卡一向言简意赅——刘易斯继承了他妈妈对繁文缛节的厌恶。他姐姐的贺卡——画着一只红襟知更鸟站在一棵树的树枝上，宁静山村里微弱的黄色灯光在群山中闪烁——虽然毫无品位，但也情有可原。

里面潦草地写着：

> 亲爱的蕾琪，在这最糟糕的冬天里，艾伦和我被困在了瓦伊河畔的罗斯，我们在这里的一所信托屋旅店待了四个星期！我不知道你是否能收到这封信。我要抱怨这里的一切。用一个词来形容，就是穷困潦倒。我听说你那边的生活相当奢华。你们真的有仆人吗？我们一直在痛苦地盼着太阳。旅馆里提供的一日三餐差劲极了，笼罩着一种黯淡的胜利气氛，这种胜利相当于是对人类和人类需求的敌意！总之，给你们所有人送上迟到的圣诞快乐和新年快乐。至少这样的天气适合织毛衣。希望能合身！爱你们的 K 和 Λ。

凯特是世界上另一个会叫她蕾琪的人。凯特对他弟弟的影响非常大，所以她可以肆意无情地取笑他。蕾切尔第一次见到凯特的时候，她看着刘易斯说："这是你头一回带了一个正常的姑娘回家，没长两个脑袋，也没有鳞片！你怎么了，卢？"

蕾切尔看着那个文件夹。巴克是怎么说的？"这只是他发起的又一个绝妙的项目。"中尉热情的赞扬似乎比同事之间纯粹的钦佩之情更有深意。是她想象出来的，还是说巴克想向她透露什么——是刘易斯太过谦虚而不愿提起的某件事情——她丈夫的能力被低估了。

蕾切尔翻开文件夹的封盖。文件的标题是"失踪人口登记。济贫院与医院。平讷贝格地区"。夹在这一页最上方的是一张手写的字条:"注意病人文件,第27页。是否相关?可能毫无关系。巴克。"

她从文件夹里取出大约好几百页厚的文件,然后翻到27页。

这是一份病人档案。打了字的纸片上有一张照片夹在注释旁。这张模糊的照片拍下的是夏日里一座有围墙的花园,一个女人坐在轮椅上,微微盯着镜头之外,仿佛是为一副肖像画摆出的造型,而不是在拍医用面部照片。虽然这个女人更为瘦削,没有化妆,头发蓬乱不堪,但蕾切尔一眼就认出她是克劳迪娅。那幅没有挂起来的肖像画上的克劳迪娅:浓浓的眉毛,意志坚定,头脑聪慧。她读了读注释:

> 1944年9月入院,从布克斯特胡德一所医院转来。遭受原发性冲击创伤。病人几个月无法行走。听力受损。去年开始说话。患有慢性记忆缺失,但正在稳定恢复。病人记得部分生活细节。提供的名字是鲁伯特。自称已婚。有一个女儿。曾经住在河边。

蕾切尔重读了一遍那些细节——为了确认,也为了拖延时间——但她无法读完这一页纸,她也不需要读完。这些内容已经被一个印章全部印在了她的脑海中。她看着这张照片,发现自己在抚摸克劳迪娅的脸。

"是你啊。"她说。然后她跌坐在椅子上,为这所房子里的女人们流下了痛苦而甜蜜的泪水。

蕾切尔将帽子压低歪戴在头上,把大衣领子高高立起,降低自己被认出来的可能性。在车站,她从经过的每个陌生人脸上都看到了熟悉的痕迹:那个搬运工可能是理查德——或者他的双胞胎兄弟;而那个身材圆润的票务员让她想起了巴克中尉。

"两张去吕贝克的往返车票。"她用德语说,拿出了自己的护照,表明她可以免费乘坐。她的德语已经进步了不少,但还不算太好,所以验票员改用了英语。

"另一张票是为谁买的?"

"一个朋友。"

"您的朋友来了吗?"

"还没有。我要等他到了再来吗?"

"您的朋友是英国人吗?"

"德国人。"

验票员看了看她的证件。"您出行的目的是什么?出差还是观光?"

"目的……"

"是的,目的是?"

"观光。"

"这趟列车上没有为专职人员提供的车厢,您只能和德国人一起乘坐。"

"好的。"

"没事吧,女士?"

"没事……我有点……感冒。"

"给您,车票,您朋友的。"

蕾切尔擦了擦鼻子,走了过去,按照约定,站在了那个没有指针的时钟下。她把小手提箱放在自己的双脚之间,用脚踝抵住箱子的两边，将它围了起来，不过几分钟后，她感觉这样还是不太安全，于是她把它提起来，手臂穿过提包带，将它抱在臂弯里。

她点了一根烟。鸟儿从没有玻璃遮挡的车站屋顶上飞进飞出。抽烟完全无法让她的神经放松下来，吸了两口之后，她把烟扔在了站台上。一名男子弯腰把它捡了起来，她为自己的浪费感到惭愧，于是内疚地把剩下的一包烟都给了他。

一群英国军人路过这里，她后退一步，把自己伪装起来，将帽檐朝地面压低了一点儿。他们经过的时候，她听到了他们交谈中的只言片语——"布莱顿[1]比特拉弗明德美多了"之类的。她与这个英国度假地没有什么联系，对它也没有特别的怀旧之情，但提到这个名字，想到这个地方，还是让她涌起了一阵乡愁。

鲁伯特在拱门下出现了，即使隔着五十码远，她也能看出他见到她时的兴奋之情。他高举着一份报纸，他的手臂像潜望镜一样，从茫茫人海中领着他来到自己身边。当他走到她面前时，他毫不顾忌地吻在了她的唇上。

"斯特凡……"她不得不把他推开，"你的票。"她说，"我们该去找座位了。"

汉堡的每个人似乎都赶来乘坐去吕贝克的火车了，其中有些人是去囤货的，篮子和包里装着他们能从乡村地区找到的各种食物，然后把它们囤积起来。站台上已经站了三四排人，当火车到站时，整个人群一齐往前挤，都想上去抢到一个座位。没有票的小伙子们从火车缓冲器之间跳上去，又被吹着哨子的警卫粗暴地拉回来。这列火车的样子很糟糕：车厢两侧和座位上基本都布满了弹孔。蕾切尔坐在两个女人中间的硬座上，把她的箱子搁在膝

---

1. 英国南部海滨城市。

盖上，没有把它放到头顶的行李架上去。鲁伯特在她对面坐了下来，和其他乘客换了位置，这样他可以靠得更近。车厢里有一股人造烟草和体味混合在一起的味道，鲁伯特闻了闻空气，调皮地暗示蕾切尔身边的某个女人是这股味道的来源。

其中一个女人不高兴地走开了。蕾切尔用眼神示意他别出声。他朝她靠过去。

"我有个问题要问你。问卷调查的第一百三十四个问题：感受到这样的幸福是可以的吗？"

她看向车窗外，没有回答他的问题。

晴朗的天气已经持续了三天，阳光发挥了它的作用：地上的雪都融化了，露出了连绵起伏的土地和古老的风光，仿佛这里是萨塞克斯或者肯特，而不是在石勒苏益格－荷尔斯泰因[1]。她看见一个农场工人正在水槽边用锄头破冰。在另一片田地里，一群马拉着犁在田地里走，这片土地已经被冰雪覆盖了好几个月。当吕贝克著名的绿色尖顶出现在视野里时，鲁伯特从他的座位上站起来，想看得更清楚一点儿。

"我出生的城市，"他骄傲地说，"看看那些尖顶……"

蕾切尔能看见它们：铜绿色的尖顶穿透了天际。

"圣玛丽教堂的尖顶已经不在了，"他说，"但它依然是全德国最漂亮的教堂。你很快就能见到了。"

到了车站，他拿着她的手提箱，他们朝古老的城门走去，她挽起了他的胳膊。

"你想先去旅馆，还是逛逛这座城市？"他问。

"我们趁着天气好走走吧。"她说。

---

1. 吕贝克所在的州，为德国十六个州中最靠北的一个。

鲁伯特是一位知识渊博、感情丰富的导游，他带她去了他出生的房子，他的父母曾在那里居住，就位于城门外。

"郊外遭到了严重的损害。皇家空军会在这里测试他们要扔到汉堡去的炸弹。这些古老的木房子很容易燃烧。"他看到这番景象的时候，心情变得黯淡了起来。关于他过去生活的种种回忆涌上他的心头。"我的好朋友科塞以前就住在这里。"他指着一座房子的空壳说，"他痴迷于电影。为了一张电影票，能把他的老祖母给卖了。"

"现在我带你去看全德国我最喜欢的建筑。"鲁伯特大步往前走，急切地想将自己另一个重要的部分与她分享。

他们从霍尔斯坦门的下面穿过——这座城市在中世纪时期的城门塔楼——穿过运河往上走，就来到了红砖搭建的圣玛丽大教堂。这座宏伟而朴素的建筑遭受了炮火的破坏，看上去更加引人注目。它的主楼已经在大火中烧毁了，屋顶向大自然敞开，化为空气的天花板被巨大的拱形耳堂一分为二。鲁伯特走进教堂中殿，立刻在脑海中将它重建了起来，然后用手把那些规划画了出来。

"你能看到它有多漂亮吗？即使是这副模样。一座漂亮的废墟。也许他们应该重建塔楼——用木材。"

蕾切尔的目光被两口破钟所吸引，它们从塔楼上落下来，倒在南教堂的石地板上，地上满是裂缝，凹凸不平。这片区域被封住了，留在那里的钟成了一种纪念，或许也代表了英国人的歉意。它们造就了怎样的景象啊：安静的重物从三百英尺高的地方落下来，然后从顶端到上部再到中部都崩坏了，发出巨大的铿锵之声，钟的边缘也裂开了。两口钟并排躺在那里。它们经历了坠落，却依然以某种方式在一起。

鲁伯特误会了她的泪水："你被感动了。这也是情理之中。它真是太不一般了。太不一般了。"

他伸出手放在她的胳膊肘上，带着她往前走。"还有很多要看的地方。"他说，"我小时候玩耍的街道，我过去的学校，还有全世界最棒的杏仁糖果店。"

这趟两个人专属的旅程还在继续，他分享的回忆越多，她自己被唤起的回忆也越多。当她和刘易斯结婚的时候，牧师曾说过，从此两个自传合并成了一部历史。他们的故事结束了吗？虽然一切已经发生，还在继续，并且可能还会共同将它终止，但她不希望这就是结局。

在老阁楼旅馆，鲁伯特把他们登记为"魏斯[1]夫妇"，期待着他的清白证能够早日下发。他们的房间很朴素，布置得简单舒适。床头挂的画上描绘着巴伐利亚一处乡村的山景，显得有些伤感。"这幅画不好，"他说，"不过适合这个房间。"

蕾切尔脱掉帽子，让自己的头发披散下来，把她的伪装衣物都放在了靠窗的桌子上。窗外，太阳依然红彤彤的清晰可见。鲁伯特和她一起站在窗边，她凝望着风景，他凝视着她的脸。他用两根手指摩挲着她下巴的轮廓。

"现在你对我有了更多的了解。"

他吻着她，却被她打断了，她把脸贴在他的大衣上，抱着他，这动作不像他的情人，而像他的姐妹。她就这样抱着他，试图找到合适的开场白。

"这个漫长的冬天结束了。"她说。

"你居然要谈天气！"他用手指抬起她的下巴，想弄清楚她的想法，"这句话是什么意思？你在想什么？在现在这种时候。"

---

1. 德国姓氏，德语中"魏斯"还有"白色"之意。——编者注

"我在想,我为你高兴,斯特凡。我很高兴……你有了未来。"

他再次试图去吻她,但她退缩了。她想让他从一整天的兴奋状态中冷静下来。她抓住他的手,看着他手掌中的纹路。她看见了一张路线图,布满了分叉和相交的路,有的在末端戛然而止,有的在终点逐渐消失。

"我觉得你会有一个美好的未来,斯特凡。你有规划,很棒的规划。你要重建你的生活,重建你的城市。你一定会实现它们的。"

他皱起了眉毛。

她走过去,打开她的手提箱,从她的换洗衣物下面取出一个文件夹。她一辈子都没有这么狼狈地收拾过行李。她忘记带上化妆包,还把自己绝对不会读的一本书装了进来。她打开文件夹,巴克手写的字条还夹在最上面。

她翻到相关的那一页,把它抽出来,递给鲁伯特看。

鲁伯特接过来,看着克劳迪娅的照片。他盯着它看了很长时间,没有流露出任何感情,这让蕾切尔忽然怀疑起这张照片是不是真的。他继续在那里站了很长时间,一动不动。然后他的头缓慢地左右摆动,他的脸上露出了痛苦而困惑的神色。他把照片从回形针上取下来,将它举到一定距离之外,怀疑地看着它。他想把它还给蕾切尔。"这是一个骗局,"他说,"我找过她。我找了好几个月。她不在了。"

蕾切尔没有拿回照片:"斯特凡,这是她……"

鲁伯特又看了看,依然摇着头,想把真相都赶走。最后,他摸了摸克劳迪娅那张脸的轮廓。他还没有去看注释里写的那些基本情况,那些她一眼就看到的事实。

"斯特凡,看看这个,看看这些注释。她在布克斯特胡德的方济会救济院。她才开始恢复说话。她失忆了,但正在稳定恢复,斯特凡……稳定恢复。"他还处于震惊中，无法去看这些内容，于是她继续说道，"'提供的名字是鲁伯特'，你的名字，斯特凡，她记得你的名字。病人说她过去住在一条河边。就是她，你的妻子，她还活着。"

他看着她。

"可是，我们之间才刚刚开始。"他已经使用了过去时态。

"你唤醒了我，斯特凡。你唤醒了我，让我想起了被我遗忘的东西。但是……"她停了下来，她不想增加他的痛苦，但却需要把真相说出来。她用双手捧着他的手，他的手里还握着那张照片。"我们都经历了失去，所以才走到了一起。而你已经找回你失去的人了。"听到这句话，鲁伯特开始哭泣，蕾切尔握着他的手，而他弯下腰，整个人缩成了一团。

第十三章

刘易斯醒来的时候,他的脸贴在车窗的窗框上,口水把窗玻璃都弄湿了。巴克开着梅赛德斯,开心而又关切地看了他一眼。

"您还好吧,长官?"

"做噩梦了。"他解释道,擦了擦嘴,坐直了身子,"我说梦话了吗?"

"您喊了几次。"

"没有透露什么国家机密吧,我希望。"

"您喊了您夫人的名字。"

刘易斯从总部被巴克接上车以后,他就在这辆车的剧烈摇晃中睡着了。恍惚之间,鲁伯特别墅出现在他面前,他还没见过这个季节里它的模样:草坪上郁郁葱葱,万物绽放 —— 花坛里开满了水仙。这场景太过生动逼真,水仙花充满着真个画面,令人觉得不可思议。

"我睡了多久?"

"十分钟。"

刘易斯揉了揉脸,又拍了拍脸颊:"感觉像是过了好几个小时。"

在战争时期,他像这样打个盹儿就能恢复精力,几个晚上不睡觉也能撑下去,但现在他却觉得非常疲倦。在黑尔戈兰岛,他经历了前所未有的虚弱无力。一开始，他以为造成这样的原因是潮湿空气不知不觉的侵袭，以及他内心对这种毫无意义的工作所产生的厌倦，因为他的任务就是对这场历史上最大非核爆炸的准备工作进行监督。但是自从离开那个岛之后，他的情况恶化了。他只能将它描述成一种深入骨髓的痛苦，就和迈克死后蕾切尔所说的那种痛苦一样。

"这边一切都正常吗？"

"相当正常，和之前一样，长官。"

"那就是说非常糟糕了。"

"糟糕透顶了，长官。"

刘易斯本来可以让巴克陪他一起去黑尔戈兰岛的。乌苏拉动身前往伦敦以后，库托夫、齐格尔和波隆已经视察完了他们需要查看的情况，所以后面的日子就变得非常难挨。

"管制委员会放宽了亲善友好的限度。问卷调查正在评估中，情报部的小伙子们不得不把注意力转向东方了。最大的新闻是美国建议的援助计划。不记得具体数额了，反正非常大。俄国人对此不太满意。似乎我们要分裂成两个德国了。对了，您还没告诉我将军到底想要什么呢？"

刘易斯还在领会将军的意图。

"想要给我找点事做吧。"

"您瞧，搞破坏比搞建设得到的好处多。去柏林吗？"

"去柏林。"

巴克看上去有点愁眉苦脸的。"真见鬼。那里可是下一个前线阵地。您接受了吗？"

"我提了两个条件。一是他们不要再让我和一个俄国人、一个法国人以及一个美国人住在一所房子里了。"

"没问题，那里已经被夷为平地了。"巴克开了一句玩笑，但是他掩饰不了对刘易斯即将离开的失望，"另一个条件是什么？"

"你和我一起去。"

巴克看了一眼刘易斯："真见鬼。"

"你不用现在就给我答复。可以五分钟以后再说。"

"真见鬼。"

在后座上，刘易斯注意到有一大堆写着"待定"的文件，是巴克带来给他批阅的。

"又有文件等着我随手乱放了？"

"抱歉。有一份关于贵重物品非法出口的报告需要您立刻过目。还有几个老熟人的名字呢。这真是……一份不怎么样的读物。反正您可以在洗澡的时候看。"

刘易斯确实需要洗个澡。他们很快就要到家了。梅赛德斯正从克洛普斯托克大街上的贵族宅邸前经过。他又拍了拍面颊，让脸上恢复一点儿血色，然后对着镜子检查了一下头发。在他自己看来，他看上去气色很差。他的头发已经超出了规定所允许的长度，而且他已经好几天都没有刮胡子了。就连最轻微的睡眠缺失都让他有了黑眼圈。他从来没有真正在意过自己的外表——他觉得自己鼻子有点长，脸太瘦了——每当蕾切尔夸他的时候，他总是感到很惊讶。虽然他从来不需要得到她的肯定，但看到镜子中这张疲惫的脸时，他觉得自己现在很想要这份肯定。

汽车拐弯来到了易北大道，向左边望去，刘易斯能透过树的间隙看到那条大河。易北河已经被冰封了一百多天——人们说这是从来没有过的——但可以看到流动的河水。冰面开始融化了。

"看到保罗斯小姐的离开，您一定非常遗憾。"

"白厅那边问我是否认识愿意到伦敦工作的翻译，我就推荐了她。"

"可惜了。我估计没有柏林姑娘能胜任这个职位。"

刘易斯看着一片灌木丛中的番红花和雪花莲。

"德国有水仙花吗?"

"没见过。"

"要是看到了你就停车。"

挡风玻璃上出现了一道裂痕,像蜘蛛网一样向四面延伸开来。刘易斯以为是砂砾或者石块砸到了玻璃上。直到车开始在路上急转时,他才发现巴克倒下了,他的头向后仰着,眉毛上方有一个清晰的弹孔,红中透黑。刘易斯抢过方向盘,将巴克的腿从油门抬下来,然后拉起手闸,汽车停下时引起了剧烈的震动,它刮到了一棵悬铃木,一半停在了路面上,一半悬在马路之外。

血和脑浆溅落在后座上和巴克身后的窗户上。在去摸他脖子上的脉搏之前,刘易斯就知道他已经死了。他在座位上压低身子,从前方的杂物箱里摸到了自己的手枪。他查看枪膛的时候发现自己手上有血,鲜艳的深红色,还带着温热。被射中的挡风玻璃上一片花白,他只好通过侧窗观察整个路面。在他身后,易北大道弯曲地延伸到了视线之外,在他的前方则是笔直的道路,两边都种了树,还没有向右偏离河道。这一枪肯定来自河岸上某个大房子里。他看到几百码远的地方一个人影快速穿过马路,朝河那边跑过去。

刘易斯下了车,脱掉外套,扔进车里,追了过去。他一路狂奔,肾上腺素掩盖了他的疲倦和身体不适,他一直跑到了平缓的转弯处,往前就偏离主路了。他顺着地上天然形成的路线往下朝河边跑去,那个人影也在向那边跑。人影来到了河边,开始步行穿过易北河,这时他的双腿把冰面踩碎了,于是他退回到岸边,

295

沿着河岸往前走,寻找更加坚实的区域。找到了以后,他又开始横穿河面,边走边回头看,也许这是他第一次看到刘易斯在追赶他。这个人影加快了脚步,开始在冰面上滑行。从他纤细的身形和灵活的动作上看,刘易斯觉得这是个年轻人。还是个孩子:大概十七岁,不会再大了。

刘易斯放慢了速度,由奔跑变成了快步走。他感到肩膀上有一阵刺痛,他的心脏跳到了嗓子眼。等他来到岸边的时候,那个年轻人已经在河面上走了差不多一百码了。刘易斯弯下腰,把手撑在膝盖上,大口喘着气。他已经检查过手枪的枪膛了,但他又检查了一遍。还有六颗子弹。还有六次机会干掉那个杀了巴克的凶手。

年轻人在河上穿行时停了下来,探头探脑地打量着前方的河面,用靴子踩上去试了试。冰面再次出现了裂痕,他往后跳开了。接着河中央传来了更多冰块裂开的声音,就像一扇旧门发出的吱呀声。刘易斯看着这个年轻人寻找另一条过河的路。又有一块冰面在他面前裂开了。前方已经没有路了。

刘易斯感到汗水在自己的皮肤上冷却。他仿佛丢了魂一样,坐在一棵被砍倒的树所留下的树桩上。那个年轻人没有离开,刘易斯也没看见他身上带了武器。他等着看他准备怎么办。他在冰上来回走动,浑身都是不安分的精力。然后他用德语大喊了起来。

"早上好[1],摩根!"他喊道,被自己的玩笑惹得大笑了起来,又反复说了好几遍,直到刘易斯意识到他话里的暗示。他怎么会知道他的名字?

"我在这里!"

---

1. 此处为德语,其中"早上"的发音与英语中"摩根"的发音相近。

年轻人伸开双臂,让自己成为更显著的目标。他已经站在了手枪射程的极限上。从这里,刘易斯只能刚好打中他,但如果他想确保命中,可以踩在坚实的冰冻码头上,它一直延伸到河里,然后从那里朝他射击。但他还是待在原地,他的呼吸已经恢复正常了。他觉得自己像是在观看一场冬季运动会。

"来啊,上校!"

刘易斯不想朝他开枪。但他想让他死。

"那枚子弹本来是给你的,上校。不过没关系。你的朋友就是我的敌人。"

又传来了一声破裂声,这一次是来自年轻人所站位置的冰面。

"冰都化了。你们该离开德国了!这是我的土地!这是我的河流!这是我的天空!"

年轻人在冰面上来回踱步,快速地说着什么。这是一场十足的表演。他疯狂地笑着,手舞足蹈,他的声音在激动中变回了孩子的声音。可是他说得越多,刘易斯的沉默似乎越让他感到恼火和沮丧。刘易斯觉得自己能听见男孩的声音在恐惧中变得嘶哑,他继续一言不发,让那恐惧将他打败。这种感觉好极了。

"来抓我啊。"

听起来就像河上四面八方传来的声呐脉冲。冰下的河水和天上的太阳齐心协力要将这冰面打破。刘易斯闭了一会儿眼睛。太阳在他的视网膜上留下了印迹。他眨了眨眼,让它们消失。年轻人的侧影停留了几秒钟,然后他忽然在冰面上快速跳了几步,他身下的那块冰分解成了十几个小块,然后他跃到了视线范围内最大的一块浮冰上,这块冰大约有一扇门那么大,落下时他将双手伸到两边保持平衡。但这块冰承受不住他的体重,冰块翘起来让他滑进了冰冷的水中,掉下去时他还伸手在空气中抓了一把。在冷水的刺激下他大喊大叫，试图去抓那块浮冰，但在上面没有抓到任何支点。他挣扎了几秒钟，然后游过去抓住了一块较小浮冰的边缘。他努力把自己拽上那一小块冰，可它不断翘起，将他送回水中。他一次又一次试着爬上去。在试到第三次时，他放弃了，在漆黑的河水中漂浮着。

"救命！救命！"他不再炫耀，只剩下恐惧，"用树枝。树！"最后一个字——"树"——是用英语说的。

即使在他所处的位置，刘易斯也能听出这句话里的颤抖声。他就这样看着，为自己丝毫不关心这个年轻人而隐约感到一丝悲哀。

"求求你……上校！"

就在这一分钟里，他的语气已经从挑衅和蔑视，变成了恐慌和乞求。

"树！"他用英语又喊了一遍。

年轻人已经漂到了离码头不到二十五码的位置。如果刘易斯想救他，现在需要去拿树枝了。但一个远古的理由让他没有动弹；这是他一辈子都在努力驳斥的理由。以牙还牙，一命抵一命。这就是这个世界还在真正运转的方式。

在微弱的呼吸中，年轻人的话变得断断续续。

"弗里达！你，认识，弗里达！"

这个名字慢慢引起了他的注意。

"弗里达……真正的……德国……淑女……"

刘易斯一边看一边数着秒数。很快要结束了。在这么冷的情况下，年轻人在水里挣扎的时间已经超出了极限，现在他缓慢地随着水流浮动着，朝大河的中央漂走了。刘易斯听见了无力的喘息声。年轻人发出了最后一声呜咽的叫喊——那个词听起来像是

"妈妈"——然后他沉了下去。

刘易斯站在那里望着水面。他看着这条河，听着它形成一道道喧闹的水波，从冰封中恢复了往日的面貌，开始了一场轰轰烈烈的融化运动。他一边看一边想，他还有未完成的事情，但他已经不想去做了。他能感觉到自己心里有什么东西破碎了。他继续望着地平线，觉得自己正在崩溃。他就像那辆车的挡风玻璃上被枪击碎的部分。如果他能赶在别人碰到它之前回到家，那他或许还不会彻底被击垮。

刘易斯肩膀上的疼痛加剧了。他每次狂奔之后都会有这种痛感，随着年龄增长，还有抽烟过多，这种情况也加重了。他在那里揉搓了一下，又转了转手臂，让它放松一点儿，但疼痛依旧。快好了，他对自己说。快好了。

他目前还能保持镇定，甚至还能一边冷静地检查巴克毫无生气的身体和他眼睛里破裂的毛细血管，一边向宪兵讲述了事情经过，他一回去就看到他们已经赶到了现场。他努力不让自己把那具倒下的躯体和他所喜欢的巴克联系在一起。但是现在，当他来到鲁伯特别墅的大门前时，他不再确定自己还能不能保持冷静了。

两个月前他离开这座房子的时候，这里还是洁白一片，风景如画，但冬天到春天之间的交替太过仓促，雪地上露出了一片片光秃秃的草皮，相当难看，白色之中夹杂了一层棕色、灰色和黑色的覆盖物。他从侧门进了屋，庆幸没有人在那里迎接他。他脱掉大衣，揉了揉脸，不知道接下来该做什么：他想坐下，想喝杯茶，抽一根烟，还想喝一杯酒，他想见艾德蒙和蕾切尔——但还不是特别想。他给自己倒了一杯威士忌，一口就喝下去了，酒精的刺激让他稍微恢复了一些。他又喝了一杯，然后上了楼。

艾德蒙站在卧室里的梳妆台前,从镜子里欣赏着自己。他穿了一件和迈克一样的板球运动衫,不过他这件在脖子附近有一个"V"形的蓝绿色条纹。即使只过了两个月,他唯一的儿子也长大了不少。刘易斯想抱抱他。

"艾德。"

"爸爸。"

艾德蒙露出了微笑,但似乎有些尴尬,因为他在欣赏自己的时候被撞见了。

"这件毛衣很漂亮。"

"是凯特姑妈寄来的。她亲手织的。"

刘易斯意识到他要扶着门才能支撑住自己。刚才爬楼梯已经弄疼了他的腿。他从来没有昏厥过,不过他想知道,现在他手臂上传来的那种轻飘飘的感觉是否就是要昏过去的前兆。

"妈妈不在家吗?"

"我想她今天会从基尔回来。"

"她去看望巴克曼一家了?"

"是的。"

"一切都好吗?"

"是的,一切都很好。"

他的儿子正有点惊慌地看着他。"你还好吗,爸爸?你把自己割伤了吗?"

"我出了……一点儿事故……没事了。"刘易斯看着他手中的血。情况比他想的要更糟。他得赶快坐下来。就是现在。

"所以你一直在为我坚守这座要塞?"他一边问,一边在扶手椅里坐下。

"是的。"

"鲁伯特一家还好吗?"

"是的。不过鲁伯特先生不在家……我想他出远门了。去了某个地方。大概是和他的清白证明有关。我也不知道。"

"所以……你是一个人留在这里?"

艾德蒙点了点头。

"我……很抱歉离开了这么久。我又错过了圣诞节。"

"没关系。你炸掉了很多东西吗?"

"炸了一些工厂。潜艇基地。大爆炸还没开始呢。他们把德国人战后拥有的所有弹药都集中放在了一个地方,然后炸个干净。到时就连伦敦那么远的地方都能感觉到。也许连凯特姑妈在伯克郡也能感觉到呢。"

刘易斯从大衣口袋里掏出香烟盒。这是他今天抽的第一根烟,他吸的第一口就让他头昏脑涨。

"这个烟盒是妈妈给你的吗?"

"是的。"

刘易斯把它递给艾德蒙。艾德蒙打开烟盒,看着迈克的照片。迈克穿着他的板球运动衫。

"你为什么不放一张我的照片?"艾德蒙非常坦率地问道。

连刘易斯自己都不知道为什么,但他觉得需要撒个谎,让他心里好过一些。

"是因为迈克死了吗?"艾德蒙问,这句话解救了他,"你要纪念他?"

"是的……是这样的。我不需要你的照片,艾德。我有你在身边。"

艾德蒙似乎接受了这个说法。

刘易斯注意到地板上的衣服并不是随意扔在那里的,而是特意堆成了一幅地形图。玩具屋和毛衣摆成的小岛之间有一条袜子连成的林荫大道,沿着这条大道,他看到了拉贡达汽车停在路中间。

"这是怎么回事?"他问。

艾德蒙似乎有点不好意思:"这只是一个愚蠢的游戏。"他说。

"看上去很有趣。"他说。

"那辆车本来应该是你的梅赛德斯。但是迷你车系列还没出这一款,所以只能用拉贡达了。那个是黑尔戈兰岛。"艾德蒙指了指那堆毛衣和衬衣,顶上站着一个孤零零的小锡兵。

"那是我吗?"

艾德蒙点了点头。

刘易斯回头看了看玩具屋。他看到两个玩偶小孩在卧室里,而一男一女两个成人玩偶倚在一楼的钢琴上。

"那么这是妈妈和鲁伯特先生——在弹钢琴?"

"我没有把玩偶摆成这样,是弗里达……她把它们换到那里去的。"艾德蒙说,他的脸红了,看上去似乎对自己指出了这一点而感到生气。

刘易斯看着微型的蕾切尔和鲁伯特,点了点头。

"看上去是一个幸福的家。"他说,"看上去大家都相处得很好。这是最主要的。"

蕾切尔回到家的时候天已经黑了。能看见三盏灯是亮着的——起居室里,顶楼弗里达的房间里,还有她自己的卧室里。在蕾切尔看来,这座房子似乎正眯着眼睛看着她。黄昏的光线让阳台上的栏板露出了鬼脸一样的笑容。刘易斯的梅赛德斯没有停在车道上,但是一想到要再次见到他,她的心里有如蝴蝶纷飞般凌乱。

海克在客厅迎接她,女仆鞠了一躬并拿过了她的箱子。她比平时更加惴惴不安，紧张地朝起居室方向望了一眼。蕾切尔听到似乎有人在用单音符断断续续地弹奏着《魔王》的开场曲。

"家里一切都好吗，海克？"

"上校……"她说着，又朝画室看了过去。

蕾切尔将大衣递给女仆。

"艾德蒙还好吗？"

"很好，他睡觉了。"

蕾切尔来到起居室，发现刘易斯坐在钢琴键盘前，弓着身子，一只手撑在前额上。她进来的时候，他没有抬头看，他只是继续敲击着琴键，试着弹奏接下来的一段琶音，但是却没有成功。

"刘易斯？"

他没有抬头，继续弹琴。

"卢？你为什么要弹这个？"

刘易斯停了下来，他的前额依然靠在手上。他面色苍白，蕾切尔注意到他外套的手臂位置有血迹。

"第一段很简单，"他说，"可到了下一段……我不知道你是怎么弹的。"

蕾切尔的第一个念头是他从什么途径已经知道了——一切事情。她朝他走去："卢？"她挨着他在双人椅上轻轻坐下。乐谱架上放着《为什么？》的曲谱。刘易斯的鼻子淌着鼻涕。她想把他的头抬起来，看看他眼睛里怎么了，但他一直把脸扭向那一排琴键，他的鼻涕滴在了按键上。

"发生什么了？出事了……"

刘易斯用袖子擦了擦鼻子，蕾切尔看到他手背上干涸的血迹。她把他的手握在自己的手里，那手是冰凉的。"你的手。你流血了——"

"不是我的血——"

"谁的血?卢?你吓到我了。"

"巴克的血……他非要开车……我不该让他开的……那颗子弹是冲我来的。"

"什么子弹?"

"我让那个年轻人死了。"

"让谁死了?哪个年轻人?"

"朝巴克开枪的年轻人。那个年轻人……他说他认识弗里达……"

蕾切尔跟不上这些话的节奏。

"我没有注意到危险。可它就在那里。就在我鼻子底下。就在我的家里。"

蕾切尔把他的脸转向自己,让他看着她。眼前的刘易斯情绪激动,精神颓丧,令她不安,又让她觉得有些迷人。

"我追着他……我本来可以救他的。但是我让他死了……我想要他死……不仅是为了巴克……还为了迈克……为了这一切。"

刘易斯伸出手,巴克褐色的血迹零星地布满他的手背。"我选择了错误的路,蕾琪。我所坚持的原则是错误的。伯纳姆是对的……如果你相信所有人,总有人要付出代价。"

蕾切尔把他的脸捧在手里:"别这么说——"

"可你也知道那是对的。告诉我……蕾琪。告诉我。我是不是太轻信了?"

他看着她的眼睛。

"是的……"蕾切尔用手指摩挲着他的侧脸,把他的头发向后捋,"但是……我希望你……重新去相信……我希望你这样做,卢……"她吻着他的前额,她的嘴唇和鼻子贴在他的皮肤上,呼吸着他的气息。

"对不起。"

"该说对不起的是我,是我对不起你。对不起。"

"我们互相亏欠。"他说。

蕾切尔把他的头按在自己的胸前:"休息吧。"

刘易斯将头靠在那里,她搂住他,慢慢地摇晃着。她很少看到刘易斯哭。他曾经说过,她把他们两个人的份都哭完了。她摇着他的时候,他安静地发出了一阵阵呜咽;她觉得那声音不是他身体里发来的,但她却能认出:那是一个哀悼他们儿子的人所发出的声音。

刘易斯起不了床,也睡不着觉。震惊和疲倦让他动弹不得。此时此刻,他对自己的厌恶,还有某种愉快的绝望,让他一直保持着清醒。他认同那句至理名言,懒惰的人和勤奋的人皆有一死,所以这又何必呢?他躺着不动的结果和忙碌奔波的成就并无不同。事实上,想想他最近的一番劳苦,就完全有理由认为,如果他再也不起来了,这世界也许会变得更好。他不再拥有把物力和人力集中起来的那份精力和耐心了,他也不再相信那一套理念和原则了。破坏比建设更容易做到:数千年发展起来的城市可以在旦夕之间被夷为平地;一个人的生命可以在一秒钟的破裂声中结束。在未来的岁月中,艾德蒙和他的孩子们会知道那些飞机和坦克的名字,还有那些战役和侵略行动的名称,会很容易地回忆起这个时代的暴行以及那些有罪之人的恶名。但是面对一个修补裂痕的人或是一个重铸断壁残垣的人,他们中有谁能说出这些人的名字呢?

刘易斯躺在那里,沉浸在这种唯我论中。他感到还算满意。

或许他已经错过了属于他的职业。他本应该成为一名诗人或者哲学家，又或者是一位虚无主义者。

他闻到了炭油皂的味道。他举起手，发现蕾切尔已经将他手指上的血迹清理掉了。她还脱掉了他的靴子，解开了他的衬衣纽扣。不知什么时候，她拉开了窗帘。尘埃颗粒在倾泻而入的光线中跳舞。他肯定是睡着了，因为他对于这些事情一概不知。他只记得蕾切尔在钢琴旁搂着他，抚摸着他的脸，认真看着他，仿佛在看一件失而复得的珍宝。是什么让他忽然有了这样的吸引力，变得如此珍贵了？是因为他差点被刺杀吗？她说她犯了一个严重的错误，还告诉他鲁伯特先生的妻子找到了。然后，没有使用委婉的表达，也没有用亲密的举动来做铺垫，她告诉他，她爱他，这不是她会轻易说出口的一句话；实际上，她上一次这么说还是在……他已经想不起来了。

门开了，艾德蒙端着一盘早餐走进了房间——银制的蛋杯里放着一个煮鸡蛋，一片面包被切成了很多份，茶托上还放着一杯茶。他慢慢地穿过房间，集中注意力不让一滴茶洒出来。刘易斯坐起身，把腿从床尾抬起来，让艾德蒙把餐盘放在平坦的地方。他的后腰很疼，膝盖后面的肌肉因为那天的追赶而紧绷着。

"妈妈说中午要叫醒你。提醒你还得去总部。"

"已经中午了？天啊。"

艾德蒙看着他，等待着："你不打算吃鸡蛋吗？是我做的。格里塔教我的。"

刘易斯拿着叉子去戳鸡蛋稍小一点儿的那一端，然后想起来了，于是将它调了个个儿，让较大的那一头朝上。

"妈妈也是大头派，我们都是大头派。"

刘易斯把鸡蛋壳敲开，又把面包片的一端在黏软适度的蛋黄里蘸了蘸。

"很完美，正好是我喜欢的味道。"

"鲁伯特先生是小头派，弗里达也是。我不知道鲁伯特太太是不是也是小头派。"

"很快我们就知道了。"

刘易斯用面包片把蛋黄都蘸着吃光了，然后拿起勺子去吃蛋白。

"爸爸？如果你有了坏的念头，是不是和你实际做了一件坏事是一样的？"

这似乎是一个他必须正确回答的问题。"这不一定。你需要给我举个例子。"

"嗯，当你昨天差点被杀死的时候，我想……我很高兴……巴克上尉代替你死了。虽然这也很令人难过。"

刘易斯将餐盘放到一边，示意艾德蒙靠近一点儿。他的儿子走上前来，刘易斯把他圆乎乎毛茸茸的脸蛋捧在手里，吻了吻他，他没有亲他的前额，而是亲在了他的鼻梁上，艾德蒙有点尴尬地躲避了一下。

"这样很坏吗？"

"这不是坏，艾德。你被摆到了这个位置，而不得不去想这种事情，这才是坏事。"

"你有过很坏的念头吗？"

"有。我有很坏的想法。今天我就有过好几个。"

"有多坏？"

"嗯，我想过不起床了。因为就算我起了床，也不会有任何改变。我不想再帮助别人了。我开始想，这一切并没有为我——或者其他任何人——带来任何改观。我不想帮德国人，也不想帮英国人，不想帮鲁伯特先生,或者弗里达,或者你妈妈,或者你,甚至我自己。我想放弃了。就这样。你觉得这想法坏吗?"

艾德蒙看上去也不太确定:"你不会真的这样做,对吗?"

"可能有那么几分钟吧。"

"这不适合你。"

"是啊。"

"你知道弗里达被抓走了吗?"

"我不知道。"

"你知道他们会对她做什么吗?"

"你觉得他们应该怎么做?"

艾德蒙想了想。"如果他们知道她妈妈还活着……也许他们会放她走。"

情报部应该任用这个孩子,刘易斯想。他可以为他们省去几个月的时间和成堆的文件。他又想亲亲艾德蒙,还想抱抱他,像他还是婴儿时那样抱着。不过一天之内亲两次似乎有点多。

"你决定好你要怎么做了吗?"艾德蒙问他。

"我想是的。不过你先要伸手帮我一把。"

刘易斯伸出他的手,艾德蒙用双手握住它,然后扶着他爸爸站了起来。

第十四章

她坐在扶手椅上,绣着一幅刺绣样品。她的头上新长出了一把白发,脸庞也丰满了一些,不过这样更好一些。她看起来很平静——比鲁伯特记忆中她曾经的样子更加安静——她看上去是神智正常的,和修女所描述的一样:她的表情警惕而若有所思,她快速地眨眨眼睛,露出了虚弱而熟悉的微笑。

值班的修女同意了他的请求,让他"在她看见我之前先看一看她",现在她陪他站在那里,透过接待室的门打量着克劳迪娅。

"她一天到晚都在绣东西。"修女说,"她的作品非常多。我们给很多绣品都加了框,挂在病房里。她不绣东西的时候,就会写字,边写边回忆。"

"她头脑非常敏捷,"鲁伯特说,更像是对自己,而不是对修女,"她很有才华。"

"她了解自己的头脑——虽然它的一部分还在恢复过程中。她是一位极其聪明的女性。诙谐而有创造力,反应迅速。"

他们过去是如何争辩的,鲁伯特想,他又是如何败下阵来的!

"她能记起一些事情吗?"

"她能回忆起一些片段——有的细节翔实——可后来她就再一次忘记了。不过整体记忆正在构建中,正在一点一滴地积累。每次她想起一点，就能顺着它想到另一点。过去几个月里，她有了显著的进步。我们鼓励她把情况写下来。看，她正在这么做呢：她在回忆。"

克劳迪娅把绣样放在腿上，从椅子旁边的柱脚桌上拿过笔记本和铅笔。

"这种情况越来越频繁了。她每天都在写点什么。有时也画画。"

克劳迪娅写得非常快，没有停顿。

她在写什么？鲁伯特想知道。她记起了什么？他是其中的一部分吗？她还记得他吗？记住了他最好的样子？还是最糟糕的样子？他还配得上她记忆中的样子吗？

"她有没有想起自己的遭遇？那天晚上的大火？"

"她从来没有说过，也没有写过。但我相信她还没有准备好回忆起这个。到目前为止，她想起来的都是美好的回忆——关于人际关系的各种事情。家人，朋友，家。这个情况在这样的病例中很常见。大脑回忆起的东西都是灵魂所能承受的。一切都在上帝的时间里。"

他嫉妒她，她可以从头开始，从美好的泥土中重生。有一种很纯粹的东西蕴含其中。她看上去很满足。或许他应该让她留在这种状态里。她的历史是清白的。她的灵魂正处在零点的初始时刻。为什么要用他那些乱七八糟的事情来玷污这一切呢。

"我不再是当初的那个人了。我没有……我没有忠实于她的回忆。"

修女端详着鲁伯特的脸。他躲开她仁慈的目光，他觉得自己配不上，但她亲切的态度又让他继续忏悔道："我以为她死了。我想重新开始。和别的人。和我以为自己爱上了的人。"

她握住了鲁伯特的手，面对他的坦白表现得非常平静。

"你还爱着你的妻子，鲁伯特先生。从这份爱开始吧。"她握紧了他的手,表明了她的确定态度,"来吧,我给你看一样东西,来吧。"

她带着他来到一张桌子前,上面放着三件已经完成的绣品。有一幅非常抽象,是一些锯齿形的线条和花朵图案;第二幅是教室用的十字绣字母表;第三幅的内容则非常生动。"等我们有空时,会把它们用画框装起来的。"她说,然后她挑出了那幅生动的绣品,把这块布在鲁伯特的双手中摊开。

"这是她绣的第一幅。"

这幅绣品描绘了一座有廊柱的房子,还有一条长长的车道,路两旁都种了树,一个花园一直通向一条大河,河上有一艘帆船。房子的前面站着三个人:一个穿着德国传统衣服的男人手里拿着一把建筑师的尺子,一个女人戴着帽子,穿着老式的裙子,两人的中间还有一个扎着辫子的小姑娘。

"她说这是她之前绣的一幅图的翻版。她不确定那是不是她的家和家人。她所能告诉我们的就是这艘船象征着希望。但是你认出了它……"

鲁伯特从来没有真正在意过这幅图的原作——自从无情地取笑过克劳迪娅这个"民间爱好"之后,他就没有权利再作评价了——但他确实认出了它。它和弗里达新卧室里挂的那幅绣品一模一样。

"这座房子是你们的?"

鲁伯特点了点头。

"这个男人是你?"

"是的。"

"这个小姑娘呢?是你们的女儿?"

"弗里达。"

"还有你的妻子。"

他点了点头。

"还有什么漏掉的吗?"

他摇了摇头。"没有。这就是……全部了。"

*

"请坐,上校。"

刘易斯坐在了桌子另一边唯一的一把椅子上,对面是唐奈和伯纳姆。椅子上还残留着上一个人的体温。这两个人都站着,看上去似乎在经历了一天漫长的审讯之后,需要伸伸腿,呼吸一下新鲜空气。这对审讯搭档中,显然唐奈的任务是说开场白和客套话;而伯纳姆则负责在一旁观察和等待。

"我们对巴克的事情深表遗憾,"唐奈说,"我们正在尽全力寻找凶手。我们已经有一些线索了。我们抓住了一些叛乱分子,包括弗里达·鲁伯特。"

"你们已经找她问过话了?"

"我们刚开始问,"唐奈回答,"可又不得不放弃这次问话,因为她说肚子疼,现在医疗人员和她在一起。"

他们一定已经找她问过很多次话了,刘易斯想。伯纳姆的审讯桌上铺满了很多他用来折磨对方的工具:关于纳粹暴行的照片——集中营、私刑绞杀和人体实验。刘易斯能看到其中一张图片上有一个惊恐万分的小姑娘,光着身子,和弗里达差不多大,她正盯着一个没有现身的施暴者,这个没有出现在镜头前的人让这张照片更加恐怖。

"我们在易北大道一所被征用的房子里找到她的。反叛分子显然将它用作了某个行动基地。"

"你们发现她有愧疚的表现了吗?"刘易斯问。

"愧疚?"唐奈问道。

"对于这一切。"刘易斯朝那些诡异的图片点了点头。

伯纳姆觉得这是一个切入点。

"你觉得这很残忍,上校,但这依然是一个简单而有效的测试:有些人根本无法看这些图片;有的人看了一眼,然后看向了别处;有人看到以后还会盯着看。有的人边看边流泪,有的人却很享受,甚至还有人放声大笑。这其间还有不同程度的各种反应。我注意到,你看过之后,很快移开了目光,这个反应说明你对这个话题感到厌倦,这是可以理解的,但也许还说明你不愿意面对眼前的邪恶力量——或者你宁愿假装它是不存在的。"

伯纳姆用客观中立的口吻说出了这一番话,仿佛只是在宣布一个实证事实。唐奈上尉大概之前已经听过了,他很配合地点了点头。

"那么鲁伯特小姐的反应是什么?"刘易斯问,伸手去摸自己的烟盒。他本来不至于这么紧张的,但他有点担心即将到来的对峙局面。

"她没有看这些图片。她坚持要盯着我看。"

"谁先眨眼的?"

"什么?"

"算了。那么,你们认为她与这一切都有关联?"

"我们知道她肯定有,"唐奈说,"这个,这是在那所房子里找到的。"唐奈拿出了一份被拆散的文件,推到了桌子的这一端,刘易斯一直以为自己把它随手乱放在了什么地方。"这是和其他犯罪证据一起被找到的。"唐奈看着他的记录说道,"那里简直是一个小杂货铺。粮票、口香糖、盘尼西林、奎宁、糖精、盐、火柴、火石以及避孕套。应有尽有。甚至还有满满一个行李箱的方糖夹。"

刘易斯看着这份文件,却没有碰它。他打开烟盒,抽出一支香烟,点了火。

"这又证明了什么呢?"

313

"她承认偷了这份文件,"伯纳姆解释道,"但除此以外还说了很多。"

伯纳姆的审问方式很有意思。他就像在参加一场牌类游戏,他对自己的优势越是确定,他脸上的表情就越是平静。

"弗里达·鲁伯特是一个组织的成员,而这个组织的头目正是对你刺杀未遂的凶手。从她谈论他的方式来看,他们之间的关系很亲近。她声称自己对他要刺杀你的计划一无所知,但这似乎不太可能。他的名字叫艾伯特·雷特曼。"唐奈说。他递给刘易斯一张照片。"我们逮捕她的时候,她的钱包里放着这个。在战争末期,他随阿尔斯特防空炮兵部队被派驻在施瓦内恩维克。"

刘易斯看着这张照片,心里非常难过。艾伯特穿着防空炮兵的制服,头发用发蜡打理得油光发亮,他站在发射台上,得意地微笑着。这是一个骄傲而英俊的年轻人,时刻准备着保卫他的国家。

"这是唯一让鲁伯特小姐产生情绪反应的照片。"唐奈补充道。

"我发现你认出了他,上校,"伯纳姆注意到了,"你认识这个男人吗?"

"在我看来,他更像是个孩子。"刘易斯说。

"不管是男人还是男孩,他都杀死了你的副指挥官。我们相信他和他的团伙还劫持过卡车,偷窃过管制委员会的财产。我们对本地区狼人组织授意下的其他反叛团体进行了侧写,他们的组织符合这一侧写。"

"什么样的侧写,少校?营养不良?孤儿?十六岁以下?她只是一个心怀委屈的女孩。她被比她更强大的人控制了,而那个人也有自己的委屈和不满。"

"整个国家都在这么说:'我们被控制了,长官大人!'"唐奈开玩笑地说。

"她对于他人如此慷慨的善意毫无感恩之心，"伯纳姆说，"她指责我们毁灭了她的国家、她的城市和她的母亲，偷走了她的房子。她抱怨一切——甚至你的妻子。"

"蕾切尔为了表现友好，已经做了非常大的努力。"

"在那个女孩看来，有点过于友好了。让我们看看。"伯纳姆在他的问讯记录里查找，"'摩根太太想偷走我的爸爸。'"

刘易斯盯着伯纳姆，等着看他是否比自己知道得更多。

"显然，她情绪愤怒，还产生了妄想，不用过于在意她的看法，"伯纳姆继续说，"但你们似乎并没有赢得她的好感，上校。"

"她才十五岁。"

"你和我都知道，她的年龄不能成为为她辩护的理由。她胳膊上的标记已经足够让她被枪毙了。"他又看了看他的记录，"'我不会告诉你们他在哪里的。即使你们把我关一千年，我也不会告诉你的！'你有没有注意到，动不动就按一千年来算，这样的思维方式是非常狂热的表现。"

刘易斯的心伴随着他的预感开始怦怦直跳。

"上校，我是否可以从你的沉默中推测，你并不在乎雷特曼是否被抓，对于将他绳之以法也不感兴趣？"

"告诉我，少校，如果你们抓住了他，你们将给予他什么样的审判？"

"按法律将判处他死刑。"

"我的意思是，这样你就满意了吗？"

"一旦被抓，就要处死他。"

"艾伯特·雷特曼已经被处死了。"

伯纳姆平静的表情终于被打破了：他皱起了额头，古怪地向旁边看了一眼唐奈，然后发出了一声疲倦的叹息。

"我追着他一直跑到了易北河边。他试图横穿过去,但是冰面开始破碎,他掉了进去。我亲眼看着他死了。"

"你朝他开枪了?"

"他是淹死的。"

唐奈停下了潦草的记录。"让我把话说清楚,上校:你亲眼看见他死了?你确定这一点吗?他没有通过某种方式逃跑,或者游到对岸去?"

"我让他死了。我不会忘记这一点的。"

"可你向警察报告这件事时忘记提这一点了。"

"我当时……太震惊了。"刘易斯发现伯纳姆对这件事的反应——因轻蔑而扭曲起来的脸——让他觉得莫名地安心。他继续说:"少校,我记得你曾经说过,想重塑这个残暴民族的心灵。你是这么说的吗?在对肖的发言中?'十二年的愚昧和无知把他们变成了动物。'"

伯纳姆没有回答,他假装出一副厌烦的样子,刘易斯对此并不相信。

"我想你还在致力于这个目标。"

"在鲁伯特小姐这件事上,恐怕来不及这么做了。"

"来得及。"

"别再犯傻了,上校。"唐奈抗议道,"她协助了这次刺杀。我们有证据。"

"你们要因为她偷了文件而枪毙她吗?看吧,我也想有一个提议。如果你们放了她,我将在一天之内重塑她的心灵。"刘易斯没有等他们来回答,"我这里有两份报告,必须提交给德·比利尔。两份都是巴克写的。它们内容不同,但相互关联。第一份报告是所有医院和济贫院中失踪病人的登记,他们尚未和家人团聚。这其中的工作量非常大,而我只是这个项目的发起人。然而通过这个工作,我们发现鲁伯特先生的妻子还活着,住在布克斯特胡德的一所方济会的济贫院里。我相信你是不会对那个女孩隐瞒这个消息的,她一直以为她妈妈已经死了,并且她的一系列行为都是源于这个想法。我想把这个消息告诉弗里达,然后带她去看望她的妈妈。"

"这真是有趣极了,"伯纳姆说,"但这不会改变鲁伯特小姐是从犯的事实,上校。"

该把底牌亮出来了。

"另外一份报告则有着更直接的利益关系。"

刘易斯从公文包里取出一个蓝色的文件夹,将它推到桌子另一头。伯纳姆看了看标题:"德国资产中贵重物品的非法出口"。他打开报告,没有表露出一丝内心的反应。他开始浏览相关的那几页纸——巴克已经很周到地标记了出来。刘易斯对如此巨大的数目感到吃惊。伯纳姆一家并非只是把一定数量的物品储存起来,他们简直是在大肆掠夺。他等着伯纳姆开口。

少校合上这份报告的时候,一直没有抬起眼睛,虽然从他的表情里几乎看不出什么,但刘易斯觉得权力的天平已经朝自己这一边倾斜了。在沉默了很长一段时间以后,少校眨了眨眼睛。然后他看向刘易斯。那是一种好奇的目光,夹杂着真切的探询和困惑。伯纳姆把这份报告托在掌心,似乎在揣测它的分量。

"你的能力……你忽视……他人不端行为的能力真是无限的。对于我来说,你实在是……一个难解之谜,上校。"

十五分钟后,刘易斯站在拘留所牢房沉重的铁栅外,透过门上的小窗口看着弗里达。她蜷缩在长凳上,膝盖抵在胸口处。她的身体看上去没受伤,但精神却彻底垮了,她并非凶残的叛乱分子,而只是一个十五岁的少女。医务官对她进行了检查,表示没有发现任何营养不良、水肿和结核病的症状,也没有任何她的同胞们所感染的其他疾病。不过他可以解释胃部疼痛的原因。

"没什么需要担心的，长官，不过她的父母可能不会这么想。"他说，"她怀孕了。"

当刘易斯走进牢房的时候，弗里达畏惧地退缩了一下。为了让她安心，他站在门口，伸出他的手。弗里达往后靠在墙上，把膝盖搂得更紧了。剥下她那副抗拒和憎恶的外表，所展露出来的内心里只有单纯的、动物一般的恐惧。

"我不知道……我不知道他的计划是什么。"

"没关系。过来。"

"到哪里去？"

"回家。"

"为什么？"

"为什么？嗯，因为那才是你应该待的地方。"

"那已经不是我的家了。"

"比这个地方好。"

"可那个人说我要去坐牢。"

"我的车就停在巴林大坝。我在外面等你。"

刘易斯留下弗里达对着敞开的门发呆。他告诉守卫等女孩愿意离开的时候就放她走，然后就出去了。在拘留所的台阶上，他点了一根烟等候着，看着两个年轻人在阿尔斯特湖刚融化的湖面上泛舟。处女堤上因为有了行人的往来而变得生机勃勃，大家都有要去的地方，奔向各自的目的地。一百条生命在做出决定，犯下错误，在谈判，在交易，约会见面，许下承诺。

他抽完一根烟时，弗里达出现在大门口。她在离他几米远的地方停了下来。刘易斯挥了挥烟蒂，向她示意自己要去的方向，然后就出发了。他往前走了几米，确认她跟了上来，却又和她保

318

持了距离,假装他们并没有一起走,这样在她没有准备好之前,就不会让她感到尴尬了。

在处女堤的尽头,新开了一家刷了白漆的木屋商店,屋顶是瓦楞铁做的,里面卖各种糖果和报纸。刘易斯停下来,为接下来的行程买了一袋薄荷糖和一份《世界报》。报纸的头版封面上是一张黑尔戈兰岛的航拍照片,标题写着"小岛屿准备迎接大爆破"。他浏览了第一段:"纳粹战争机器的残余将在一场伟大的爆炸中被全部摧毁。"

弗里达停在了几步远的地方。刘易斯抓着那袋糖果,知道如果自己在外面把糖给她,她一定会拒绝。一大队载着碎石的卡车两辆一排地往街上缓慢开去。飞扬的尘土和沙粒在路面上发出清脆的声响。他们等卡车经过以后,横穿马路,来到刘易斯那辆棕褐色的大众汽车旁。他为弗里达打开车门,把糖果递给她。

"这是给你的。"

她接过糖果,钻进车里。

他们先往南再往东,路过了港口新城巨大的仓库房,沿着易北河北部的水域往前开,一直开到了哈姆布鲁克的荒地。

弗里达一直很安静地蜷缩在那里,背对着刘易斯。当他们开上前往布克斯特胡德的高速公路时,她坐了起来。

"不是这条路。"

"我知道。"

"你走的是相反的方向。去我家要回到那条路。"

"我知道,"刘易斯说,"我们走的是一条不同的路。"

"但这条路不对。要花更长的时间。"

"相信我,这是一条更好的路。"

第十五章

在前往证件签发办公室的路上，鲁伯特路过了旧美术馆残存的一堵墙——"寻人启事墙"——墙上还贴满了各种请求，很多新的覆盖在了旧的上面，所询问的都是失踪亲人的消息。如今还增加了一个照片栏，包括走失的孩子寻找他们的父母。一对夫妇在它面前弯下腰，痛苦地看着每一张照片。那场大灾难刚过去的几个月里，人们终于获准返回这座城市，鲁伯特几乎每天都会到这里来。虽然那时已经是秋天，但植被发生了奇怪的现象：在夏季的空袭中被烧毁的树木和灌木忽然再次冒出了新芽，完全违反了季节规律；丁香和栗树也开了花。遭受过高温的土壤产生了新的容纳度，让各种植物和花朵疯狂地占领了废墟的每个角落：到处长满了球根毛茛、卷耳草、圆叶锦葵和夹竹桃柳草，都是从所爱之人的骨灰中生长出来的。鲁伯特拒绝相信克劳迪娅的同伴特鲁迪所说的话，她说她亲眼看见克劳迪娅在肆虐的大火中消失，他坚持在那满满一墙成百上千张相似的启事中又添上一张寻人启事。今天是他第一次走过这面墙时不需要驻足寻找。

"我希望你们能找到他们。"他对那一对寻寻觅觅的夫妇说道，然后朝石坝底部的办公室走去。

如今鲁伯特把自己的希望寄托在清白证的签发上，这样他的建筑事业就能重新开始了。他非常努力地压制着自己的期待。不是每个来领取证件的人都能高兴地离开。很多人会被两手空空地打发走，还被告知需要回来接受进一步问询，而且通常他们都不知道原因。不过自从克劳迪娅回来，他开始有了灵感，很多完全成形的建筑构想在废墟上诞生了：新的市政厅，横跨易北河的大桥，还有码头上的音乐厅。这些异想天开、野心勃勃的想法或许只是一个失意落魄的建筑师写下的一曲视觉上的挽歌，但它们却在源源不断地冒出来。克劳迪娅让他把以前的设计做出来。他早在战争爆发之前就没有再看过它们了，他那些少年时代的作品让他既欣慰又心酸。他的学生时期充满理想主义，傲慢而嚣张——现在重温起来，就像在读一封过去的情书。他看到了自己的计划是要建造"没有历史的房子"，也就是带有花园和人工河、喷泉和娱乐区域的工人之家。这个名字中包含着一颗年少轻狂的虚荣心：谁设计过一套完全摆脱了历史影响的房子，更别提将它建造出来了？克雷默教授是他在学院里的导师，前者否定了他的设计，认为它的意识形态色彩过于浓厚，而且过于追求物质享受。鲁伯特那时还太年轻，不可能与这样老练的权威人物进行争辩，但是二十年后的今天，他认为自己从这些设计中看到的东西似乎非常有意义。

等候室里有两个人：一位在咬指甲的女士和一位在读小说的男士。他在他们对面的长椅上坐了下来。他坐在那里，寻思着他们两个中间谁能拿到证明，而谁拿不到。那位女士一直盯着她的双脚，确认它们是否整齐地并排放着，他猜她是可接受范围之内的灰色分子，虽然她看上去很紧张。而那位看书的男士用戴手套的双手翻阅着书页，他看上去太镇定了，可能不是背景清白的人。鲁伯特可以轻松想象出此人穿着纳粹党卫军一尘不染的制服，每天早上都顶着帽徽上闪闪发亮的骷髅到处晃。他肯定已经为远离之前的生活而换上了便装。他怎么会和这样的人坐在同一个房间里？

"你等了多长时间了？"鲁伯特问他，想从对方的回答中挖出一些个人信息来确认他的怀疑。

"我忘记了。"

这个人压根没有从书中抬头看一眼。

"你呢？"鲁伯特问那位女士。

"这是我第三次过来了，"她说，并没有回答他的问题，"我一遍又一遍对他们说的都不过是他们已经知道的事情。我们并没有结婚，连恋人都不是。我只是和他一起去过几次剧院。可他们现在要把我扔到俘虏收容所去。"

鲁伯特现在能猜出其中的细节了：这位男士一定曾经是党内的大人物，而她曾是他无辜的情妇。这是一个耳熟能详的故事。

"安静点，女士。"骷髅脑袋说，"你越是说个没完，我越是不会相信你。省点力气吧。对你说的话不要松口。如果你能坚持自己的说法，就没什么可害怕的。"他继续看书。鲁伯特确信了这一点：这个家伙是个黑色分子，和他的鞋一样黑。

等待被召唤的时间非常难熬。也许这本来就是一个策略：给他们足够长的时间，让种种怀疑浮出表面；让他们坐在这个恶臭难闻的房间里，和其他身份有问题的人待在一起，等待他们互相揭发。

"罗莎·特恩维格？"

那位女士匆忙朝柜台走去，那里很像银行的收银台，窗口之下有一个小洞，好消息和坏消息都从这个洞口传出。鲁伯特想听一听他们在说什么，但是听不清楚。有什么东西通过柜台递到了她手上。

"这是什么?"女士问道。她忽然发出了一声尖叫,用手使劲拍打在柜台上:"不!不要再问话了!求求你了上帝!没有还要交代的情况了。我已经把我所知道的一切都告诉你们了。我需要那张证明!让我好好过日子吧!"

玻璃的另一侧没有传来办事员的安慰。只有沉默。女人继续抗议时,值班的警卫出来将她带走了,她没有造成更多的影响。尽管她已经第三次被拒,鲁伯特敢肯定她是被诬陷的。

几分钟后,藏在柜台之后的办事员叫了骷髅脑袋的名字。

"布吕克先生。"

这名字简直就是纳粹党徒才有的名字。布吕克先生看上去非常自信。这个浑蛋马上就要大吃一惊了。

骷髅脑袋走到柜台前。玻璃后面传来了同样听不清楚的声音,然后有东西从柜台里被推了出来。布吕克先生看了看,把它拿了起来。这是一张证明:一张漂亮的、纯白的证明。

克劳迪娅是对的:他太冲动了,决断太快。这就是为何——正如克雷默经常对他说的——作为一个建筑师,他既是优秀的,又是糟糕的。

鲁伯特原本觉得自己不会被拒——他相信自己是清白无辜的,甚至对英国人的公正性这一模糊概念也是心怀信任的——但现在他心里有了新的疑虑。也许他们发现了什么连自己都不知道的事情,把他与家族里某个地方的某个人联系了起来,发现他的某个表亲和鲍曼之间沾亲带故,或是某个叔叔和希姆莱颇有渊源[1]。也许他们发现了他与蕾切尔之间的私情。

"斯特凡·鲁伯?"

---

1. 马丁·鲍曼是纳粹骨干分子,纳粹德国总理府主任。海因里希·希姆莱是党卫军首领,盖世太保总管,纳粹战犯。

不好的兆头。这个英国官员用法语的发音方式喊了他的名字，末尾字母"T"没发音。鲁伯特站起来的时候，感觉自己的双腿发麻，虚弱无力。玻璃后面的办事员穿着海军蓝色的管制委员会制服，留着牙刷一样的小胡子，这曾经被那位元首当作自己的标志。鲁伯特从来都不喜欢任何形式的胡子，还私下认为元首是一个愚蠢而做作的人。奇怪的是这么多英国军人依然选择了这种风格。他们也不看看自己这个样子像谁！想想看，他的自由很有可能被一个长得像希特勒的英国人给否定了！

"你的证明。"

一张白色的卡片从柜台那一端传了过来，上面写着"清白证，德国管制委员会"。鲁伯特盯着它。上面几乎没有什么文字。半张纸都被一个管制委员会的印章和情报官员的签名所占用了。这个签名写得一丝不苟，非常克制，只是在写姓氏的第一个字母时画出了夸张的圆圈。伯纳姆。

鲁伯特抚摸着这张证明，闻了闻它，甚至把它贴在了心口，就好像这是一封情书。他有清白证了！他想亲吻那个希特勒模样的人，然后在空中挥舞着他的证明，向整个汉堡宣告："我是清白的！我能自由地工作了！自由地旅行！自由地活下去！"

鲁伯特离开了这座建筑，来到了大街上。他深深地呼吸了一口气，越过马路，站在了那片废墟的边缘。石堆水坝标志着那场大火所波及区域的外沿界线，四年之后，这条界线依然显而易见：在街道的这一边耸立着六层高的楼房，而在另一边，被炸平的荒废之地向南延伸到了哈姆布鲁克，就如同一望无际的大平原遇到了陡峭而参差不齐的悬崖断壁。废墟上死气沉沉，只有几只黑色的红尾鸲在融雪中寻找食物，在碎石间做巢。

他望着这些鸟，开始想象：所有碎石块都被清理掉了，新建筑的地基也挖好了，未来的高楼大厦将拔地而起。带有露天走廊的图书馆俯瞰门前庭院，医院里建起了长长的拱廊，学校用精巧的刻纹装饰和浮雕打扮一新。新建的电影院会配上他独具特色的音乐廊厅，供户外放映使用。机动车道、自行车道和人行道都建好了，漂亮的街道两旁栽种着成荫的树木。湖面上建起了一座座船库。高出地面的铁轨上火车越过房顶奔驰前行。喷泉喷出了花朵形状的水花。公园和花园随处可见，供人们驻足思考、交谈、玩耍、辩论和共享。他看到这一片荒芜之中生长出一个崭新的城市。那将是一座美好的城市，适合每个人居住，这其中有孩子，有父母，有老人，有相爱的人和寻觅爱情的人，有伤痕累累的人也有伤口痊愈的人，有想念的人也有被想念的人，有失去的人也有失而复得的人。

尾　声

厄齐和恩斯特沿着易北河岸往前走，从后边的路接近那所好心的英国人家的房子。

"你为什么不杀他？"恩斯特问，"你有机会的。"

确实如此。厄齐从四倍蔡司瞄准镜的十字准线中已经锁定了这头野兽，他的手指就扣在那支莫辛－甘纳步枪的扳机上，枪托紧紧地抵着他的肩膀，就像贝尔蒂教他的那样。他们在公园里如同猎人一样穿行，踮着脚，弯着膝，指望能打一只山鸡，正当这时，就在他们面前，他们看见一头黑豹把头伸进一只鹿的肚皮里，他把肉从骨头上撕扯下来的时候，他脖子上的肌肉在随之颤动。厄齐看见他的牙齿如同钢琴键，一身黑色毛发，像是披着一件华丽的女式大衣，他的双眼像一对绿宝石。"上啊！"恩斯特低声说，"你还在等什么？"厄齐当时可以就地解决这黑豹，但他没有这么做，就在他犹豫不决的瞬间，这只大猫抬起了头，眨了眨那双碧绿的眼睛，然后逃走了。

厄齐耸了耸肩："我不知道，我也没法解释。"

他们继续往前走，厄齐赶走了一群围在他脑袋附近的苍蝇。

"我打赌我们注定要对苍蝇忍受一千年。这些小浑蛋已经占领了城市。它们一点儿也不挑剔。一只苍蝇会占领一坨粪便，然后邀请全家和所有的亲戚们待在那里,把它当作了家。"

"我开始怀念下雪天了,"恩斯特说,"至少雪还能把臭味掩盖住。"

他们来到河流的弯道处,厄齐在这里将妈妈的骨灰抛向了河堤的尽头。他想知道现在她到了哪里。如果你任由河水带着你走,很难说它会把你带向何方。她可能到了库克斯港,或者黑尔戈兰岛,或者叙尔特岛。只要她没被困在格吕嫩代希,只要那些该死的肥乌鸦没有把她当作早餐。有那么一瞬间,当风扬起她的骨灰往回落到他的靴子上和他嘴里时,他觉得自己应该将她撒在哈姆布鲁克的废墟上,或者杰尼斯公园的草坪上。但这时他想起了她常说的话:"我想住在河边。"于是他等风逐渐消失以后,用一只手把她的骨灰从蛋糕盒中捧出来,一把撒出去,这一次它们像雪花一样飞过易北河的水面,向西漂流入海。

但他们靠近那座房子的时候,恩斯特变得有些焦躁不安。

"我不知道我们是否应该这么做。你觉得我们应该来吗?"

"艾德蒙是我们的朋友。他总是给我们香烟。"

"警察可能还在找我们呢。"

"我们可以在树林之间移动,像那只野兽一样悄悄潜入。"

他们离开河边往岸上走,穿过花园,跨过马路,从一棵树移动到另一棵树,最后来到了那所房子的大门对面。为了更清楚地看到花园栅栏里的情景,他们爬到一棵树上。厄齐已经把蔡司镜从莫辛步枪上取下来了。他从口袋里拿出瞄准镜,四处探寻。

"看见他了吗?"恩斯特问。

上校的旧车已经不在车道上了,旗杆上也不再有英国国旗飘扬。没有艾德蒙的踪影,也不见上校和上校的妻子。一点儿踪迹都没有。

"我没看到那些英国人。"

"可能他们回家了吧。"恩斯特说道,"他们没准正坐在温莎的白色悬崖上嘲笑希特勒的屁股蛋呢。"

厄齐想到这一点,觉得非常伤心,不仅是因为他需要香烟。他继续扫视着房子和地面,希望能看到他的朋友——或是任何好心的英国人的身影。

透过房子楼下的窗户,厄齐看到有东西在移动。他调整了一下瞄准镜,看见那是一个人的双腿踩在一个梯子上。贝尔蒂女朋友的爸爸正在固定什么物品:一幅墙上的画。厄齐看了一会儿,然后继续搜索:窗户——墙——窗户——花园。他看见一个女士坐在椅子上,面朝易北河的方向。她正在用针和线做着刺绣,可他看不出来绣的是什么。

"你现在看到什么了?"

"看到了一位女士。但不是艾德蒙的妈妈。我从来没有见过她。她看上去很漂亮,不过比不上玛琳·D[1]。"

"有人穿过花园了,"恩斯特说,"一个胖姑娘。"

厄齐把目光从瞄准镜中收回,看到一个女孩穿过花园朝坐在椅子上的妇人走过去。

"那是贝尔蒂的女朋友。"他又透过瞄准镜望过去,"有人在她的裙子里放了一个健身球。"

"什么?"

厄齐放下了瞄准镜。"贝尔蒂的女朋友要当妈妈了。"他把蔡司镜递给恩斯特,然后继续用肉眼打量着这个场景。他想起了自己的哥哥。这种事情应该让他知道。

---

1. 玛琳·黛德丽(Marlene Dietrich,1901—1992),德裔美国演员兼歌手。

"有个男人过来了。"恩斯特说。

厄齐看到贝尔蒂女朋友的爸爸也穿过花园朝那两人走了过去,手里端着放了咖啡和蛋糕的餐盘。他把它放在花园的小桌上,拉过一把椅子,坐在那位女士的对面。他对她说了些什么,握住了她的手。

"我们晚点再过来吗?"恩斯特问,"厄齐,你打算怎么办?"

"我们再看一会儿吧,"他说,"我只是想再看看。"

致　谢

感谢我的父亲把祖父的故事告诉了我。我的祖父瓦尔特·布鲁克于1946年征用了汉堡的一所房子，供他的家人居住。他还做了一件特别的安排，那就是允许房子原来的主人一家留在他们的房子里。于是自二战结束后的第一年开始，一个德国家庭和一个英国家庭在同一屋檐下共同生活了五年。正是这段往事给了我写作这本小说的灵感。

感谢我的叔叔科林·布鲁克，他和我父亲一起为我提供了那个年代非常重要的背景详情、回忆和各种资料（还有照片）。没有这些材料，我就无法形成我自己的想象，也无法构建这个故事。

感谢我的代理人卡罗琳·伍德，她多年来一直鼓励我把这个故事写出来，并且坚持一定要写成一部小说（以及剧本）。她不断督促我，直到我把足够的字数交付给她，由她找到感兴趣的出版社去出版。

感谢斯科特自由制片公司的电影制片人杰克·阿巴斯诺特，在听了我的介绍后提出了剧本委托，促使我的代理人更加积极地说服我动笔写作。

感谢我的编辑们，来自企鹅出版社的威尔·哈蒙德和来自克诺夫出版社的黛安娜·科里安尼斯，感谢他们对一本只完成了六分之一的书给予了充分信任，还帮助我将作品打磨成形，并最终成为一个值得一读的故事。

感谢我的朋友们，这么多年来，在我不确定自己是否还能写作或者是否应该继续写作的时候，鼓励我动手再写一本小说。你们自己心里都知道，就是你们。

感谢我的妻子兼主编尼可拉，她教了二十年真正伟大的文学，却还能容忍我的写作。

感谢万物的创造者。

图书在版编目（CIP）数据

余波 /（英）瑞迪安·布鲁克著；王晨颖译. -- 北京：北京联合出版公司，2020.8
ISBN 978-7-5596-4295-0

Ⅰ. ①余… Ⅱ. ①瑞… ②王… Ⅲ. ①长篇小说—英国—现代 Ⅳ. ① I561.45

中国版本图书馆 CIP 数据核字 (2020) 第 095401 号

余波

作　　者：［英］瑞迪安·布鲁克
译　　者：王晨颖
出 品 人：赵红仕
责任编辑：徐　樟
策 划 人：方雨辰
策划编辑：田　媛
特约编辑：黄　欣
装帧设计：董茹嘉

北京联合出版公司出版
（北京市西城区德外大街 83 号楼 9 层　　　　100088）
北京联合天畅文化传播公司发行
山东临沂新华印刷物流集团有限责任公司印刷　　新华书店经销
字数 244 千字　880 毫米 ×1230 毫米　1/32　10.5 印张
2020 年 8 月第 1 版　2020 年 8 月第 1 次印刷
ISBN 978-7-5596-4295-0
定价：52.80 元

版权所有，侵权必究
未经许可，不得以任何方式复制或抄袭本书部分或全部内容
本书若有质量问题，请与本公司图书销售中心联系调换。电话：64258472-800

THE AFTERMATH
by Rhidian Brook
Copyright © Rhidian Brook 2013
This edition arranged with Felicity Bryan Associates Ltd.
through Andrew Nurnberg Associates International Limited
Simplified Chinese edition copyright
2020 Shanghai EP Books Co., Ltd.
All rights reserved.